李志峰　庞希云　著

越南汉文小说的发生与衍变

14~19世纪

广西师范大学出版社
·桂林·

越南汉文小说的发生与衍变：14～19世纪
YUENAN HANWEN XIAOSHUO DE FASHENG YU YANBIAN（14~19SHIJI）

图书在版编目（CIP）数据

越南汉文小说的发生与衍变：14～19世纪 / 李志峰，庞希云著． —桂林：广西师范大学出版社，2023.3
ISBN 978-7-5598-5842-9

Ⅰ．①越… Ⅱ．①李… ②庞… Ⅲ．①汉语－小说史－研究－越南－14-19世纪 Ⅳ．①I333.074

中国国家版本馆CIP数据核字（2023）第034446号

广西师范大学出版社出版发行
（广西桂林市五里店路9号　邮政编码：541004）
　网址：http://www.bbtpress.com
出版人：黄轩庄
全国新华书店经销
广西广大印务有限责任公司印刷
（桂林市临桂区秧塘工业园西城大道北侧广西师范大学出版社集团有限公司创意产业园内　邮政编码：541199）
开本：880 mm ×1 240 mm　1/32
印张：8.75　　　字数：150千
2023年3月第1版　　2023年3月第1次印刷
定价：69.00元

如发现印装质量问题，影响阅读，请与出版社发行部门联系调换。

序

经由中国的视界：
越南汉文小说的演进及其现代贡献

走近越南汉文小说，只是一个偶然。虽然在意识中知道，中国与周边国家从古至今就有着极为深远和丰厚的文学、文化交流渊源，并形成了特有的"汉文化圈"。但这样一个延伸，是如同水墨画中收笔之时未加控制的线末，是晕染开来的墨色，还是新展开的一幅画卷？这个阅读所带来的想象开始之后，便成了想象本身的绘图，带来一个又一个问题和新的想象：这样的"延伸线或墨晕"的意义在哪儿？或者还会接着追问，它真的有意义吗？如果成了一幅新画，那么新与旧是如何关联在一起的？假设再在上面叠加一幅油画，它们是否截然不同？抑或是这不再是异同的问题，而是关于"文化生命"的创造问题？……诸如此类，延伸的想象成了问题，问题又成了想象——于是，想象与提问也就成了同构。

中越文学、文化长时间地交往与传受，过往的研究陈述了丰富的历史与文学、文化现象，即文学、文化的交互影响，涉及文化适应、文化移入与文化拒斥等内容。与此同时，这给后续的研究提供了扎实的基础，并为一些新的质的特性研究延伸出新的空间：这样的交互在共时性与历时性上呈现出什么特性和文化转译策略？在区域与民族文学自身建构过程中又呈现出什么特征？在关于"现代化""现代性"等概念讨论纷争而不决的新时代，这种规律性是否可以提供新的镜鉴？……这一系列问题既与文学交往、文学传受等问题相关，又与当下新时代的社会、政治与文化问题紧密相关，深化其研究，对一些悬而未决的文学、文化问题都将产生具有开拓性的认识。

一、钩沉与稽弘：中越文学、文化的历史与当下

越南古代社会与文学、文化发展有深厚的中国渊源，越南汉文小说作为越南古代文学的主要成就，在其发展过程中，展现出对中国文学、文化传统的模仿与变异特征。越南汉文文学发端于公元 10～12 世纪，兴盛于 13～14 世纪，繁荣于 15～18 世纪中叶，18 世纪后期至 19 世纪中叶达到鼎盛，后从鼎盛走向式微。"进入 20 世纪，西方文化对越南的影响日益渗透，但在这里没有吹走东风，而是在民族悠久文化传统的基础上，我们随时准备接受西方文化的精华。"[①] 在越南文学近现代转型过程中，这种渊源对其近现代文学、文化的转向依然发挥着重要作用。

作为中越文学、文化关系的重要载体，"越南汉文小说"以一个"崭新"的研究领域，走入学术界的视野。这里所谓的"小说"并非现代意义的小说，而是"想象性的抒情或叙事书写"。

2011 年上海古籍出版社出版了由上海师范大学、越南汉喃研究院、台湾成功大学协作编辑的《域外汉文小说大系·越南汉文小说集成》。

---

① ［越］潘巨棣：20 世纪越南文学中的新的综合步伐［J］.越南《文学杂志》，2001.10. 转引自余富兆，谢群芳.20 世纪越南文学发展研究［M］.广州：世界图书出版广东有限公司，2014.

全书共20卷，600万字、收书超过100种，内容十分丰富，分为神话传说、传奇小说、历史小说、笔记小说、近代小说五大类，所收都是发生在越南本土的故事，既有强烈的民族和本土特色，又可以反映出越南受到汉文化的强烈影响。

据《越南汉文小说集成》的收录内容来看，越南汉文小说在越南陈朝（1225～1400）时期出现。陈朝时，越南汉文小说目前所知仅有《越甸幽灵集》一种，也是越南现存最早的汉文小说。此书记录了中国和越南古代历史人物的事迹，大多转抄自中国古代史著，较真实可信。后来，越南作家不断增补篇目，并对人物事迹进行虚构和编造，不仅产生了众多版本，还对《岭南摭怪列传》等小说产生了重要影响。而《后陈逸史》（抄本）是越南最后一部汉文历史小说，亦代表新时期越南汉文小说的特点：虽有新词和口语化行文，亦有启蒙主义等新观念的影响，但文中亦不忘"黄帝子孙"。随着中越文化交流频繁，后黎朝时期（1428～1789）300多年间，很多中国小说也传入越南。由此，越南汉文小说也取得了巨大的发展，笔记、神怪、传奇和历史演义出现了近30种作品。突出的代表作品有《公余捷记》《岭南摭怪列传》和《传奇漫录》等作品。及至阮朝（1802～1884），中越之间的政治、经济和文化关系都进入了一个新时期。80多年间，出现了历史演义、传奇、笔记、志怪约30部汉文小说。而法属殖民地时期（1885～1945），该书收录了约20部越南汉文小说，这个时期的汉文小说创作呈现出新旧更替的特点。

除了《越南汉文小说集成》外，由复旦大学文史研究院和越南汉喃研究院合作编撰的大型文献丛书《越南汉文燕行文献集成（越南所藏编）》（全25册）也正式出版。该丛书搜集了现存于越南的79种独立成书或成卷的燕行文献，从一个特殊的侧面直观感性地呈现一个以汉文连缀的共同教养和共享传统的时代，一个新的、彼此关联的历史世界。越南汉文燕行文献是指历史上越南官方使节北使中国，或民间人士来华旅行而撰述的相关汉文记录，其主要形式为燕行记、北使诗文集和使程图。这些作品以诗歌或散文形式呈现，内容涉及出使途中日记、见闻纪事和抒发离家乡愁的杂感等。越南汉喃研究院院长郑克孟介绍说："该文献从一个特殊的侧面，系统地展示了公元1314年至1884年这五百多年间中越两国友好交往的历史。"葛兆光先生对《越南汉文燕行文献集成》所做的评价，也同样适用于越南汉文小说的研究："记载了中越两国历史上的友谊和交往，也给研究者提供了'跳出中国，又反观中国'的视角。"

在中国大陆对越南汉文文献进行系统化收集整理之前，中国台湾地区的学术界已进行了相关的文献整理和研究。1987年4月，陈庆浩、王三庆教授主编《越南汉文小说丛刊》第一辑，由法国远东学院出版、中国台湾学生书局印行，共七册，收入作品十七种；1992年11月，陈庆浩、郑阿财、陈义主编的《越南汉文小说丛刊》第二辑，依旧由台湾学生书局印行，共五册，收入作品二十种。两辑《越南汉文小说丛刊》所涉内容包括传奇小说类、历史小说类、笔记小说类、神话传说类等。中国台湾地区的学者更早地走出这一步，也使我们意识到文学研究的特殊视角所带来的意想不到的新识。钩沉史料，道古稽今，言远合近，让我们对中国古代—近代—现代的进程的联系与认知有了新的孔径。

汉文文献在越南当代社会科学研究中也日益突显其重要作用。越南汉喃研究院近十年来对汉喃文献的收集整理和编译出版日益增多。目前该研究院内收藏汉喃书目近20000种，铭文拓片4800余种，雕版印刷文本约20000余种。该研究院不断拓展国际合作，取得较为突出的成果，如2019年8月举办的"越南儒学学院（1075～1919）——100年回顾"会议，同时开展文献数字化项目，特别突出的成果正是在2011年与中国合作出版的《越南汉文小说集成》。

二、出走与往返：模仿与变异中的开拓

在保存、出版越南汉文文献的基础之上，学者们展开较为广泛的对越南汉文文献的研究，以越南汉文小说研究最为显著。

越南汉文小说，是"由长期深受中国汉文化濡染的越南人民用汉字创作的，主要反映越南的民族精神和风土人情的小说作品"[①]。越南汉文小说是汉文化整体研究中不可或缺的部分，越南文人长期受到汉文化的熏陶，深受汉文化浸染，极大程度地沿袭着汉文化思想观念，同时又具备百越民族的本土特色。因此，在越南汉文小说中不仅可以看到汉文化的影响和中国古典小说的模式，同时又有文人的改编和创新，呈现出异国特色。目前，我国学者的研究中，也在总体上呈现出挖掘越南汉文小说中汉文化观念的蕴涵和对中国古典小说的模仿、创新的研究状态，并涉及一些越南本土特色的显现。

起初，研究者的注意力从汉文乃至汉文化的影响开始，侧重于对汉文化渊源的研究。越南汉文小说受汉文化的影响主要体现在两个方面：一是思想观念上，如儒家文化、道家文化和道教思想在作品中的蕴涵，研究者关注越南汉文地方文化展现出的中国文学意识；二是艺术表现手法的借鉴，在人物、情节、结构和语言运用上，如小说的叙事方法、题材的借用等直接对中国古典小说进行模仿和继承。

随着研究的深入，研究者意识到越南汉文小说虽然深受汉文化影响，

---

① 任明华.越南汉文小说研究［M］.上海：上海古籍出版社，2010.

但也具备一些民族特色。目前的研究成果在探讨越南民族特色时，大多是在汉文化的语境下提出它具备的民族特色，单独对小说中越南本国民族特色的研究较少。"越南汉文小说作品的最为成功之处并不在于对中国小说叙述方式的悉心模仿，而是大量运用越南的人物、场景及历史文化背景材料，编写出具有本土文化色彩的故事情节，越南汉文小说独特的艺术价值也往往表现在这些方面。"[①] 正是出于模仿和继承的原因，"必然会避开某些越南人所不熟悉的中国文化，而融入一些本民族的思想和文化风俗，以迎合越南读者的欣赏趣味和实际"。一个有趣的例子是"翁仲"形象的文学、文化旅行，由实体"物"的形象被改造为一个有名有姓的人的形象"李翁仲"，然后又返回到中国的文献之中，改变姓氏，变成了"阮翁仲"。这样的形象旅行，仅看成是一种民族意识是不够的："翁仲"不仅仅是为了树立民族形象而进行的转化和建构，也是越南古代小说无法摆脱的对中国古代文学的模仿。这看起来有些吊诡，却说出了一个"经由中国的思考"或"以中国为方法"的建构之路。

更为难能可贵的是，学者们还看到了文学所蕴藉的由民族文化上升至普遍情感的现象，"无论是现实题材，还是神仙鬼怪，几乎无一不怪，无不随笔生事，或讽世或愤世，游戏三昧，创意新巧，表达了作者深刻的思想情感"[②]，而这种感情不受国界和民族的限制。一方面这意味着作为文学的普遍适用的基本规律，另一方面也讲述了中越文学、文化交融过程中的"世界性"特征——如何从"民族的"走向"世界的"可能。

---

① 严明.越南汉文小说的异国文化特色[J].上海师范大学学报（哲学社会科学版），2009（7）.

② 孙婷婷，任明华.论越南汉文小说《圣宗遗草》的真伪与思想内容[J].枣庄学院学报，2009（8）.

一部《金云翘传》，说尽中国近代小说的发展源流、中越流传及其国际声誉和文学声誉的辗转与往返，"蕴含着一条中国历史事件→中国史学家的史书记载→中国明清作家的文学→越南阮朝作家文学→中国京族民间口语文学的发展轨迹"[①]。如果没有在越南流传，很难想象人们会对这部作品有新的评价和思考："《金云翘传》可以说是在中国传统小说嬗变的大机杼里很重要的一部作品。"[②]它在结构和格局、人物和主题等文艺创新方面开辟了中国小说的近代之道路。[③]《金云翘传》经由阮攸改写带到越南，越南学者认为在越南古典文学中，是最成功、最巨大、最典型的作品，在越南人民的文化生活和思想领域都占有重要的地位。[④]

  从以上的文献保存、出版与越南汉文小说研究现状来看，尽管有不少成果，但也有许多新的深化研究的可能：一是当下研究者所言之"小说"，多以西学自20世纪初传入中国之文体观念为蓝本，以往众多学者又常以此限制中国古代文学之研究，已是流毒匪浅。而如此再以这一"小说"概念去研究越南汉文"小说"，其中文体概念常常难以重合或是模糊不清。从文体的定位来看，越南汉文小说所采用的"小说"文体，在以往的众多研究中，从未见有学者就这一问题进行过相关的概念梳理，只是大体将散文与叙事之作直接当作"小说"，如草蛇灰线，意欲对19

---

  ① 董文成.《金云翘传》[M].沈阳：春风文艺出版社，1999：80—81.
  ② [澳]柳存仁.从《金云翘传》到《红楼梦》——代为陈益源《王翠翘故事研究》序[J].红楼梦学刊，2004（1）.
  ③ 董文成.《金云翘传》[M].沈阳：春风文艺出版社，1999：5—8.
  ④ 曾任越南文联主席和文学院院长的邓台梅（《在学习和研究的道路上》p.233，越南河内文学出版社1995年出版）和另一位越南学者阮文环在《越南古典文学中最伟大的诗人——阮攸》（《文学评论》1964年第6期）一文中对此有所阐述.董文成.《金云翘传》[M].沈阳：春风文艺出版社，1999：75.

世纪末传入中国以来的"小说"提出反思。此外，在此种研究中，越南汉文文学作品中又常存有雅文学与俗文学混杂之情况，而"多种文体彼此渗透、多种艺术手段交互为用，这其实是俗文学的基本特点"[①]，因此，更增添了对文体确定的复杂性。不论"小说"概念在中国的延迁抑或俗雅之辩，都意味着汉文小说研究对中国古代文体、文学理论与文学史的相关研究具有启示。恰逢当下中国文学气象更苏，借中外、通古今、融新观，对于构建"中国气派"的崭新的文学观，亦有重要意义。

二是对越南汉文小说的研究中，不论中国，还是越南的研究，在具体研究过程中，或多或少都难免陷入韦勒克的言筌：以草率的比较扼杀了文学传统的多样性，并强加上某种统一性，从而武断地表达本民族文学的优越感。[②]一旦将本民族文学与"他者文学"作具体的比较研究，可能自觉不自觉地表现出民族主义的立场，有意无意地将本民族文学和文化置于比较优越的位置上。正是基于这一原因，研究方向上一方面集中于研究影响在于"中国文化渊源"这一立场，或将此延伸到"西方政权的进逼，是导致东亚汉文圈写作和汉文文献衰落的主要因素"[③]，强调了影响的作用，而忽视了越南民族性的发展与建构；反之，"越南汉文小说从内容上来看，涉及越南封建时期社会文化生活相当多的方面，如反映越南民族和国家的历史事件、越南人民的情绪心灵和梦想希望、越南社会各阶层之间的关系、越南儒教封建社会的爱情和婚姻等，……所

[①] 王小盾.从越南俗文学文献看敦煌文学研究和文体研究的前景[J].中国社会科学，2003（3）.

[②] 韦勒克.比较文学的名称与性质[A].//干永昌等.比较文学研究译文集.上海：上海译文出版社，1985：147.

[③] 显然，法国殖民统治是汉文学衰微的一个重要原因，另外一个原因，还在于越南民族独立意识的生成。

体现出来的非凡价值和独特的民族特征"[1]，这又突出了越南的民族性问题，淡化或忽视了影响母体所引发的文学成因。这种二元割裂所带来的矛盾，不论是在文学的主题、题材或形式上，还是在文学史研究的分期上，都有所体现。以上种种状况，都与早期比较文学所从事的影响研究较为相似，这也正是早期影响研究多为后来学者所诟病的重要原因。如何才能走出这一困局，成为当下研究越南汉文小说的一个关键性问题。当我们认识到"文学文本内在多元元素的组成，不管创作者自己是否意会，事实上存在着任何创作者几乎无法逃遁的特定'时空'中的两层'文化语境'，内含至少三种文化元素。第一层面为'社会文化语境'，包括生存状态（含自然状态）、生活习俗、心理形态、伦理价值等组合而成的'共性氛围'；其第二层面为'认知文化语境'，指的是创作者在第一层面中的生存方式、生存取向、认知能力、认知途径与认知心理，以及由此而达到的认知程度，此谓'个性氛围'。它们共同组合成'文本'生成的'文化场'。在每一层'文化语境'中我们几乎都可能解析出三种有效的文化元素，此即'本民族历史承传中产生的文化元素'、'异民族文化透入中产生的文化元素'和'在特定时空中人类认知共性产生的文化元素'，透过它们的共同组合，我们就可能在这样特定的多元文化语境中'还原'文学文本的愈益接近的'事实本相'"[2]。

正是基于这样的认识，我们才可以在中越文学、文化关系中看到文化传递的基本形态——原话语经过中间媒体的解构和合成，成为文化的

---

[1] 越南汉喃研究院院长郑克孟在《越南汉文小说集成》新书发布暨研讨会上的发言。郑克孟.越南汉文小说的研究与出版［N］.古籍新书报，2011：4—28（1）.

[2] 严绍璗.比较文学与文化"变异体"研究［M］.上海：复旦大学出版社，2011：15—16.

变异体，文化的变异体已经不再是文化的原话语。之所以有新文化（或新文学）文本的产生，不是为了重复原话语，而是有着本土文化需要的因素。这一方面是越南文化在建构过程中对外部文化扬弃的文化形态，另一方面则是"中国文化"参与"世界文明"进程的活的形态。越南汉文小说的写作，其中有直接从中国文学中移植过去，也有越南本土作家通过揣度中国作家的作品而自我创作或改写的作品。正是不同的"拟效"，使中国文学在越南的传递过程中发生了各种变异。越南的神话传奇类小说对中国文学的拟效模式，主要为化用多个中国古代的传奇故事，而历史演义类小说则常常借用中国历史演义的模式书写其民族的历史真实。该研究成果通过"化"与"借"这两种不同的拟效模式，探讨了越南汉文小说把中国文学的某些因子以某种被分解的形态介入其本土民族文学当中，再与本土文化融合后生成新的"变异体"。新的"变异体"一方面凸显了自身的生成与存在，另一方面又展现了《共产党宣言》所说的"由许多种民族的和地方的文学形成了一种世界的文学"的影像。

由此，整个越南汉文小说的发展兴衰呈现出三个特点：一是与中国古代文学紧密地联系在一起，这种紧密的联系，有同时期所受中国文学影响的横向关系，亦有整个发展过程中历史的纵向影响；二是从影响的文类及故事内容看，不仅仅局限于中国南方与越南临近的影响，而是与中国整体地域的故事发生广泛的关联；三是这样的影响并非只显示了越南古代文学发展的被动性，而是同时显示了其变异创新的基础与潜力。与此相对应的，也让人看到中国文学内部的动态性问题：在漫长的中国古代文学的发展历程中，并非只在一个停滞的文学传统上的作品累积，而是广泛地与世界发生普遍的关联，这种关联在空间上呈现出一种共生特征，时间上呈现出对过往的超越，从而使得"启蒙"不再是针对一个特定历史的、政治的、社会的"去蔽",而是面向世界联通并推动自身的一场文化的进步。

三、越南汉文小说的现代贡献

这样一个以越南汉文小说为重要表征的中越文学影响与发展的连续的历史,似乎因为1858年法国的殖民入侵而终结,并展开了一个所谓的"现代"的越南文学的发展开端。这种认识不仅出现在文学研究领域,也出现在历史研究领域。这不得不让人去思考与质疑,一个连续的时空何以终结而又如何出现一个没有根系的崭新面貌?或者,我们有必要在"文学发生"的基础上,进一步说清"发生"与"发展"的关联,并由此重新构建一个有中越文学关系特征的、超越西方文明话语的且更具普遍适用性的"现代"文学史观。

作为"古代"越南文学重要内容之一的越南汉文小说(另一重要内容则为汉文诗歌),如何走向近代与现代,也构成研究与探讨越南汉文小说的一个重要的问题意识。对于走向的探讨,则必然涉及什么是"现代"的。关于"现代越南"的认知,美国魁北克大学蒙特利尔分校历史学教授克里斯多佛·高夏(Christopher Goscha)在其2016年出版的《现代越南》(又译《越南:世界史的失语者》)中认为,"透过这种断代做法,订定时空框架,将越南的一切现代化成就归功于西方殖民主义,会带来某些重大问题。首先,这么做等于将越南从历史上一分为二,一是'殖民前'或'法国统治前'的越南,一是更加详尽得多、走向'现代化'的'十九到二十世纪的越南'。其次,认定现代越南因法国在一八五八年入侵而揭开序幕,我们将见不到早在法国入侵以前已经存在的复杂历史现象,见不到造成一连串'新越南'、变化多端的'失落的现代'或'多元化现代'"。在高夏看来，儒家观念及其衍生的政治制度和民族文化，是中国、韩国与越南现代化的重要成分。

与高夏的认识有异曲同工之妙的是，日本著名汉学家、中国思想史学家沟口雄三在《作为方法的中国》里，谈及一个有趣并充满悖论的现实：日本人对欧洲中世纪的阅读兴趣是以对欧洲近现代的印象为媒介的，而对于中国古典的兴趣，却与中国的近现代毫不相关。沟口雄三言说二战前的"日本意识"时，提及的"非日本意识"——"对象并不是客观的中国，而是在自身内部主观成像的'我们内部的中国'。所以这一'中国'才能够彻头彻尾地成为日本近代的反命题。"[1]沟口雄三引述了同时代的一些日本学者，特别是引述竹内好在《中国近代与日本近代》[2]里谈及的两条近现代化的路径：转向型与回心型，二者最大的区别就在于如何基于自身的"构造"去转向。围绕这一"构造"所展开的问题意识涵盖了"继承与现代"之间的各种关联。由此，他特别强调要"以中国为方法"——"以中国为方法的世界，就是把中国作为构成要素之一，把欧洲也作为构成要素之一的多元的世界。"[3]这就意味着，即便是现代的世界，与中国近现代或中国古代亦有着千丝万缕的联系。

"现代"或"现代性"的概念可以说充满了争议。不论是从哲学思想、政治制度、科学技术和民族国家与世界关系等方面，还是从文化观念或是人的精神发展这些层面，都围绕着"理性""人性""科技""启

---

[1] 沟口雄三.作为方法的中国[M].孙军悦，译.北京：生活·读书·新知三联书店，2011：6，7—9.

[2] 竹内好这篇《中国近代与日本近代》与国内所译竹内好的《近代的超克》中收录的一篇文章《何谓近代——以日本与中国为例》内容一致。

[3] 沟口雄三.作为方法的中国[M].孙军悦，译.北京：生活·读书·新知三联书店，2011：131.

蒙""全球性"或"资本主义"等关键词,诸如此类的表述与探讨,既充满了欧洲自身的复杂的文化发展史,亦在论证过程中存在悖论,我们无需就此赘述。事实上,尽管"现代""现代化""现代性"以及"现代主义"这一系列相关的术语是由欧洲的历史进程开始的,但在各国各地都存在各不相同的复杂状况。正如美国哲学家卡斯滕·哈里斯在其著述《无限与视角》中所提出的疑问与回答:"我们所说的'现代'是什么意思?我们难道不是把与昨日旧物相对照的今日新物称作'现代'吗?于是,'现代主义'暗示着某种类似于意识形态的东西,它信奉主导着我们的世界及其进步的那种精神,无论这里的精神和进步作何理解。"换言之,"现代"意味着人类哲学及科学的发展总在不断地突破人类各种有限的"视角"。从以往对"现代"相关的争论或拷问来看,我们可以看到"现代"本身的争议与概念建构,从一国一民族所涉古今和内外两个重要因素去考量其进步性和建构意义,大抵意味着从时间和空间两个向度去探讨"现代性":一个向度是以本民族或国家自身发展为观照对象——"现代性无时不在"——从时间因素上看其自身的进步特征;另一向度是以本民族或国家与世界的关联性为对象——"现代性无处不在"——从空间因素上看其文化个性特征的生成及其与世界的关系,特别是对于世界文明的贡献。那么,依据这两个向度,越南汉文小说透过拟效模式的文学、文化演进过程无时无刻不在显现为一种进步的特征,并为走向"现代"而发挥其历史作用:从传承到仿效再到创新,从学习中国古典小说到成为越南自己的文学,从作为民族的文学艺术到作为越南文学代表性作品走向国际……这一切,越南汉文小说都作为一个积极的在场者,在显现其作为历史与现代关联的存在的同时,亦显现了它对现代的渗透与贡献。

因此，对于近现代越南文学与文化，如若不回到越南古代文学的范畴，或不在其从古至今盘根错节的近现代越南文学、文化里探寻中国线索，就无法解释这样的文化的、历史的文学问题。如果说文学的发展始终与社会为之创造的条件和背景密切联系，越南汉文小说就揭示了中越两国的"文学史与文学实践的互动过程"。经由"中国的视界"或探究"中国的线索"，就使得越南汉文小说拟效模式所带来丰富性与多元性得到更为充分的呈现：对越南汉文小说的发生与衍变研究，不仅是对古代中国与越南文学互动的发现过程，也是越南文学之本质的显现，同时又是中国古代文学参与世界文学进程的一个重要例证。

在21世纪的今天，人文社会科学必须对这个新时代做出自己的回应，这个新时代本身正引导我们超越过往的"现代性"。"文变染乎世情，兴废系乎时序。"文学的衍变与地域、历史人文、时代有着密切关联，文学的生命力在于不断地创新与变化，而文学创新和变化的根本动力在于时代前进过程中人类优秀文化的互相借鉴、融合发展。这一基于人类命运共同体视域下的文学、文化创新变异现象的研究，给我们提供了一些思考：一是在此视域下尝试读解越南文学、文化自身的建构问题；二是对中国文学、文化对东南亚影响研究的拓展与深化，揭示人类优秀文化互相借鉴、融合发展的历史规律；三是可以从文学、文化视角给东南亚区域性的"现代性"提供反思——探讨"现代性"的区域话语或民族国家话语建构的文化机制。经由"中国的视界"或"中国的线索"——这就意味着，在与社会发展相适应的文化建构过程中，每个民族与国家的文学与文化都会在与世界的交会中找到自己的根，也将重新发现自己的枝叶成长的多元基因。这可以促使我们努力改变过往西方话语的现代性文化樊笼，自主探索属于每个民族自己的现代化道路，并使这个民族在参与世界文学进程中的努力获得广泛的认同与尊重。

目 录

绪 论   1

第一节   中国汉文化与越南   6
第二节   越南汉文文学的发展   20
第三节   越南汉文小说研究现状及问题   27

第一章   幻：将中国古文献记载进行想象性创造   53

第一节   中国古籍中的"翁仲"和"阮翁仲"   58
第二节   越南传说中的李翁仲及其记述   67
第三节   从"李翁仲"到"阮翁仲"：中越传递的变异   72
第四节   从"翁仲"到"李翁仲"：中越文化传递中的"不正确理解"   78

I

第五节　文化传递中的想象与重构　　　　　　　　83

第二章　化：化用整合重构　　　　　　　　85

第一节　化三合一　　　　　　　　88
　　一、《龙庭对讼录》与《水宫庆会录》《柳氏传》
　　《柳毅传》　　　　　　　　89
　　二、《翠绡传》与《翠翠传》《昆仑奴》　　　　　　　　94
　　三、《伞圆祠判事录》与《令狐生冥梦录》《永州野庙记》
　　《修文舍人传》　　　　　　　　96
　　四、《金龟传》与《龟化城》《交州外域记》　　　　　　　　103

第二节　化一为三　　　　　　　　106
　　一、《牡丹灯记》　　　　　　　　106
　　二、《木棉树传》与《牡丹灯记》　　　　　　　　108
　　三、《陶氏业冤记》与《牡丹灯记》　　　　　　　　111
　　四、《昌江妖怪录》与《牡丹灯记》　　　　　　　　113

第三节　一对一的拟效改写　　　　　　　　115
　　一、《东华门古庙》与"孟姜女哭长城"　　　　　　　　116
　　二、《瞒子》与"嫦娥奔月"　　　　　　　　117
　　三、《金钀水神记》与《韦秀庄》　　　　　　　　119
　　四、《无头佳》与"苍梧贾雍"　　　　　　　　120
　　五、《山洞》与《桃花源记》　　　　　　　　121
　　六、《快州义妇传》与《爱卿传》　　　　　　　　123

第三章　借：借用中国历史演义的模式书写民族历史　127

第一节　体裁形式的借用　131
　一、对章回体小说形式的借用　131
　二、对明清小说评点形式的借鉴模仿　134
第二节　故事构思模式的借用　138
　一、故事框架的构思　138
　二、创作思想的构思　139
　三、战争场面的构思　143
第三节　人物形象模式的借用　151
　一、黎利与刘备　151
　二、黎善与孔明　159
　三、张辅与曹操、周瑜　165

第四章　代：整体移植，个别置换　175

第一节　彰显民族色彩之置换　178
第二节　因袭式移植　182
　一、《华园奇遇集》与《寻芳雅集》　182
　二、《麻姑山》与"麻姑"　187

第五章　糅：与本土故事传说相糅合　189

第一节　与本土传说人物的糅合：《状元甲海传》的本土化流变　192

一、《白水素女》与《状元甲海传》　　192
　　二、《状元甲海传》与《甲状元》　　196
　　三、"甲海传"与汉文化在越南的兴衰　　198
第二节　与地理标志物的糅合：《越井传》的本土化变异　　202
　　一、折射中国民间文化的独脚神　　202
　　二、反映越南本土崇拜的猖狂神　　205

第六章　越南汉文小说生成及其衍变发展的文化语境　　211

第一节　中越文化交流所形成的特定的文化形态　　215
　　一、中国书籍的传入　　217
　　二、使臣的传播媒介　　218
第二节　越南民族文化与汉文化抵牾、融合的文化形态　　222
第三节　汉文小说创作主体的"认知形态"　　227
　　一、中国龙的内涵品性与形态　　228
　　二、越南龙的内涵品性与形态　　233

结　语　　241

主要征引书目与参考文献　　243

附录一：书中所涉越南汉文小说篇目成书或刊行年表　　249

附录二：越南所在区域的历史名称　　256

IV

绪 论

在比较文学与世界文学研究领域，多年来，从现有研究中外文学影响的成果看，一直存在着"两多两少"：研究外国文学在中国的引入多，研究中国文学外传的少；研究中西文学关系的多，研究中国和非西方地区文学关系的少。

随着文学文化研究的转型，进入21世纪以来，国内外一些学者已开始意识到这一现象，研究领域开始转向在海外的汉文学，对过往研究中未曾充分重视的海外汉文学与文献倾注更多的目光。尤其是随着东盟各国合作的加强，对东盟各国文学文化的研究也随之增多，历史上曾以汉字为载体的东亚国家的汉文作品也开始受到国际和国内学术界的关注，特别是日本汉文学、韩国汉文学和泰国汉文学的研究皆取得了令人瞩目的成果。相对而言，国内对越南文学的研究虽然一直没有间断，但对越南的汉文学，尤其汉文小说的研究则较为薄弱，专门研究越南汉文小说的论文与专著屈指可数：王晓平的《越南汉文小说女作家阮氏点和她的〈传奇新谱〉》，陈默的《论越南汉文小说〈皇越春秋〉》，徐杰舜、陆凌霄的《越南〈皇黎一统志〉与中国〈三国演义〉之比较》，彭美菁的《论〈聊斋志异〉对越南汉文小说〈传记摘录〉的影响》，夏露的《〈三国演义〉对越南汉文历史小说的影响》等，皆是探讨某一单篇小说对中国某一小说的借鉴；总体性的研究有王后法的《越南汉文小说文化渊源论》、陆凌霄的《越南汉文历史小说研究》、任明华的《越南汉文小说研究》等。数量虽然不多，但在研究越南汉文小说方面皆取得可喜的成果。

台湾地区对越南汉文小说的研究较为活跃，早在1989年由台北台湾学生书局出版的《域外汉文小说论究》，便收录了郑阿财的《越南汉文小说中的历史演义》和陈益源的《越南汉文小说〈传奇漫录〉的渊源与影响》两篇学术论文。尤其是中正大学陈益源教授近几年在越南汉文小说方面的研究，成果更为显著。《剪灯新话与传奇漫录之比较研究》《〈聊斋志异〉对越南汉文小说〈传记摘录〉的影响》《汉喃研究院所藏越南汉文小说〈传记摘录〉研究》《〈聊斋志异〉、〈后聊斋志异〉与越南的〈传记摘录〉》《中越汉文小说研究》等论著皆不同程度地探讨了中国小说对越南汉文小说的影响，把越南汉文小说的研究提上了一个台阶，同时也促进了大陆学界对越南汉文小说的关注与研究。

关于越南汉文小说大量模仿中国古代小说的问题，学界皆有共识，现有的众多研究也有探讨。然而对于越南汉文小说是如何模仿中国古代小说，又是如何在模仿中国古代小说过程中衍变发展的问题，研究者至今还较少触及。

基于此，本课题主要从越南汉文小说基本的拟效[①]模式切入，并从文学发生学的角度进行研究。目的在于通过研究越南汉文小说作者对中国小说原作的拟效，揭示中越文学、文化在交流中融会相生的生命力所

---

① 所谓拟效，即通过揣度模仿他人的作品而达成自我创作，相对于单纯的模仿，其带有更强的自主创新性。

在；尤其是通过分析古代越南对中国文学的选择、接受及其"内化"的模式，考察研究中越文学文化的发生、流传与变异，以及越南汉文小说生成衍变发展的历史文化语境，探究、还原越南本土民族文化的重构与文学文本生成的本源，以及越南汉文小说发生发展进程中所隐含的文学文化转译规律。

历史上中国文学的影响力波及"汉字文化圈"各国各地区文坛，在汉字文化圈范围内，文学史上的拟效现象时常可见。越南是同中国关系最密切的邻邦，也是浸染汉文化最深的一个国家，其拟效现象更值得关注。越南汉文小说，在越南古籍中占据着很大的比重，王小盾等人编撰的《越南汉喃文献目录提要》一书所著录的汉喃文古籍共5027种，以汉字为主体的图书4267种，其中汉文小说就不下300余种。这些汉文小说有直接从中国文学中移植过去的，也有越南本土作家通过揣度中国作家的作品而自我创作或根据中国文学作品改写创作的，这些小说都不同程度地受到中国文学文化的影响，既是越南古代文学的主要载体，也是传播于越南的中国文学文化的主要载体；与此同时，越南汉文小说也是越南当代文学文化的母体之一。因此，研究越南汉文小说不仅是研究越南汉文学的重要内容，同时也是探讨中国域外汉文学、汉文化不可或缺的一个重要内容。此研究将有助于拓展人们对中国文学域外传承维度的新认识，对于探讨和加强当今东盟各国文学文化的交流有着现实的意义。

本研究主要以《越南汉文小说丛刊》（第一、二辑）十二册及《越南汉文小说集成》二十册所含的越南汉文古典小说文本为主要研究对象，辅以考察中国古典小说、笔记、史料文献，从文学内部特征和文学外部关系两方面展开比较研究，从历史文化语境中辨析小说文本与政治、经济、宗教等社会文化的深层关系。

第一节
中国汉文化与越南[①]

越南文化自古便深受中国古代文化影响。从秦汉一直到唐代，交趾、交州、安南等地长期隶属于中国，越南历史学家称之为"北属时期"。此时，中原派去的官吏及部分南徙的学者即把汉文化带到了这一地区。公元前214年，秦始皇在岭南地区设置了南海、桂林、象郡三郡，其中象郡的地域便包括今天越南的中北部。公元前207年，南海郡尉赵佗（原籍河北真定）乘秦末之乱，建立以番禺（今广州）为中心的南越国，把原来的象郡改设交趾、九真二郡，其政权沿袭秦朝的政治体制，仿效中原的礼教推行"教化"政策，对这一地区控制长达90多年。因此，这一时期汉字及中原汉文化包括儒学开始逐渐传入越南，并对这一地区产生积极的影响。

公元前111年，汉武帝平定南越国，在岭南设置九郡，其中交趾、

---

① "越南"一名起源较晚，一说为阮朝时期（如1803年），亦有其他说法（如1670年）。具体越南所在地区的古代名称，见书后附录，其余国名见附录二。

九真、日南三郡就属于今天的越南中北部。西汉初和东汉初期，中原的锡光、任延分别任交趾太守和九真太守，他们都来自儒文化最发达的地区，到任后都通过办学校等方式，在当地推广汉字，广泛传播儒文化。到了东汉末至三国吴时，任交趾太守的士燮更是极力提倡诗、书、礼、乐。由于士燮"体器宽厚，谦虚下士"，当时的交趾成为中原士人理想的迁徙地，因而在士燮任交趾太守期间（187～226），"中国士人往依避难者以百数"①。当时远走交趾的中原人士中便有经学家刘熙、程秉、薛综、许慈、许靖、虞翻等。这些都是当时有名望的学者，他们聚集在交趾研究和探讨儒学经典，使当时文化较为落后的交趾俨然成为南方的学术文化中心。因此越南历史《四字经》称颂："三国吴时，士王为牧，教以诗书，熏陶美俗"，使交趾成为"通诗书，习礼乐"的"文献之邦"②。由于士燮的倡导和中原士人的到达，儒学文化的影响逐渐扩大，"自东汉以后，特别是公元 2 世纪末叶，汉族的士大夫到交趾的越来越多。儒教比过去更得到普遍传播。儒家的经典著作《论语》《春秋》等书，在封建政权和士大夫开办的学校里普遍讲授"。③因此，研究儒教的越南学者陈重金说："约在东汉末年儒学已在我国（即越南）颇为盛行。"④

两晋南北朝至隋唐时期，交趾地区改称交州，公元 679 年改为安南。这一时期中国派往越南的官吏继续致力于传播以儒家思想为中心的汉文

---

① （晋）陈寿.三国志·士燮传［M］.北京：中华书局，1959：197.
② ［越］吴士连，黎僖.大越史记全书·外纪卷三［M］.陈荆和编校.日本：东京大学东洋文化研究所，1984：133.
③ 越南社会科学委员会编著.越南历史［M］.北京：北京人民出版社，1977：75.
④ ［越］陈重金.儒教［M］.越南：胡志明市出版社，1991：722—723.

化。两晋时任交州牧的陶璜及后来任交州刺史的杜慧度,都大力提倡施行礼乐教化,采用儒家的治国方略治理交州。到了唐朝,学校教育得到了极大发展,儒学的传播范围和影响空前扩大,安南各州县都盛行儒学。当时唐朝委派到安南的官吏很多都是饱学之士。如安南都护高骈就是一位好为文,喜与儒家学者交游的人。曾任交趾令的王福畴即是"初唐四杰"之一王勃的父亲。曾任安南都护的马总在任职期间"清廉不挠",并能"用儒术教其俗",从而使"夷獠安之"。[1] 这些官吏在任期间都大兴文教,促进了汉文化在安南地区的传播。而且,唐初的一些著名诗人如大诗人杜甫的祖父杜审言、沈佺期等,都曾寓居安南,对汉文化在安南的传播起了有力的推动作用。当时唐王朝全面推行科举制度,安南士人也受影响。出现了不少"词理兼通,才堪理务"的本土儒士。如唐德宗年间(780~804),爱州日南(今越南清化省清化一带)人姜公辅和他的弟弟姜公复便先后考上进士。[2]

因此,从秦汉到10世纪越南独立前,以儒学为核心的汉文化逐渐深入越南,并为当地士人所接受,成为越南早期古代文化的主流,并且奠定了越南独立后文化发展的基础。在越南人称之为"北属"的时期里,中国的各种手工业技术、宗教文化、学术思想日益强烈地渗入越南。儒教成了越南封建集权制度的思想体系,道教和佛教也成为越南社会生活的准则。

公元968年,越南获得了独立。从公元968年到1009年,越南经历过丁朝和前黎朝两个封建王朝的更替,且独尊佛教。直至1010年李公

---

[1] 郭振铎,张笑梅主编.越南通史[M].北京:中国人民大学出版社,2002:226.
[2] 程林辉.儒学在越南的传播和影响[J].南昌大学学报,2005(6).

蕴建立李朝后，独立的越南政权才较为巩固，并开始推行儒、佛、道三教并存。

李朝初期，佛教在宫廷中、社会上都有着比儒家学说更大的影响。当时"百姓大半为僧，国内到处皆寺"。[①]但是，"站在历史实际的角度看，佛教从来未能被用于驾驭一个国家，制定其对内对外路线政策，确定朝制或社会制度，规定上自宫廷下至村社的尊卑秩序"。[②]而儒家学说却能起到这方面的作用。因此，出于巩固中央集权、建立和维护统治秩序的需要，从李朝初年起，越南王朝在尊崇佛教的同时，也逐步提高儒学的地位，重视儒家学说的作用，他们宣扬"大一统"的儒学，并重用精通儒学的文臣来维护其刚稳定下来的统治，推行"儒、释、道并尊"的政策。继李朝之后的陈朝（1225～1400）继续执行这一政策，儒学的地位因此日益提高。

因此，李陈时期越南儒学极为兴盛，与儒学发展相关的各项机制也大致具备：一是修建文庙（1070），塑周公、孔子及先贤像；二是实行科举制，开科取士（1075、1086），选有文学者入翰林院，授翰林学士；三是在京城举行庆贺"诗、书、礼、易、春秋"五经的仪式（1126）；四是创立国学院（国子监），延请文学之士任教，讲习"四书五经"（1253）；五是培养和重用本土大儒，使其成为朝廷重臣，取代僧侣的地位。陈代著名的儒士、国子监司业朱文安（1292～1370）毕生从事儒学教育，著有《四书说约》，陈艺宗绍庆元年（1370）即以朱安从祀文庙，次年又以名儒张汉超从祀孔庙。

---

① ［越］吴士连，黎僖. 大越史记全书·本纪卷二［M］. 陈荆和编校. 日本：东京大学东洋文化研究所，1984：209.

② ［越］阮维馨，林明华. 李朝的思想体系［J］. 东南亚研究，1987（1—2）.

被越南史学家视为"儒宗"的张汉超,他所撰的北江关严寺碑文把佛教视为异端,要求独尊儒术。他说,"方今圣朝,欲畅皇风,以振颓俗;异端实可黜,圣道当复行;为士大夫者,非尧舜之道不陈前,非孔孟之道不著述。顾乃拘拘与佛氏嚘嚅"。① 这一说法被称为越南历史上最早明确要求排斥佛教、独尊儒术的宣言。②

儒学在越南的鼎盛期是后黎朝和阮朝前期(约15世纪~20世纪初)。

与越南独立以来的李、陈两朝都不同,后黎朝黎太祖立国之始就崇拜孔子,在此之后的历代皇帝都尊崇儒学,把儒学作为治国安民的指导思想和制定各种典章制度的理论依据,将儒学奉为国教,并神化孔子,不仅扩建京师的文庙,增加大成殿,而且在全国各地大修文庙,尊孔祭孔,将孔子尊奉为"大成至圣先师",制定各种祭孔的礼仪。③ 同时大兴儒学教育,鼓励、提倡向全社会推广儒家学说,按儒家学说制礼乐,定制度。黎太祖"及即位,定律令,制礼乐,设科目,……收国籍,创学校"④,在首都设国子监,置祭酒、直讲学士、教授,在各地设学校、置教职。黎太宗时,以太子侍讲阮晋才为国子监博士。黎圣宗时置五经博士,以著名学者潘孚先为国子监博士。

后黎朝皇帝在儒学教育中尤为重视科举。黎太宗"重道崇儒,开科取士",规定所有试场都考《四书》,并确定了进士立碑题名的制度。黎

---

① [越]吴士连,黎僖.大越史记全书·本纪卷七[M].陈荆和编校.日本:东京大学东洋文化研究所,1984:427.

② 贺圣达.东南亚文化发展史[M].昆明:云南人民出版社,1996:153.

③ 程林辉.儒学在越南的传播和影响[J].南昌大学学报,2005(6).

④ [越]吴士连,黎僖.大越史记全书·本纪卷十[M].陈荆和编校.日本:东京大学东洋文化研究所,1984:155—156.

圣宗将科举考试制度化，规定每3年一大比，全国参加考试的士子多达数千人。黎圣宗在位38年间，开科达12次，取士511名。其后，黎宪宗二年（1499）应试者竟多达5000余人。^①科举如此兴盛，应试者如此多，反映了儒学影响之广。为了保证科举能造就所需要的人才，黎圣宗还制定了保结乡试条例，强调应试者首先要遵循儒家的伦理道德。"实有德行者，方许上数应试。其不孝、不睦、不义、乱伦及教唆之类，虽有学问词章，不许入试。"^②

黎圣宗还以法律手段强制百姓遵守儒家的道德规范。他仿照隋唐律例，颁布《洪德法典》，将儒家的伦理纲常、道德训诫、礼制仪式、等级尊卑、社会秩序，具体化为法律条文，制定了《二十四训条》，^③使儒家伦理深入民间，以达到化民成俗的目的。

另一方面，由于中国印刷术的传入，后黎朝还大规模翻刻印刷儒家经典。如黎太宗在绍平二年（1435）刊刻朱注《四书大全》；黎圣宗在光顺八年（1467）下诏重刻《五经》，并将《四书》《五经》和《文献通考》《昭明文选》《通鉴纲目》等儒家书籍发给国子监和各州县府学，把它们作为学校的教材和科举考试的内容。这也就更有利于儒家学说的传播。

由于后黎朝从立国之始就在各方面推行尊孔崇儒的政策，到后期，越南社会"三纲五常及正心修身齐家治国之术，礼乐文章，一皆稍备"，"风俗、文章、字样、书写、衣裳、制度，并科举、学校、官制、朝仪、

---

① 贺圣达.东南亚文化发展史［M］.昆明：云南人民出版社，1996：154.

② ［越］吴士连，黎僖.大越史记全书·本纪卷十二［M］.陈荆和编校.日本：东京大学东洋文化研究所，1984：645.

③ 梁志明.论越南儒教的源流、特征和影响［J］.北京大学学报，1995（1）

礼乐教化，翕然可观"①。其时，儒学达到了鼎盛阶段，名儒辈出，著述丰盛，出现了阮秉谦、潘孚先、吴士连、黎贵惇等一批著名的儒学家或以儒学为其主导思想的作家、学者。阮秉谦（1491～1585）曾任吏部尚书，他的思想深受中国宋代理学及老庄思想的影响，著有汉字和喃字诗文千余篇，晚年从学者众多，影响极大。吴士连、黎僖等著名学者完成的《大越史记全书》，对历史事件和历史人物的评价，皆以儒家观点为准则。黎贵惇（1726～1784）则是古代越南著书最多的大学者。他深受朱熹思想影响，著有经学著作：《四书略解》《书经衍义》《易经层说》《春秋略论》《群书考辨》等。②

后黎朝至阮朝前期越南的尊孔崇儒臻于极盛。1802年阮朝建朝时，法国的殖民势力及天主教的传播已开始渗入越南，为了巩固封建秩序和国家的统一，阮朝的皇帝更为推崇和倚重儒学，他们仿效清朝，推行了一系列尊孔崇儒的举措：

一、阮世祖即位后便命各地设立文庙祭祀孔子，并把后黎朝每年一次的祭孔改为春秋两次祭祀，皇帝亲自到京师的文庙参加祭孔活动，以后还增设颜回、曾子、子思、孟子四人配飨文庙。③

二、加强儒学的系统教育，在京都设国子监，在各镇设督学，从王室子弟到乡间儿童的教育，都制定了学规。规定学校教材须采用儒学经典，学童8岁以上入小学，学《孝经》《忠经》，12岁以上读《论语》《孟子》《中庸》，15岁以上读《诗经》《书经》《易经》《礼记》《春秋》等。

---

① （明）严从简.殊域周咨录［M］.北京：中华书局，1993：237.
② 贺圣达.东南亚文化发展史［M］.昆明：云南人民出版社，1996：157.
③ 程林辉.儒学在越南的传播和影响［J］.南昌大学学报，2005（6）.

三、完全以儒学为指导，颁国策，订风俗。1834年，明命帝（阮圣祖）颁布了《十条训谕》，用儒家的仁义礼智和忠恕孝佛来规范老百姓的言行。

四、科举制度独试儒学，并在考试中引入八股文，且规定用汉文开科取士，明令废除字喃，宣布学校教学及一切官书文告全用汉文。①

阮朝第二代皇帝圣祖精通儒学，崇尚孔孟之道，面对西方殖民主义侵略的威胁和天主教传播的挑战，他严禁天主教的传教活动并惩治信奉天主教的教徒，表明儒教仍然是其治国的根本。阮翼祖在位期间禁教更严厉，惩办了几个外国传教士。

1884年，越南沦为法国的殖民地。② 法国殖民者为了消除越南人民的民族意识，有计划、有步骤地在越南推行西方文化，压制汉文化的传播，淡化儒家思想的影响。从此儒学在越南的地位迅速衰落。

儒学盛行之时，佛、道在越南也有着广泛的影响。晋唐时期，从中国传入越南的不仅仅是儒学，同时还有中国的佛教与道教文化。佛教在西汉时传入中国，后来与中国的儒道文化相融合，形成了具有中国特点的佛教。公元2世纪末到3世纪初，中国学者牟子曾在交趾研究和传播佛教，同时也研究和宣传了道教。公元580年，天竺僧人灭喜从中国到越南北方，创建了中国禅宗的灭喜派，传播慧能的禅宗南宗。到了公元800年，中国僧无言通又在越南北宁建寺，创立了同属禅宗南派的无言通禅宗。自晋至唐，随着汉文化传入安南，大量汉文佛学典籍也传入这一地区，僧侣们必须精通汉文才能研读。于是汉文就成了输入佛教的工

---

① 贺圣达.东南亚文化发展史［M］.昆明：云南人民出版社，1996：159—160.
② 1884年6月，法国驻北京公使巴德诺（Patenôtre），到越南顺化与越南朝廷签订了《巴德诺和约》，史称"第二次顺化条约"。越南从此沦为法国殖民地。

具,而佛教又反过来成了输入汉文的渠道。结果僧侣们便成了当时最有知识的阶层,寺院也成了社会的文化中心,是学者辈出、人才荟萃的地方。综观晋唐时代,越南人多出高僧,如无碍法师、奉定法师、惟鉴法师等人,他们不仅是精通佛典的僧家,而且也是有造诣的汉文学者。他们的著述虽已遗佚,但从当时中国诗人沈佺期、杨巨源、贾岛、张籍等所酬赠赞扬的诗中都可以看出这些高僧高深的学问。到了李朝时期,当朝者"把佛教确定为衡量国王与臣民的教化行为的标准"[①],同时推行儒、佛、道三教并存。在儒学鼎盛的黎朝时代,佛教的地位虽有所下降,但其影响始终是极广泛的。特别是在黎朝后期,帝王重新推崇佛教,而这时中国南方广东、广西等地的一些僧侣也进入越南,中国禅宗临济派拙公和尚在17世纪40年代也到北宁省顺城府的笔塔寺修行,成为在越北地区传播临济宗的始祖。这一派后来又派生了莲派和惠洞派。逃到越南南方的中国名僧,先有临济派的济圆和尚、觉封老祖,后又有寿尊和尚、石廉和尚等。济圆和觉封的越南弟子了观和尚后来在顺化天台山开创法门,影响极大。今天,越南南部、中部几乎所有的庙宇,都属于临济宗了观派。[②]

道教在越南独立之初即李陈时期也受到一定的重视。李公蕴即位后,就颁赐僧道衣服。公元1010年,李公蕴建观圣庙,祭祀中国道教信奉的玄武神。李太宗时,皇帝正式批准了道士行道。陈朝时京城升龙(今河内)城里有为道士修行的太清宫。陈英宗时,中国道士许宗道于1303年随商船来到越南,居安华江津。许道士将"符水斋醮"传入越南。陈

[①] [新西兰]尼古拉斯·塔林.剑桥东南亚史(第1卷)[M].贺圣达,陈明华,俞亚克等,译.昆明:云南人民出版社,2003:122.

[②] [越]陈重金.佛教在越南[J].何劲松,译.中国东南亚研究会通讯,1988(1—2).

裕宗时，于1369年召见至灵道士玄云到京城，问以修炼之法。陈朝末，胡季犛专权，于1398年派道士劝说陈少帝"从游真仙"，禅位于皇太子。可见李陈时期，道教与皇室的密切关系，道士通过祈祠、设斋醮、说修炼成仙之法而为王朝的统治阶层服务。[①]但道教始终没有如同儒学和佛教那样受到重视，道教的作用和影响较为有限。

从10世纪到19世纪，受中国文化影响，越南文化在意识形态上的主要特点是儒、佛、道三教并存。越南封建统治者在世俗学问上，为"治国安民"而推尊儒教；在出世学问上，则崇奉释、道。越南民间的信仰常常是佛、道、儒三教不分，并广泛信仰本地的祖先崇拜与自然崇拜。这是越南宗教文化的一个特征。在越南寺院中，常常是一个屋檐下既有佛教神案，又有道教供案，有些地方，在殿中间摆放佛像，老子、孔子像则分立两旁。这种"三教合一"的状况延续到近现代。但从总的发展趋势而言，儒家学说始终是治国的根本，且随着封建国家的发展，其地位与作用也不断增强，影响力与渗透力也更为广泛深入。

越南历史学家陈重金言："须知我南国自古至今，凡事皆以儒教为依据，以三纲五常为处世之根本。君臣、父子、夫妻，为我国社会所固有的伦理。谁若违背这些伦理，则被视为非人。""北属时代长达1000多年……从此以后，国人濡染中国文明非常之深，尽管后世摆脱了附属中国的桎梏，国人仍不得不受中国的影响。这种影响年深日久已成了自己的国粹。"[②]

以儒学为核心的中国文化在越南传播近2000年，已渗透到越南社

---

① 贺圣达.东南亚文化发展史[M].昆明：云南人民出版社.1996：153.

② [越]陈重金.越南通史[M].戴可来，译.北京：商务印书馆，1992：313，3.

会生活的各个方面，深刻地影响了越南的民族文化，成为越南民族精神和民族传统文化不可分割的有机组成部分。[1]同时，儒学思想也渗透到越南的文学、艺术各个方面。

中国文化对越南文学的多方面影响可以从以下几个角度归结为：

一、汉字本身所带来的固有的文化内涵。越南古代一直使用汉字作为官方的正式文字，越南学者用汉字撰写了为数众多的宗教、哲学、经学、史学、文学艺术等方面的著作，这些用汉字书写的文史著作无一不打上儒学的印记。例如李太祖（李公蕴）即位后，将京都由华闾（今宁平）迁至升龙（今河内），在《迁都诏》中引用商代"至盘庚五迁"，周代"追成王三徙"的典故，证明其迁都乃"上谨天命，下因民志"，以儒家经典为据，总结历史经验，为现实政治服务。后黎朝时，阮廌撰写《平吴大诰》，有着强烈的民族主义色彩，被越南学者称为"独立宣言"，其内容却渗透了"仁义"思想，开篇即提出："仁义之举，要在安民，吊伐之师，莫先去暴。惟我大越之国，实为文献之邦。"儒学思想贯穿全篇。[2]

二、哲学经典及哲学家的文学意蕴。许多儒家和老庄的经典以及佛经，本身即可被视为文学作品，影响着文学的发展。由于受中国晚唐至北宋禅宗及禅诗的影响，越南独立后的李朝和陈朝前期，禅宗佛教盛行，而且当时"三教并尊"，高级僧侣皆精通儒学，能用汉文撰写诗文，既阐明释家禅义，又蕴涵儒家哲理。因此雄踞文坛的是佛门诗僧，文坛上也就以佛学作品和禅诗为主，他们借诗言禅，以禅入诗，创作了许多

---

[1] 程林辉.儒学在越南的传播和影响[J].南昌大学学报，2005（6）.
[2] 梁志明.论越南儒教的源流、特征和影响[J].北京大学学报，1995（1）.

"禅诗"，其形式大多为七言绝句或五言绝句，这类诗大多以比喻表现禅宗哲理。当时在位诸帝都善作禅诗。陈太宗就著有《课虚录》《禅宗指南叙》《四山偈并序》等。

而且越南的儒学家还有一个共同的特点，他们既受儒学的深刻影响，又融合释、道两家的思想成分。不少人并没有自己的哲学著述，而主要是对中国孔孟经典的注解，但均以诗文见长，其儒学思想往往渗透于诗文之中。朱文安、阮廌、阮秉谦、黎贵惇等越南著名儒士，都是诗人兼教育家，或学者兼政治家。阮秉谦（1491～1585）状元出身，官至吏部尚书，后退隐办学，号"白云居士"。其思想便糅合了宋儒、老庄与佛学思想，并长于术数，对中国北宋哲学家邵雍的先天象数之学研究甚深，为越南史上有名的象数理学家，其诗文常寓哲理，被称为"哲理诗人"。他在退隐后以老子"无为"思想为处世哲学，颂扬"安闲"的思想，"高洁谁为天下士，安闲我是地上仙"的诗句反映了他的这种思想。18世纪的著名思想家黎贵惇（1726～1784），曾获榜眼，官至工部尚书，以博学多才、著述宏富著称。其所著的哲学著作有《四书约解》《书经衍义》《芸台类语》《群书考辨》《金刚经注解》等，学术思想皆深受宋明理学影响，并杂有释家与老庄的成分。①

三、儒道文化对文学创作者的影响。越南文学一直是在中国文化的多方面影响下发展起来的。由中国传入越南的儒家思想、老庄哲学和佛教（尤其是禅宗），深刻地影响了越南文学创作者的思想。而且儒学的兴旺还促进了史学、文学的空前繁荣。黎朝时代黎圣宗命史官吴士连撰修的《大越史记全书》15卷，全书皆贯彻了儒学思想。实际上，越南独

---

① 梁志明.论越南儒教的源流、特征和影响［J］.北京大学学报，1995（1）.

立以后，11世纪至19世纪这一时期的书面文学作品中，很难找出完全不受儒、佛（汉传佛教）、老庄思想影响的作品。

四、中国古典文学的直接影响。不仅文学思想，中国古典文学在题材、内容、形式、风格、表现手法等多方面，都影响了越南文学，唐诗、宋诗、唐宋传奇和笔记、明清小说等对越南古代文学的影响尤其明显。

由于受儒学、汉传佛教及老庄思想和中国古代文学的影响，越南古代文学特别是文人学者的汉字文学作品，与中国古代文学在思想、意识、风格等许多方面，都有着共通之处。儒家的"达则兼济天下"的思想和老庄的清静无为、独善其身，以及佛教禅学的顿悟、壁观、安心、随缘之说，始终是越南古代文人学者的文学精神。"文以载道""诗以言志"也一直是影响文学创作的主导思想，而抒情精神则是古代越南文人共通的文学意识。

从李朝直至阮朝，汉字创作的文学作品在数量上一直都居于多数，喃字创作的文学作品也逐代增加，至阮朝时期喃字文学作品大量出现，在文坛上与当时仍然兴盛的汉语文学尤其是诗歌，呈现出"双峰并峙，两水分流"的格局。喃字文学因其文学创作的文字形式民族化了，使之具有更为独特的民族风格。但它仍然不可能割断与汉字和汉语文学千丝万缕的联系。一是在其表现的思想内容上仍然渗透着儒道的文化思想。喃字虽是越南人创造的民族文字，但是越南人却并没有因之创造出有别于儒教的属于自己民族的思想体系。因此喃字所载的"道"仍然是儒家之"道"。二是在体裁上，喃字文学独创的"双七六八体"，也没有完全脱离中国"七言"诗之本，实际上是越南"六八体"与中国"七言"诗相结合的产物。三是在修辞和表现手法上，喃字文学仍然与越南文学中大量的汉语文学一样，与中国古代的汉语文学有着共同的特点，同样富于音律变化，具有强烈的情感色彩和人文积淀，具备汉语文学所具有的整齐、抑扬、回环的形式美。①四是在题材上，喃字文学作品中有不少借用中国文学作品的题材或情节，可以说是在"借中喻越"。影响最大的喃字文学作品，便是由越南作家阮攸根据中国明末清初作家青心才人的小说《金云翘传》所改写的六八体长诗《金云翘传》（又名《断肠新声》）。这部作品不仅表现了浓厚的儒道思想，且在人物形象、情节内容上都与青心才人的原作保持一致。

实际上，越南文学、文化不只是单纯接受中国的文学文化，而且也对中国的文学文化产生了积极的影响。最为典型的即是阮攸的《金云翘传》所引发的"翘传现象"。清代以后，中国青心才人编次的小说《金云翘传》在国内曾一度沉寂，而越南作家阮攸改编的越南"六八体"长诗《金云翘传》却享誉全球。20世纪50年代之后，随着越南阮攸的《金云翘传》传入中国，中国的学者才得以重新发现并引发了对被遗忘的青心才人《金云翘传》及其相关题材作品的研究。尤其是80年代之后，中越两部《金云翘传》越来越受到中国学术界的关注，逐渐开始了对其渊源影响的探究，并且探讨面不断扩大，人们所关注的已不仅仅是两部作品的关系，而是涉及中越有关"翘传"的多种民间故事和传说，而对于青心才人的《金云翘传》的认识和研究也越来越深入，其在明清小说中的地位也逐渐获得认可。"翘传现象"所彰显的便是中越文学、文化关系的双向交流与互动。

---

① 贺圣达.东南亚文化发展史［M］.昆明：云南人民出版社，1996：167—168.

第二节
越南汉文文学的发展

越南历史上所谓的"北属时期",汉字一直是越南官方的正式文字,即使10世纪越南独立以后,李朝(1010~1225)、陈朝(1225~1400)时期,汉字不仅仍然是国家的正式语言文字,而且,这时期也出现了大量用汉字写作的文学作品,汉文文学由此开始起步。随后各朝代直至阮朝明命帝时期(1820~1840)皆沿用李朝、陈朝时期的文字政策,继续用汉字进行科举考试和文学创作,加上不断有南下的中国学者、诗人、文学家,积极传布汉文文学与文化,越南士人也北上交流,由此助推越南汉文文学的发展,越南文坛上先后涌现了不少以汉文为写作语言的著名作家、诗人与学者,使汉文文学不断兴盛繁荣。从越南汉文文学的发展来看,越南汉文文学发端于公元10世纪至12世纪,兴盛于13世纪至14世纪,繁荣于15世纪至18世纪中叶,18世纪后期至19世纪中叶越南汉文文学达到鼎盛,而后日趋式微。

一、发端期

虽然 10 世纪以前越南一直使用汉字,但直至公元 10 世纪越南才发现有书面文学。之后文学大体沿着两个脉络发展,即汉文文学和喃字文学。且从李朝直至阮朝,汉文文学作品在数量上一直居于多数。"在越南使用汉文的漫长历史过程中,古代越南人——从帝王到贵族、官吏和文人等都崇尚汉字、汉文化,他们把汉文化典籍奉为神明,把他们用汉文创作的文学作品放在独尊的地位,视为正统文学;而把用自己的本民族语言——喃字创作的作品放到了次要的地位,视为不登大雅之堂的'俗文学'。"[1]

汉文文学的体裁主要是诗歌和散文。越南现存最早的汉诗是杜法顺禅师(915~990)的五绝《国祚》:"国祚如藤络,南天理太平。无为居殿阁,处处息刀兵。"[2] 这首诗是为前黎朝皇帝黎大行咨询国政而作。除杜法顺禅师外,满觉禅师(1052~1096,真名李长)的《告疾示众》,空路禅师(?~1119)的《鱼闲》,匡越禅师(933~1011,真名吴真流)的《王郎归》(又名《阮郎归》),以及李常杰(1019~1105,原姓吴,后赐国姓李,是越南李朝将领)的《南国山河》等诗作,皆是越南早期的汉文诗作。

而汉文散文作品则比汉文诗歌产生略晚,现存最早的散文作品是李公蕴(974~1028)的《迁都诏》,其散文采用骈体完成,以迁都为主旨,以历史为借鉴,进行正反论证,字里行间,洋溢着王者之气,显示了作者卓越的才华和深远的历史洞察力。

---

[1] 于在照.越南汉文学概述,载王介南主编.南亚东南亚语言文化研究[C](第五卷).北京:军事谊文出版社,2006:103.

[2] 于在照.论越南汉诗的产生及演变[J].解放军外国语学报.1999(5).

二、兴盛期

从公元10世纪至12世纪，越南汉文文学在体裁和数量上并不丰富，显示了汉文文学在越南的刚刚起步。由于这一时期越南佛教盛行，越南的汉文文学也被深深打上了佛教的烙印。到了13世纪至14世纪陈朝时期，汉文文学在越南便兴盛起来。不仅有陈太宗、陈圣宗、陈明宗、陈艺宗等陈朝帝王创作汉诗，陈朝的文武将相如陈光启、范师孟、陈光朝也有不少诗作。这时期较著名的诗人有：阮忠彦（1289～1370，字邦直，号介轩）、朱文安（1292～1370）、阮飞卿（1355/1356～1428/1429）。散文方面，成就比较突出的主要有张汉超（？～1354）、莫挺之（1272？～1346？）、胡宗鷟（？～？）。而涉及的散文类体裁也包括：赋、记、序、历史散文、佛学论著等。现存最早的汉文小说，李济川辑编的《越甸幽灵集》[1]，即出现于这一时期。"《粤甸幽灵集》是目前所知陈朝仅有的越南汉文小说，记录了中国和安南古代历史人物的事迹，大多转抄自中国古代史著，较真实可信。后来，越南作家不断增补篇目，并对人物事迹进行想象虚构和编造，不仅产生了众多版本，还对《岭南摭怪列传》等小说产生了重要影响。"[2]

13世纪～14世纪可谓越南汉文学的发展期，它是繁荣的基础，也是对前期汉文学起源的承继，表现在对仗、比喻、对比、起兴等创作技法的综合使用；文体的不断增多，诗歌、志怪小说、历史散文、序、记、

---

[1] 此作品集的"越""粤"二字使用不统一。上海古籍出版社版的作品集总称为《粤甸幽灵集》，收录的各辑分别名为《粤甸幽灵集录》《越甸幽灵集全编》《粤甸幽灵》《新订校评越甸幽灵集》《越甸幽灵》，台湾学生书局版的作品集总称为《越甸幽灵集录全编》。本书依据上海古籍出版社版本的用字。——编者注

[2] 任明华.越南汉文小说研究［M］.上海：上海古籍出版社，2010：20.

赋、佛学典籍的阐释等不断涌现,显示了其文体的发展;在文学表现领域上,边塞诗、赠别诗、友人诗、爱情诗、社会生活诗的出现,把越南汉文文学的表现领域向广度和深度不断推进;越南汉文文学的发展依然离不开中国汉文化的补给,越南本土文化、佛教文化、当朝政治扶持的相互融合,是推动越南汉文文学发展不可缺少的动力因素。

三、繁荣期

15世纪~18世纪中期,陈朝为胡朝所取代,随后即是后黎朝,在这些朝代的更替中,社会动荡在所难免。但是,各朝君主依然没有放弃汉文化教育的推广,对汉文化的重视并不亚于前朝。因此汉文文学在13、14世纪兴盛的基础上,在15世纪~18世纪开创了全面繁荣的局面,无论是在形式上,还是在内容表现领域上,汉文文学此时的艺术成就都达到了一个新的高峰。特别是后黎朝时期(1428~1789),中越文化交流频繁,大量中国小说传入越南。在这些中国小说的影响下,越南汉文小说获得了较大的发展,"笔记、神怪、传奇和历史演义都深受作家的钟爱,出现了近30种作品。"[1] 其中负有盛名的代表作品有:越南现存最早的汉文笔记小说《南翁梦录》(作者黎澄,成书于1438年),武琼重新校正的神怪故事《岭南摭怪列传》(成书于1492年)、阮屿的传奇小说《传奇漫录》(成书于1509~1547年之间)、历史演义小说《皇越春秋》(成书于1680~1704年),以及笔记小说《公余捷记》(作者武方堤,成书于1755年)、《科榜标奇》(作者潘辉温,成书于1755~1786年),等等。这些汉文小说对后世的小说创作皆有较大的影响,尤其

---

[1] 任明华.越南汉文小说研究[M].上海:上海古籍出版社,2010:41.

"《传奇漫录》则掀起了传奇创作的风气"。[①]《传奇漫录》是越南叙事文学发展的里程碑，它的成书一方面是继承前期文学，包括民间文学的成果，一方面也是文学自律性发展和社会现状相契合的产物。

这一时期越南汉诗也极其繁荣，著名的诗人有阮廌、李子晋、阮梦荀、黎少颖等。在越南，历代帝王能文善诗几乎成了一种传统，这也是一种特殊的文化现象，帝王能文善诗不仅对政治权力、主流文化的推进都起到了直接的诱导、推动作用，也在潜移默化中促进了越南文坛的发展趋势、审美偏好，以及评价体制的发展。黎朝时期的黎太祖、黎太宗、黎宪宗也均有汉语诗问世，但其中最具有代表性和影响力的当属黎朝第四代君王黎圣宗。黎圣宗不仅精通汉诗音律，擅长汉诗创作，而且还组织了越南文学史上规模最大的文学组织——骚坛会诗社，他自称"骚坛元帅"，与28位文臣宿将吟诗唱和，留下了大量汉诗，如《春运诗集》《古今宫词诗》《英华孝治诗集》和《文明鼓吹诗集》等。骚坛会的成立及其大量的汉诗创作，以及他们对诗歌形式的追求，把越南汉诗的形式主义推向了顶峰。

16、17世纪，越南战乱不断，社会动荡，越南汉语诗歌也逐渐脱离绮靡的形式主义文风，转向对社会现状的描绘。控诉战争，抨击时弊，表现人民疾苦，现实主义色彩尤为浓重，其中最有代表性的是阮秉谦，他用汉语写就的《白云庵诗集》共10卷，收录诗作1000余首。

四、鼎盛—式微期

18世纪后期至19世纪中叶，是阮朝（1790～1884）统治时期，越南社会在各个方面都发生了重大变化，经济上，商品经济有了一些发展，

---

① 任明华.越南汉文小说研究［M］.上海：上海古籍出版社，2010：41.

在某种程度上打破了自给自足的农业经济体制；政治上，农民反抗封建制度的斗争风起云涌，封建制度风雨飘摇，逐渐没落；文学上，较之黎朝时期，汉文文学在文坛上的主流地位渐次消退，喃字文学成为文坛主导。这一时期，越南汉文文学的发展依然取得了一定的成就，在诗歌方面，主要有邓陈琨、阮攸、黎贵惇等。

阮朝时期，越南汉文小说也取得了巨大成就，"出现了历史演义、传奇、笔记、志怪约30部汉文小说。其中历史演义和传奇小说都是作者原创，成就较高"。[①]其中影响较大的历史演义小说有：阮榜中的《越南开国志传》；由吴体、吴悠撰写，吴任辑编的《皇黎一统志》(又名《安南一统志》)。传奇小说的代表作家和代表作品是段氏点的《传奇新谱》，范贵适的《新传奇录》。而笔记小说则有范廷琥的《雨中随笔》，以及范与阮案合写的《桑沧偶录》，武贞的《见闻录》等。这一时期不仅各种体裁的汉文散文作品纷纷涌现，使其形式得到了长足的发展，而且，散文作品在数量上和诗人群体数量上，比较前代也有了新的突破和发展。

1884年，越南沦为法国的殖民地后，1885年，法国又强迫中国清政府签订《中法会订越南条约》，随之中国与越南结束了藩属关系。法国殖民者为了消除越南人民的民族意识，有计划、有步骤地在越南推行西方文化，废除汉语科举考试，压制汉文化的传播，汉文化对越南的影响逐渐减弱。与此同时，拉丁化的越南语开始普遍被越南人所接受并应用于文学创作。由此，越南的汉文文学也开始走向衰落。

这一时期，越南汉文文学依然有着一定的发展，呈现出一些新的文

---

① 任明华.越南汉文小说研究［M］.上海：上海古籍出版社，2010：201.

学气象，主要表现在两个方面。就创作群体来说，由于社会斗争集中转向反殖民战争，创作群体大体分为两类：一类是以阮春温为首，他们集作者和将军两种身份，诗歌热情讴歌了越南人民的民族独立战争，宣扬了大无畏的英雄气概，并对越南当下社会现状进行批判；一类是单一的文学作者身份，以潘佩珠为代表，他们以笔为战，揭露殖民者的腐朽，暴露当下统治的无能，鼓舞人民奋勇向前，开拓了抗击殖民者侵略的文学新气象。就文学体裁来说，传统的诗歌、赋依旧发展，而词、小说开始涌现，并取得了一定的成就，其中又以阮绵审、潘佩珠为代表。汉文小说方面，也出现了一些原创作品，章回小说如吴甲豆（1853～？）的历史演义《皇越龙兴志》，公案小说《鸟探奇案》（未题作者），由裴仲壁根据一老翁讲述的故事编成的英雄传奇《黎郡公古传始末》，潘佩珠（1867～1940）的英雄演义《后陈逸史》；笔记小说如《云囊小史》《婆心悬镜录》《野史》和《桑沧泪史》，等等。

随着拉丁化越南国语的普遍推广应用，汉字也被停止使用，汉文文学在越南最终销声匿迹。

第三节
越南汉文小说研究现状及问题

一、现存越南汉文古籍状况

在中越邦交史上，两国使者在数个世纪里不断接触交流。关于中越邦交史的书籍资料原本相当丰富，但保存至今的却并不算多。

（一）现存越南汉文古籍现状

国内学者研究越南现存汉文古籍现状的，要首推原任职于北京图书馆（今国家图书馆）的张秀民先生。张秀民先生曾经于2001年在《中国东南亚研究会通讯》上对越南现存汉文古籍进行概括性的总结。

张秀民先生统计越南潘辉注《历朝宪章类志·文籍志》著录的185种，法国迦节（Cadiere）、伯希和（Pelliot）的《史部书目》175种，加上河内新购的78种，日本东洋文库藏安南本76种，《河内远东博古学院图书馆目录》三本所录汉文书目3070种，中国书越南印版690种，喃字版628种，三者合计汉文古籍共4388种。可见现存越南汉文古籍之一斑。此外，越南汉喃研究院近年来的影响越来越大，其官方网站所公布的数据显示，现在越南汉喃研究院收藏的包括喃字版的书籍共约2万册。

（二）中国和海外现存越南汉文古籍状况

根据张秀民先生所列的书目得知，目前中国所藏越南汉文古籍也不少。[①] 国内越南汉文古籍较为集中地收藏于国内下列单位：国家图书馆、广西民族大学（包括图书馆、小语种资料室、民族研究所，以及有关教师收藏）、厦门大学南洋研究院、广西社会科学院东南亚研究所、中山大学、香港大学、香港中文大学、暨南大学、郑州大学越南研究所等等，此外台湾所收越南汉文古籍也不少，如台湾淡江大学等等。

海外方面，收藏最多的莫过于法国远东学院。此外日本东京大学东洋文化所、京都大学、庆应义塾大学都有收藏。在1975年前后移居美国加州的越南学者们也收藏有部分越南汉文古籍。

二、越南汉文文学出版情况

（一）中国台湾出版情况

我国台湾地区对越南汉文文学一向保持高度的关注，对于越南汉文

---

① 张秀民记录有：《安南行记》《交州藁》《平定交南录》《安南图说》《海国广记安南》《安南使事纪要》《使交纪事附使交吟》《安南军营记略》《越南纪略》等等。另据其他学者记载，还有李常杰著《南国山河》，陈世法著《岭南摭怪列传》，陈国峻著《兵书要略》，黎文休著《大越史记》，阮忠彦著《介轩诗集》，朱文贞著《四书说约》，阮鹰著《舆地志》《抑斋遗集》，武轸著《松轩集》，吴士连著《大越史记全书》，黎思诚等著《珠玑胜赏诗集》，阮孚先著《大越史记续编》，黄德良著《摘艳集》，杨德颜编《古今诗家精选》，武琼著《大越通鉴通考》，黎嵩著《越鉴通考总论》，阮秉谦著《传奇漫录》，范公著《越史全书》，阮俨著《越史备览》，黎贵惇著《大越通史》《见闻小录》，阮攸著《北行杂录》《清轩诗集》，黎光定著《一统舆地志》，张登桂等著《大南实录》，潘清简著《钦定越史通鉴纲目》，潘辉注著《历代宪章类志》，潘佩珠著《巢南年表》《越南亡国史》，邓博鹏著《越南义烈史》等。

小说的整理出版，目前的成绩可能是最为耀眼的。[①] 早在1987年4月，陈庆浩、王三庆教授主编《越南汉文小说丛刊》第一辑七册，即由法国远东学院出版、台湾学生书局印行，这是越南汉文小说在国际上首度以大规模的崭新面貌亮相。该辑包括传奇小说、历史演义、笔记小说等，辑录作品17部；1992年11月，陈庆浩、郑阿财、陈义主编的《越南汉文小说丛刊》第二辑，继续由台湾学生书局印行。该辑收书17种共五册，内容包括神话传说、历史演义、笔记小说和传奇小说等。《越南汉文小说丛刊》第一辑、第二辑的出版，不仅在台湾带动了越南汉文小说研究的风气，也引发了大陆研究者对越南汉文小说的关注、整理与研究，由上海古籍出版社出版的《越南汉文小说集成》，即在《越南汉文小说丛刊》第一辑、第二辑的基础上整理出版。

（二）中国大陆出版情况

1.《越南汉文小说集成》

经海内外诸多学者共同努力，由上海师范大学、越南汉喃研究院、台湾成功大学通力协作，《域外汉文小说大系·越南汉文小说集成》（简称《集成》）2011年由上海古籍出版社出版，全书20卷，600万字。该《集成》在台湾学生书局1987年及1992年印行的《越南汉文小说丛刊》第一辑第二辑的基础上编纂整理，收书超过100种，内容十分丰富，可分为神话传说、传奇小说、历史小说、笔记小说、近代小说五大类，所收的都是发生在越南本土的故事，具有强烈的民族和本土特色，从中可以反映出越南受到汉文化的强烈影响，不少小说甚至直接将中国小说

[①] 陈益源.越南汉文小说在台湾的出版与研究［J/OL］.［2013：1—21］.http：//www.douban.com/group/topic/16031424/。

"移植"过去，仅仅改动了人物、时间、地点。

据《越南汉文小说集成》所作分期，越南汉文小说大致可分为四个时期：

第一个时期：陈朝——汉文小说的出现。目前现存陈朝时期越南汉文小说仅有《越甸幽灵集》一种，也是现存最早的汉文小说。此书记录了中国和安南古代历史人物的事迹，大多转抄自中国古代史著，较真实可信。随后，越南作家不断增补篇目，并对人物事迹进行想象性虚构和编造，不仅产生了众多版本，还对《岭南摭怪列传》等小说产生了重要影响。

第二个时期：后黎朝的汉文小说。后黎朝的360多年间，政治格局较为复杂，既有稳定、繁荣发展的时期，也有南北对峙和纷争的阶段。这一时期，中越文化交流频繁。越南学习中国的历史、天文、历法、建筑等，还派人入清学习儒学，购《大藏经》和《律论》千余部置于寺院。很多中国小说也传入越南。在此影响下，汉文小说取得了极大的发展，笔记、神怪、传奇和历史演义都深受作家的钟爱，出现了近30种作品。尤其是《公余捷记》《岭南摭怪列传》和《传奇漫录》思想、艺术成就突出，基本代表了越南汉文小说的最高水平，对后世产生了深远的影响，出现了10多种据《公余捷记》选录、增补而成的小说集，10多种续补、增编的《岭南摭怪列传》，《传奇漫录》则掀起传奇创作的风气。

第三个时期：阮朝前期的汉文小说。阮朝建国后，中越之间的政治、经济和文化关系，都进入了一个新时期。90多年间，出现了历史演义、传奇、笔记、志怪约30部汉文小说。其中历史演义和传奇小说，都是作者原创，成就较高。余者，故事内容基本相同，还出现了不少小说选本。小说编者互相抄袭、选录，表明汉文小说原创力的减弱。

第四个时期：法属殖民地时期的汉文小说。短短的62年间，出现了约20部汉文小说，呈现出两个鲜明的特点：一是原创作品少，只有《皇越龙兴志》等寥寥数部，其他多为辑录前人之作，甚至选录、篡改中国的小说以成书；二是随着法国殖民统治的加强，及越南民族民主革命的兴起与高涨，人们将越南历史上的名人英雄等辑录成书，借以宣传民族意识和尊严，激发越南人民的反抗斗志，如《南国伟人传》《南国佳事》等，甚至创作英雄传奇小说以宣传革命思想。尽管多是旧作重辑重刊，却具有强烈的时代性，这也是越南汉文小说的最后一抹微光。

从艺术形式上看，越南汉文小说又可大致分为五种类型：

（1）神话传说。越南民族国家以及事物起源的故事，包括国家或地方神祇的传记杂录，如《岭南摭怪列传》《越甸幽灵集》等共17种，其中《越甸幽灵集》等有多个版本。

（2）传奇小说。这是古代越南汉文小说中最具有现代意义的"小说"类作品，其中有文言短篇，亦有长篇小说。如《传奇漫录》《传奇新谱》《越南奇逢事录》等14种。

（3）历史小说。历史演义在中国是通俗文学，但在域外，能读写汉文者已是文士，能以汉文来撰写长篇文字者，则是文士中之翘楚。域外汉文小说作者的社会地位一般比较高，与唐传奇作者相埒。这也是在此《集成》编纂分类中，编纂者们改称它为"历史小说"而不用"历史演义"的原因。此类收《皇越春秋》《越南开国志传》《安南一统志》《欢州记》等5种。

（4）笔记小记。笔记小说在中国包含的范围极广，一般又分为志怪、志人两类。志怪的虚构性强些，志人中有的是传说，不少是实录，已类似传记了。本类收书33种，包括《见闻录》《南翁梦录》《雨中随笔》

《南国异闻录》《大南奇传》《南天忠义实录》《人物志》《桑沧偶录》《科榜标奇》《公暇记闻》《山居杂述》等。

（5）近代小说。目前所收集的有《南风杂志汉文小说集》及《潘佩珠汉文小说集》两册，可为越南汉文小说之殿军，此后越南结束使用汉文之传统，无以为继矣。两册书大部分为本次新发现的资料，除潘佩珠的个别作品外，亦为研究越南文学者所未涉及之题目。为越南文学开拓现代汉文文学一支，或为此《集成》极富意义的贡献。

2.《越南汉文燕行文献集成》

大型文献丛书《越南汉文燕行文献集成（越南所藏编）》（全25册）由复旦大学文史研究院和越南汉喃研究院合作，历时三年精心编纂，2010年由复旦大学出版社正式出版。该丛书搜集了现存于越南的79种独立成书或成卷的燕行文献，从一个特殊的侧面直观感性地呈现元明清时期的中国。这是复旦大学教授葛兆光先生所提出的"从周边看中国"的"燕行录集"系统出版的开始，牵引出了一个以汉文连缀的共同教养和共享传统的时代，一个新的、彼此关联的历史世界。葛兆光表示："这些珍贵文献展示了越南人眼中的古代中国，记载了中越两国历史上的友谊和交往，也给研究者提供了'跳出中国，又反观中国'的视角。"[①]

越南汉文燕行文献是指历史上越南官方使节北使中国，或民间人士来华旅行而撰述的相关汉文记录，其主要形式为燕行记、北使诗文集和使程图。这些作品以诗歌或散文形式呈现，内容涉及出使途中日记、见闻纪事和抒发离家乡愁的杂感等。还有一些作品绘制了从升龙（今越南河内）到燕京（今中国北京）沿途线路图，每个使团经过或停留的地点

[①] 葛兆光.越南汉文燕行文献集成序一.//复旦大学文史研究院，越南汉喃研究院编.越南汉文燕行文献集成（越南所藏编）第1册[G].上海：复旦大学出版社，2010.

都绘制地图,并题诗吟咏。因此,该文献从一个特殊的侧面,系统地展示了公元1314年至1884年这500多年间中越两国友好交往的历史。

《越南汉文燕行文献集成(越南所藏编)》选择收录的文献,包括53位越南作者的79部作品,文献原件主要存放于汉喃研究院的汉喃书库(越南汉喃书籍的主要收藏地)中。越南国家图书馆的汉喃书库中只有3部相关作品,其内容与汉喃研究院所藏书籍重复,因此未列入这次收集的书目中。

在这79部汉文燕行文献中,时代最早的有陈朝名士阮忠彦(1289~1370)撰于14世纪的《介轩诗集》。15世纪、16世纪越南使者的一些作品,由于保存不全,又并非独立完整成书成卷,所以只能割爱。随后是冯克宽在1597年出使途中创作的诗文《使华手泽诗集》《旅行吟集》等。其余作品主要撰写于17世纪后期至19世纪末。

三、国内越南汉文小说研究近况[①]

在保存、出版越南汉文文献的基础之上,学者们也展开了较为广泛的对越南汉文文献的研究,尤其以越南汉文小说研究为显著。

越南汉文小说,是"由长期深受中国汉文化濡染的越南人民用汉字创作的,主要反映越南的民族精神和风土人情的小说作品"[②]。越南汉文小说是汉文化整体研究中不可或缺的部分,越南文人长期受到汉文化的熏陶,深受汉文化浸染,极大程度地沿袭着汉文化的思想观念,同时又糅合了越南民族的本土特色。因此,越南汉文小说不仅体现了汉文化的

[①] 越南国内及我国台湾地区的研究概况在任明华《越南汉文小说研究》中已有较详细的梳理,本文不再赘述。在此主要对2000年以来我国大陆学界的研究概况做一简要阐述。

[②] 任明华.越南汉文小说研究[M].上海:上海古籍出版社,2010:2.

影响和中国古典小说的模式,而且反映了越南文人的改造和创新,展现出中国文学、文化在越南的流传及越南文人对中国文学、文化的接受。目前,国内学者对越南汉文小说的研究,包括越南汉文小说中蕴涵的汉文化观念和对中国古典小说的模仿、创新,并涉及一些越南本土特色的显现。

(一)侧重汉文化渊源的研究

越南汉文小说受汉文化的影响主要体现在两个方面:一是思想观念上,如儒家文化、道家文化和道教思想在作品中的蕴涵;二是艺术表现手法的借鉴,如小说的叙事方法、题材的借用等。

1. 越南汉文小说观念受汉文化影响的研究

2000年陈默的《论越南汉文小说〈皇越春秋〉》,探讨了《皇越春秋》所蕴含的越南人的正统观、德治观、忠义观、重贤观等文化观念,以及中国传统文化对越南文化的深远影响,并从人物塑造、战争描写、虚实处理等艺术角度窥探它对《三国演义》的学习、借鉴与模仿痕迹。指出越南深受中国文化影响,《皇越春秋》中鲜明地体现了儒家文化的正统观、德治观、忠义观和重贤观,"中国乃世界四大文明古国之一,当东亚各国尚处于草昧未开状态之时,中国文化已是灿然大观,他们正因接触中国文化方逐渐开化、建国",《皇越春秋》的卷首语《传叙》,表达了儒家文化的观念,"作者在这篇纲领的统御下,借助历史人物、事件,从各种角度形象地表现出这些文化观念"[1]。

2007年陆凌霄的《论越南汉文小说〈皇越春秋〉的德治观念》和陆凌霄、徐舜杰的《论越南汉文小说〈皇越春秋〉的正统观念》,探讨了

---

[1] 陈默.论越南汉文小说《皇越春秋》[J].北方论丛,2000(6).

历史小说《皇越春秋》受中国历史文化和历史演义小说的影响，其创作有着鲜明浓厚的"君权神授，顺应天命"思想，体现出越南民族的明君政治理想，以及越南古代思想文化与中国儒家文化之间的密切联系，指出《皇越春秋》体现的儒家文化中道德和正统观念在政治上的重要性，并进一步确定了汉文化渗透于越南民族，因而观念上具有相似性。"与中国山水相依，习俗相近的越南民族，从古代以来认真地学习和吸收了优秀的儒家思想文化的精华，其德治观念，强调了君德在国家政治中的重要性"[1]，"通过研究该小说对于正统观念所涉及的诸多方面的认同，我们不难发现汉文化在向越南传播的过程中，深入地渗透到越南民族的历史文化当中，因而表现出了汉文化地区历史文化内涵的相似性"[2]。

除了文本的研究，唐桓的《道教与越南古代文学》则探讨了中国的道教思想对越南古代文学的影响，分别列举了《岭南摭怪列传》《公余捷记》《传记摘录》等越南汉文小说中道教的神学思想对小说素材、创作手法的影响。认为道教思想"丰富和推动了越南古代文学不断向前发展，在越南文学领域的地位和作用不可低估"[3]。

王后法的《越南汉文小说与汉文化刍议》以宏观的视野，论述了越南汉文小说受到中国儒、释、道思想影响，并肯定了越南汉文小说和中国古代文学一脉相承的关系，"中国的儒学自宋明理学而后，便具有以儒家伦理为核心，兼糅儒、释、道而形成'三教归一'的特征，越南儒教也如此。纵观越南整个中世纪时期，朝廷执行的是'三教并尊'政策，

---

[1] 陆凌霄.论越南汉文小说《皇越春秋》的德治观念[J].百色学院学报，2007（1）.
[2] 陆凌霄，徐舜杰.论越南汉文小说《皇越春秋》的正统观念[J].百色学院学报，2007（2）.
[3] 唐桓.道教与越南古代文学[J].解放军外语学院学报，2003（4）.

体现在民间的信仰,则常常是佛、道、儒三教不分"。①

吕小蓬的《越南民族文化对中国文化的吸收与反馈——越南汉文小说〈皇越春秋〉研究(上)》②在探讨《皇越春秋》的创作技巧与中国历史演义小说之间的密切联系的同时,也关注其文化精神与中国文化传统的异同。其《越南汉文历史小说〈皇越春秋〉的文化研究》③也从文化的视角探讨了《皇越春秋》以不同于中国古代叙事文本的话语,对中越历史事件、历史人物进行了他者的文学虚构和文化阐述,传达了越南古代汉文历史小说所承载的独特的民族精神和文化心态。

刘廷乾的《中国文化与越南汉文笔记小说》④则认为比之于其他越南汉文小说,越南汉文笔记小说受中国文化、中国文学的影响更为多元化。中国文化中的帝王官僚文化、隐逸文化、鬼神文化、科举文化等,在越南汉文笔记小说中都有集中体现。

高国藩先生对《东亚文化研究》第七辑"越南汉文小说研究专号"刊登的陈益源教授及其十四位弟子专门研究越南汉文小说的论文进行评议,他同样认为,这些研究深入分析了越南汉文小说与中国文化水乳交融的关系。⑤而这种关系主要体现的是越南文学所受中国文学与文化的影响。他特别指出,研究者关注到越南汉文地方文化展现出的中国文学意识。

---

① 王后法.越南汉文小说与汉文化刍议[J].徐州师范大学学报,2007(6).
② 吕小蓬.越南民族文化对中国文化的吸收与反馈——越南汉文小说《皇越春秋》研究(上)[J].人文丛刊,2010.
③ 吕小蓬.越南汉文历史小说《皇越春秋》的文化研究[J].东南亚研究,2013(3).
④ 刘廷乾.中国文化与越南汉文笔记小说[J].中华文化论坛,2013(8).
⑤ 高国藩.越南汉文小说研究的新成就[J/OL].https://www.douban.com/group/topic/16031424/?_i=4333927s_vzgEz.

由此可见，汉文化观念对越南汉文小说的影响关系，已被研究者认可，这是越南汉文小说中不可回避的事实。

2. 越南汉文小说艺术手法对中国古典小说借鉴的研究

越南汉文小说不仅思想观念上深受汉文化的影响，而且在人物、情节、结构和语言运用上直接对中国古典小说进行模仿和继承。

台湾学者在这方面的研究成果比较明显，2001年陈益源教授的《〈聊斋志异〉对越南汉文小说〈传记摘录〉的影响》，肯定了《传记摘录》原创性的同时，认为《传记摘录》不仅有对《聊斋志异》的改写，还是受其深远影响的创作。"《传记摘录》虽然跟中国《聊斋志异》有着密切的关系"，"不过，我们并未看到其中有任何一篇是单纯抄袭《聊斋》的"[①]。

2004年，彭美菁的《论〈聊斋志异〉对越南汉文小说〈传记摘录〉的影响》补充说明了《传记摘录》在题材上"借用""复合"了《聊斋志异》，文字上则是对《聊斋志异》的"袭用"和"糅合"。《传记摘录》对《聊斋志异》题材的借用与复合及文字的袭用与糅合两方面进行细致的比对，作为《聊斋志异》对《传记摘录》产生影响的实证，"两书之间高度的相似性，使我们相信，这样的类同，绝对不是偶然的"[②]。而同年，陈益源的《〈聊斋志异〉、〈后聊斋志异〉与越南的〈传记摘录〉》一文则修正了自己2001年的观点，重新发现《传记摘录》其实是对中国古典小说《后聊斋志异》的抄袭，"《聊斋志异》对《传记摘录》的影响

[①] 陈益源.《聊斋志异》对越南汉文小说《传记摘录》的影响[J].蒲松龄研究，2001（4）.

[②] 彭美菁.论《聊斋志异》对越南汉文小说《传记摘录》的影响[J].广西民族学院学报，2003（7）.

是间接造成的","越南的《传记摘录》只是《后聊斋志异》的剽窃之作"①。

任明华的《越南汉文小说〈传奇漫录〉本事考》认为在"情节内容、艺术构思和语言等本事方面,《传奇漫录》主要模仿、借鉴了《剪灯新话》"②。文中列举了一部分《传奇漫录》和《剪灯新话》的篇目,如《传奇漫录》卷一《木棉树传》与《剪灯新话》卷二《牡丹灯记》,通过列表对比,发现此二篇的整体结构、情节、叙事方式甚至许多语言都一致;有一些篇目是部分模仿,《陶氏业冤记》后半部分的语言和情节模仿了《剪灯新话》中的《牡丹灯记》;有一些篇目是对原作情节的杂糅,《项王祠记》开头模仿《剪灯新话》的《令狐生冥梦录》,内容上与《龙堂灵会录》相似。

夏露的《〈三国演义〉对越南汉文历史小说的影响》指出,越南汉文历史小说的诞生得益于《三国演义》的传入,文中论述了越南汉文历史小说《皇黎一统志》和《皇越春秋》的开头、结构主线、战争描写、人物塑造与《三国演义》相同,"都以说书人的身份来交代故事背景并拉开序幕","三书作者都站在他们所维护的那个正统皇权的立场上来进行小说的谋篇布局,因而结构的主线也类似","《皇越春秋》中有诈降计、诱敌计、假死计、火攻计、水攻计、草人计以及各种各样的战略战术的描写都类似《三国演义》",人物塑造上"写昭统帝黎维祁,说他生得'龙颜凤眼,声如洪钟',这与《三国演义》中对刘备的描写类似,

---

① 陈益源.《聊斋志异》、《后聊斋志异》与越南的《传记摘录》[J].厦门教育学院学报,2004(3).

② 任明华.越南汉文小说《传奇漫录》本事考[J].上海师范大学学报(哲学社会科学版),2007(5).

也都是一种类型化的写法"①。

吕小蓬《论越南汉文公案小说〈鸟探奇案〉的艺术特色》则以公案小说《鸟探奇案》为研究对象，认为《鸟探奇案》受到中国古代小说传统的影响，其文本形态类似于中国明代以后出现的章回体公案小说，以尚奇为主要审美特征，并运用了中国古代公案小说常见的"神判法""戏言成谶"情节模式和三段式公案情节结构，且局部强化了以限知视角制造悬念的公案叙事技巧，开创了协助破案的侠义化灵异动物形象，体现了越南古代汉文公案小说对中国古代小说的继承与创新。②

朱洁、王思的《中国小说评点在越南的传播与接受》则对越南汉文小说的评点形式作了探讨，认为越南汉文小说吸收中国小说评点形式，将其运用到作品创作中，形成越南汉文小说评点现象。越南现存评点内容既有对小说主旨的分析、评点功能的阐述、人物形象的点评，也有对故事结构的艺术解析，反映出中国古代小说评点在越南的传播与接受。③刘志强在其出版的两部著作《越南古典文学名著研究》（2018）、《中越文化交流史论》（2013）中亦探讨了越南古典文学从艺术形象、技巧等方面对中国古代文学进行化用。虽然其研究对象是由喃文写作的越南文学文本，但与汉文作品相似，这些作品从主题、题材等方面都借鉴了中国古代文学作品。刘志强认为，"因言语差别，汉诗并不能深入普通百姓"，故而越南儒士"妙用本国语言文字，或巧借明清才子小说，或融合中华文化典故，以越南语言中特有的'六八体'、'双七六八体'诗式，

---

① 夏露.《三国演义》对越南汉文历史小说的影响[J].内蒙古师范大学学报（哲学社会科学版），2010（3）.
② 吕小蓬.论越南汉文公案小说《鸟探奇案》的艺术特色[J].人文丛刊，2015.
③ 朱洁，王思.中国小说评点在越南的传播与接受[J].江西社会科学，2017（9）.

演绎喃字诗传,付之成篇,有《花笺传》、《宫怨吟》、《征妇吟》、《蓼云仙》、《金云翘传》等雅俗共赏、老少咸宜的佳作问世……"(刘志强.越南古典文学名著研究[M].北京:商务印书馆,2018:4.)

由此可见,研究者多已认同越南汉文小说在艺术表现手法上对中国古代文学的借鉴,不仅如此,有些抄袭、改写现象也值得关注。

(二)侧重汉文化圈越南民族特色的研究

越南汉文小说虽然深受汉文化影响,但也具备一些民族特色,目前的研究成果在探讨越南民族特色时,大多是在汉文化的语境下提出它具备的民族特色,单独对小说中民族特色的研究较少。在此,只能将研究中较为鲜明的论述进行归纳。

1. 作品中异国特色的研究

乔光辉的《〈传奇漫录〉与〈剪灯新话〉的互文性解读》通过对《传奇漫录》和《剪灯新话》在题材运用、情节安排、结局,以及作者观点的比较,发现《传奇漫录》体现的主题与《剪灯新话》截然不同,并流露出强烈的越南民族意识。"发生在连年战乱背景下的爱情,必然要服务于交趾的民族独立事业,……交趾民族意识的高涨在《传奇漫录》中留下了鲜明的烙痕",《传奇漫录》虽模仿《剪灯新话》,阮屿与瞿佑实际上在进行跨民族、跨时代的隔空交流,但《传奇漫录》又有自己的特色,在相近的形式中传达出的思想内容不尽相同。与《剪灯新话》相比,它更重视对民族意识的发掘。[①]

严明的《越南汉文小说的异国特色》认为越南文士是借助中国小说的形式记录和描写越南的社会风貌,具有鲜明的民族特征和异国特色。

---

① 乔光辉.《传奇漫录》与《剪灯新话》的互文性解读[J].东方论坛,2006(3).

"越南汉文小说作品的最为成功之处并不在于对中国小说叙述方式的悉心模仿,而是大量运用越南的人物、场景及历史文化背景材料,编写出具有本土文化色彩的故事情节,越南汉文小说独特的艺术价值也往往表现在这些方面。"[①]

孙婷婷和任明华的《论越南汉文小说〈圣宗遗草〉的真伪和思想内容》肯定了《圣宗遗草》受中国小说观念影响,但是该文更多的是对文本本身的阐释,以提炼作者在灵异故事中寄托的对世态人情的看法和感情,"无论是现实题材,还是神仙鬼怪,几乎无一不怪,无不随笔生事,或讽世或愤世,游戏三昧,创意新巧,表达了作者深刻的思想情感"[②],而这种感情不受国界和民族的限制。

2. 越南汉文小说发展中的民族性差异研究

越南汉文小说的形成和发展,不同于中国古典小说形成的传统,中国古典小说兴起于民间说书、讲史,整体上趋于通俗。而越南汉文小说多为上层文士学习汉语、学习中国古典文学后的创作,整体上趋于典雅。由此,越南汉文小说在文学传统上也显示出民族发展的差异。

任明华的《〈金云翘传〉与越南汉文小说〈金云翘录〉的异同》比较了《金云翘传》和《金云翘录》的异同,认为越南汉文小说《金云翘录》虽然改编自《金云翘传》,但在情节详略、人物塑造主次上符合越南读者趣味,尤其在语言上,越南汉文小说《金云翘录》偏文雅,抒情味道浓厚,继承了越南喃诗的艺术,融入了民族特色。"《金云翘录》的

---

① 严明. 越南汉文小说的异国文化特色[J]. 上海师范大学学报(哲学社会科学版), 2009(4).

② 孙婷婷, 任明华. 论越南汉文小说《圣宗遗草》的真伪与思想内容[J]. 枣庄学院学报, 2009(4).

作者是受过中国经典文化教育的越南士人,不太可能精通白话,盖为自娱而改写,故文词难驯","作为深受越南民族文化熏陶的文人作家,在编译《金云翘录》时必然会避开某些越南人所不熟悉的中国文化,而融入一些本民族的思想和文化风俗,以迎合越南读者的欣赏趣味和实际"[①]。

李时人的《中国古代小说与越南古代小说渊源发展》在肯定了越南汉文小说深受中国古典小说影响的前提下,又不失时机地强调它对本民族的描写,"《剪灯新话》在广泛吸收中国文化、中国文学成分的同时,亦深深扎根于自己的民族文化土壤中。除了个别篇章,《传奇漫录》故事人物皆被设定为越南人,其中有不少甚至是陈末黎初真实存在的安南名士,具体故事发生的场景亦多在越南,个别故事还取材于越南的民间传说,它们集中表达了当时越南人的思想情绪,其中对于人情风习和名物的描写,更显出浓郁的南国风味"[②]。

刘廷乾的《越南汉文小说发展的不平衡性》分别从小说发展的内部和外部剖析了越南汉文小说的发展,"进入越南汉文小说世界,我们看到的是越南民族的丰富想象力和风起云涌的历史演进画面,却很难看到质实而生动的现实内容"[③],认为外部是由于越南社会历史状况、汉文学在越南的地位、语言书写与中国古代有差异,内部是由于小说创作传统、作家创作心理的差异,导致越南古代汉文小说发展的不平衡。这些研究从越南社会历史、文学传统、审美趣味和文本的对比等方面,提出了越

---

① 任明华.《金云翘传》与越南汉文小说《金云翘录》的异同[J].厦门教育学院学报,2008(1).
② 李时人.中国古代小说与越南古代小说的渊源发展[J].复旦学报(社会科学版),2009(2).
③ 刘廷乾.越南汉文小说发展的不平衡性[J].南京审计学院学报,2010(4).

南汉文小说的民族特色,但是,此文挖掘尚不深入,还有待于进一步深入细致地研究了解越南汉文小说中的个性色彩。

以上主要是大陆期刊论文的研究概况。学术论著方面也有显著成果,尤其值得一提的是陆凌霄的《越南汉文历史小说研究》和任明华的《越南汉文小说研究》两本著作。

陆凌霄的《越南汉文历史小说研究》2008年8月由民族出版社出版。该书主要是对《皇越春秋》《欢州记》《越南开国志传》《皇黎一统志》《后陈逸史》等五部越南汉文历史小说文本的研究。不仅对各小说的思想、观念、宗教、文化及艺术做了分析研究,也对越南汉文历史小说的形成和发展、越南汉文历史小说与汉文化的历史渊源,以及越南汉文历史小说的民族性和文学性问题,进行了较深入的研究探讨。

任明华的《越南汉文小说研究》,2010年由上海古籍出版社出版。该书是目前为止对越南汉文小说所做的最为全面的梳理与研究,在着重厘清各时期各类小说的版本、作者、成书时间、内容、增删续编、题材来源的同时,也对小说的思想与艺术,及其所受中国小说的影响进行了较深入的研究。

2000~2019年间,越南汉文小说的研究已经初具规模,研究专著陆续出版,研究论文的数量也在增多。然而研究中的问题也值得思考,2007年林辰的《浅析越南汉文小说》中就针对一些研究者普遍认为越南汉文小说《传奇漫录》模仿《剪灯新话》中的篇目提出质疑,并提出《传奇漫录》中的一些情节与唐传奇相仿。[①] 而2001~2004年间,台湾地区陈益源教授的研究似乎能够证实这种质疑不是毫无道理。他在2001

---

① 林辰.浅析越南汉文小说[J].文化学刊,2007(3).

年发表的论文中肯定了越南汉文小说《传记摘录》的原创性,并认为是受《聊斋志异》的影响,2004年陈教授再次考证,修正了自己先前的观点,证实《传记摘录》实际上是对《后聊斋志异》的抄袭、剽窃。这也为研究中越古代小说事实上的影响关系打开了思路,越南汉文小说的某部作品仅仅是受到明清小说的影响吗?抑或也受到了唐传奇或其他体裁的文学作品影响,或是受到长久以来被边缘化的作品的影响?这些问题,还有待于进一步的研究证实,希望更多的研究者致力于越南汉文小说的研究,解决研究中的问题,推动越南汉文小说的深入研究。

四、越南汉文小说之"小说"

之所以言及这一问题,主要是因为文学文体的定位问题。越南汉文小说所采用的"小说"文体,在以往的众多研究中,很少有学者就这一文体进行相关的概念梳理。当下研究者所言之"小说",多以西学自20世纪初传入中国之文体观念为蓝本,以往众多学者又常以此构建中国古代文学之研究,遮蔽中国古代文学文体的民族独特性。而如此再以这一"小说"概念去研究越南汉文"小说",其中文体概念常常难以重合或是模糊不清。此外,在此种研究中,越南汉文文学作品中又常存有雅文学与俗文学混杂之情况,而"多种文体彼此渗透、多种艺术手段交互为用,这其实是俗文学的基本特点"[①],因此,更增添了对文体确定的复杂性。这就意味着我们要重新思考"小说"这一概念的定义,方可更好地去深入研究,或可对中国古代文体的研究有相关的启示意义。

关于"小说"的概念,无论是中国古代,还是欧美都有着漫长的

---

① 王小盾.从越南俗文学文献看敦煌文学研究和文体研究的前景[J].中国社会科学,2003(1).

发展演变的历史，也有着各自界定的范畴。而如今现代意义的"小说"，则是较能融合中西方小说内涵，且为中西方学界所认可的"fiction"。它是随着18、19世纪中西方小说创作和小说理论发展成熟之后逐渐定型的，其内涵也更为清晰明确的一种独立的叙述性虚构文学式样。《不列颠百科全书》把"fiction"解析为：fictitious literature (as novels or short stories)。《剑桥英语词典》亦作类似解释。其实，"fiction"即是总的小说文类，一切长篇、短篇，纯文学小说、通俗小说，都包含其中，它不仅强调了叙述性，更强调了想象性、虚构性。[①]

在陈庆浩、王三庆等主编，台湾学生书局出版的《越南汉文小说丛刊》，以及孙逊、郑克孟、陈益源主编，上海古籍出版社出版的《越南汉文小说集成》中，并没有对越南汉文小说之"小说"作界定，而是依据所收录越南汉文小说的性质，将其分为神话传说、传奇小说、笔记小说、历史小说、现（近）代小说五大类。从这一分类看，越南汉文小说之"小说"，主要还是依从于中国古代"小说"的概念。

中国古代开始赋予"小说"一词文体概念内涵是在汉代。东汉桓谭在其《新论》中就内容、形式和功能等方面，对"小说"作出了界定："小说"是不入经籍的"残丛小语"，是不同于经籍之作的、将小言小语集合在一起的短书。稍后班固的《汉书·艺文志》把小说视为包含了叙事性、通俗性和娱乐性等基本特征的"街谈巷语，道听途说""刍荛狂夫之议"。自桓谭、班固以后，魏晋时期，"小说"包括了志人、志怪等更为宽泛的内容。到了唐代，史学家刘知几在《史通·杂述》中，将文

---

① 参阅庞希云."人心自悟"与"灵魂拯救"——14世纪至19世纪中西古典小说中的文化心理因素探析[M].北京：中国社会出版社，2007：19—20.

言小说分成了十类："一曰偏记，二曰小录，三曰逸事，四曰琐言，五曰郡书，六曰家史，七曰别传，八曰杂记，九曰地理书，十曰都邑簿。"据小说"多以叙事为宗"的特点，将正史以外所有"记事"的作品，都归入小说，也第一次明确界定了小说的范畴。宋元时代，罗烨的《醉翁谈录》将话本小说分为灵怪、烟粉、传奇、公案、朴刀、捍棒、神仙、妖术、讲史等九类。而明代学者胡应麟也将小说分成了志怪、传奇、杂录、丛谈、辨订、箴规六类。比胡应麟稍晚的谢肇淛则将《水浒传》《西游记》《五显灵官大帝华光天王传》《三国演义》《宣和遗事》等统统视为小说，且明确地提出了小说应"虚实相半"的观点，并进一步将小说与史传文学清楚地区分开来。此后，明末清初的冯梦龙、金圣叹、西湖钓叟，均从文学、小说的本质或内涵等不同方面更为清楚地认识并界定了小说。其中金圣叹从《水浒传》与《史记》的比较中论及了"《史记》是以文运事，《水浒》是因文生事"，阐明了小说与史传文学的区别。清乾隆时期，纪昀主纂的《四库全书总目》，将小说分为叙述杂事、记录异闻、缀辑琐语三类，并强调了小说的叙事性和文学性。

中国古代小说在漫长的发展过程中，呈现出一种不断变化的动态现象。由最初的琐言碎语，到记录奇闻逸事的短书、讲史、故事，再发展至明清时期，"小说"的概念囊括了几乎一切叙述性的散文故事文体，既包括文言和白话，长篇和短篇，亦兼容志人、志怪、传奇、话本、演义等等，由注重纪实至强调虚构，由"街谈巷语，道听途说"，"刍荛狂夫之议"，到文人雅士的独立创作。虽然在不同的时期，人们对小说有着不同的认识与界定，但随着时代的发展，小说的叙事性、虚构性与独创性等文学性特征却不断得到强化。①

而从《越南汉文小说丛刊》及《越南汉文小说集成》所分列的小说五大类来看，越南汉文小说与中国宋元至明清时期小说的范畴极为接近。

神话传说收录的是越南民族国家及事物起源的故事，包括国家或地方神祇的传记杂录。较具代表性的如《岭南摭怪列传》所集录的短小的故事传说，记录越南民族起源的《鸿厖氏传》，讲述越南古代帝王称王的故事《一夜泽传》，记录民族英雄的《董天王传》《李翁仲传》，以及记录各种遇仙的传说《越井传》《伞圆山传》《龙眼、如月二神传》，记录各种神灵的志怪故事《木精传》《鱼精传》《狐精传》《金龟传》等等。而另一种同样具有代表性的神话传说《粤甸幽灵集录》则是较早出现的一部记载神祇传说及祠庙祭祀的文集，所记多为越南历代人君、人臣的传说，以及深受越南人敬奉的各类神灵的传说。《岭南摭怪列传》及《粤甸幽灵集录》所辑的这类传说篇幅皆较为短小，且故事性、虚构性较强，与中国的志怪神话相似。

传奇小说是越南汉文小说中最具有现代意义的"小说"类作品，其中有文言短篇，也有长篇小说。最具代表性的有《传奇漫录》《传奇新谱》，其中颇多故事情节及结构模仿中国传奇故事，其虚构性也较强。与中国宋元明清时期的传奇几乎无二。

笔记小说也类似于中国的笔记小说，内容较杂，包含的范围较广泛，有虚构性的志怪传奇故事，如《南国异闻录》《公余捷记》《见闻录》《大南显应传》等，多为志怪传奇故事；也有实录性质的志人传记杂说或记

---

① 参阅庞希云．"人心自悟"与"灵魂拯救"——14世纪至19世纪中西古典小说中的文化心理因素探析［M］．北京：中国社会出版社，2007：1—22．

事,如《南天忠义实录》《人物志》《科榜标奇》《公暇记闻》《南国佳事》《大南行义列女传》《南国伟人传》等,这类作品多为实录,虚构的成分较少;或是志怪传奇与实录杂合,如《桑沧偶录》《雨中随笔》《山居杂述》等,其中有实录性质的人物事件,也有虚构性质的志怪传奇。

历史小说可分三种:一种为据历史资料创作的类似于中国的历史演义的作品,如《皇越春秋》《越南开国志传》;第二种为以历史演义的笔法修史,多为实录,如《安南一统志》《皇越龙兴志》;第三种如《欢州记》,以历史演义的笔法书写家族史。这一大类中,尤其是第一种,其形式、结构皆与中国的历史演义相合。

现(近)代小说是受西方文化和中国白话文学影响的现代白话小说,为数并不多。

从以上所分列的汉文小说五大类,特别是前四大类文体的性质来看,其"小说"的特性与中国宋元至明清时期小说的范畴更为吻合,而与现代意义的小说概念则存在着较大的差距。

因此,本研究所涉及的汉文小说之"小说"范畴,仅限于《越南汉文小说丛刊》及《越南汉文小说集成》所辑录的"小说",并与中国古代宋元明清时期的小说范畴相对应,并非现代意义的小说范畴。

五、越南汉文小说研究的一点思考

对于越南汉文文学作品的研究,不论中国,还是越南本土的研究,尽管都标榜并非宣扬文化上的"大国沙文主义"或"狭隘民族主义",但在具体研究过程中,或多或少都呈现出如此的倾向。正如韦勒克所言,这样的研究都带着爱国主义的动机,以草率的比较扼杀了文学传统的多样性，并强加上某种统一性，从而武断地表达本民族文学的优越感。[①]这些学者一旦将本民族文学与"他者文学"作具体的比较研究，就可能自觉不自觉地表现出民族主义的立场，有意无意地把本民族文学和文化置于比较优越的位置上。正是基于这一原因，在研究方向上，一方面集中于研究"影响"在于"中国文化渊源"这一立场，或将此延伸到"西方政权的进逼，是导致东亚汉文化圈写作和汉文文献衰落的主要因素"，[②]强调了影响的作用，而忽视了越南的民族性的发展与建构；反之又着眼于"越南汉文小说从内容上来看，涉及越南封建时期社会文化生活相当多的方面，如反映越南民族和国家的历史事件、越南人民的情绪心灵和梦想希望、越南社会各阶层之间的关系、越南儒教封建社会的爱情和婚姻等，所体现出来的非凡价值和独特的民族特征"[③]，这又突出了越南的民族性问题，而忽视了"影响"所引发的文学成因。这种矛盾，还特别体现在文学研究的分期上：一方强调虽为摆脱统治但仍为藩属；另一方则强调已然独立，只是采用汉文写作。而喃字则更是民族独立的表象。以上种种状况，都与早期比较文学所从事的影响研究较为相似，这也正是早期影响研究多为后来学者所诟病的重要原因。如何才能走出这一困局，这亦成为当下研究越南汉文文学作品的一个关键性问题。思考这一困局，究其成因，终归是仅做了文学外围的研究，也就是最后的结论并未着眼于文学的发生、发展的规律性认识。当我们认识到"文学文

---

① ［美］韦勒克.比较文学的名称与性质［A］.∥干永昌等.比较文学研究译文集.上海：上海译文出版社，1985：147.

② 显然，法国殖民统治是汉文学衰微的一个重要原因，但其根本原因，还在于越南民族独立意识的生成。这显然是众多中国学者无法面对的。

③ 越南汉喃研究院院长郑克孟在《越南汉文小说集成》新书发布暨研讨会上的发言.［2013.1—21］.http：∥www.literature.org.cn/Article.aspx?id=67379。

本内在多元元素的组成,不管创作者自己是否意会,事实上存在着任何创作者几乎无法逃遁的特定'时空'中的两层'文化语境',内含至少三种文化元素。第一层面为'社会文化语境',包括生存状态(含自然状态)、生活习俗、心理形态、伦理价值等组合而成的'共性氛围';其第二层面为'认知文化语境',指的是创作者在第一层面中的生存方式、生存取向、认知能力、认知途径与认知心理,以及由此而达到的认知程度,此谓'个性氛围'。它们共同组合成'文本'生成的'文化场'。在每一层'文化语境'中我们几乎都可能解析出三种有效的文化元素,此即'本民族历史承传中产生的文化元素'、'异民族文化透入中产生的文化元素'和'在特定时空中人类认知共性产生的文化元素',透过它们的共同组合,我们就可能在这样特定的多元文化语境中'还原'文学文本的愈益接近的'事实本相'"[1]。

正是基于这样的认识,我们才可以在中越文学文化关系中看到文化传递的基本形态——原话语经过中间媒体的解构和合成,成为文化的变异体,文化的变异体已经不再是文化的原话语。新文化(或新文学)文本的产生,不是为了重复原话语,而是为了本土文化的需要。或许这就是"中国文化"参与"世界文明"进程的形态。

本书主要分六部分对越南汉文小说的拟效模式进行研究:

第一部分是对中国古文献记载进行想象性创造。这一拟效模式主要集中于《岭南摭怪列传》等神话类小说。《岭南摭怪列传》是15世纪后期越南特殊历史背景下的产物,其中的许多人物故事是依据中国古文献记载进行的想象性创造,这种想象性创造反映了越南人对中国典籍文献

---

[1] 严绍璗.比较文学与文化"变异体"研究[M].自序,上海:复旦大学出版社,2011:15—16.

的有意无意的"不正确理解",更反映了那个时代越南民族意识空前高涨的社会心理,以及建立在"为我所用"基础上的想象与重构。因此,这一部分主要梳理和分析越南神话小说的中国元素及其变异,从其流变生发的模式探究民族文化如何借助阐释、变异,终而完成重构的道路。

第二部分是化用多篇(部)作品或将一篇(部)分解化用的整合重构。这与简单的模拟仿效不一样。越南汉文小说的作者,大多受汉文学浸染良久,对中国的文化及志怪传奇和明清小说都较娴熟。因此他们在创作作品时,常常可以化用和模仿借鉴多个中国古代的传奇故事,再进行整合重构。这一拟效模式,在传奇类小说中尤为常见。因此,这一部分将着重梳理传奇类小说中的篇目,并对之进行比较研究,辨析其中的多元因素,分析其整合重构中作者所融入的新构想和新主题。

第三部分是借用中国历史演义的模式书写民族历史。这一模式主要体现于越南汉文历史演义小说。越南的这些历史演义小说有着史传的性质,崇尚的是历史的真实。而在艺术上,这些历史演义小说又都受到中国历史演义小说的启发和影响,其体裁、结构、人物形象及其思想倾向等方面皆有明显的模仿中国历史演义小说的痕迹。然而其并非简单化的模仿,而是借用中国历史演义小说的模式书写越南民族的历史真实。因此,这一部分主要从体裁形式、故事构思模式、人物塑造模式等方面,分析越南历史演义小说对中国历史演义的借用及其演变,进而探讨民族意识和民族精神在越南历史演义小说创作过程中的重要作用。

第四部分是整体移植,个别置换。这种模式一般都保留了中国古代传说较为完整的故事结构、情节,以及主要的人物事件,只将人物的姓名和一些次要人物、地点及关键性的事物进行置换。这种置换一般有两种情形:一是代入具有鲜明的民族地域色彩的人物、事件,以彰显越南民族的特点，二是进行简单置换的因袭。

第五部分是与本土传说故事相糅合。将中国古代的故事传说拿过来，再与本土流传的故事相糅合，进而形成具有浓厚本土色彩的新故事，这是越南汉文小说对中国文学的另一拟效模式。这一部分将对小说文本中的中越元素进行辨析，考察其将中国元素与本土内容融汇相生的本土化转化过程，并将着重分析相同的传说在中越不同版本的相异之处，探讨中国古代传说在越南流传中的本土化变异，考察同一故事在其流传与变异中在不同地域文化中的渗透与影响。

第六部分主要从以上各种拟效模式的综合分析中，考察并揭示越南汉文小说生成及其衍变发展的特定文化语境。这一文化语境包含三个层面：第一个层面即中越文化交流所形成的特定的文化形态，第二个层面是越南民族文化与汉文化抵牾与融合的文化形态，第三个层面为越南汉文小说创作主体的"认知形态"。

第一章

幻：将中国古文献记载进行想象性创造

第一章 幻：将中国古文献记载进行想象性创造

这里所说的"幻",主要是指通过幻想,对中国古文献记载进行想象性创造。这一拟效模式主要集中于《岭南摭怪列传》这种神话类小说。《岭南摭怪列传》是15世纪后期越南特殊历史背景下的产物,其中的许多人物故事是依据中国古文献的记载进行的想象性创造,这种想象性创造反映了越南人对中国典籍文献有意无意地"不正确理解",更反映了那个时代越南民族意识空前高涨的社会心理,以及建立在"为我所用"基础上的想象与重构。因此,这一部分主要梳理和分析越南神话小说的中国元素及其变异,从其流变生发的模式探究民族文化如何借助阐释、变异,终而完成重构的道路。

《岭南摭怪列传》共收入22个神话志怪故事,"所涉及的关于泾阳王、貉龙君及雄王、文郎国等人物故事主要是据中国古代典籍编造、想象出来的,还有不少其他内容也是据中国的一些古书演绎,甚至改编的"[①]。如首篇《鸿厖氏传》,叙炎帝神农氏三世孙帝明生了两个儿子——帝宜和禄续,帝宜后立为嗣,治理北方,禄续则被封为泾阳王,治理

---

① 参阅李时人《越南汉文古籍〈岭南摭怪〉的成书与渊源》,《文史》2000年第4辑(总第53辑),北京:中华书局,2001年,第198页。

南方，号为赤鬼国。泾阳王能入水府，娶了洞庭君龙王的女儿，生崇缆，号为貉龙君，代理泾阳王治理国家。后帝宜传子帝来，帝来带着爱女妪姬南巡赤鬼国，貉龙君与妪姬相见结合生一胞，胞中开出百卵，一卵生一男。这一百个儿子长成后，貉龙君带了五十个儿子归水府，妪姬与五十男居于峰州，自推其长者为王，号雄王，"其国东平南海，西抵巴蜀，北至洞庭，南至狐孙国（今占城国也）"[①]。在这个故事中，不仅骆越的始祖被想象为与中国的炎帝有着血脉关系，其出入水府的情节也是据中国的传奇故事《柳毅传》所幻化。其余还有12篇，或直接叙雄王、文郎国、貉龙君故事，或将故事之背景置于雄王、貉龙君时期。如《鱼精传》（托言貉龙君时事）、《木精传》（托言泾阳王时事）、《槟榔传》（托言雄王时事）、《一夜泽传》（托言雄王三世孙时事）、《董天王传》（托言雄王时事）、《蒸饼传》（托言雄王既破殷军之后事）、《西瓜传》（托言雄王时事）、《白雉传》（托言雄王时事）、《李翁仲传》（托言雄王季世时事）、《越井传》（托言雄王三世时事）、《金龟传》（托言瓯貉国安阳王时事）、《伞圆山传》（托言貉龙君娶妪姬时等事）、《夜叉王传》（托言瓯貉国时事）。这些故事将中国古文献记载进行想象性创造最为典型的即是《李翁仲传》。本章即以《李翁仲传》的想象性创造为例进行阐述。

"翁仲"原是中国古籍中记载的铜像或石像，明代以后出现了一个与之有关联的传奇人物"阮翁仲"。而越南神话传说中也有一个耳熟能详的传奇式人物"李翁仲"，他在越南汉文小说的诸多作品中均有相关记述。这三个"翁仲"，不仅名称相似、故事相关，而且文本之间亦有

[①] 陈庆浩，郑阿财，陈义. 越南汉文小说丛刊·第二辑第一册［G］. 台北：台湾学生书局，1992：30.

关联，因此诸多研究者认为三者是同一人物，且越南的"李翁仲"传说，直接源自中国的"阮翁仲"。其实这是一个讹误。比较中国古籍中的"翁仲""阮翁仲"与越南传说中的"李翁仲"，如果从时间上、内容上去考证其文本发生的关系，我们发现，这一传说在其流传过程中有着非常有趣的传承与变异。尝试描绘其变异前后的原文本与新文本之差异，从而揭示这种变异背后的意义重构逻辑，或可以概述为，这一变异不仅仅造就了中越文学与文化历史交往中的独特现象，也凸显了文化间的"想象与重构"，折射出民族文化发生、发展与创新的本相。

第一节
中国古籍中的"翁仲"和"阮翁仲"

关于李翁仲这一传说的来源，诸多研究者均认为，该传说应该来源于中国。当代有些学者认为，李翁仲的传说，"最早见于《淮南子·泛论训》"，"李翁仲是在越南史书里、在中国的《史记》《三国志》《魏书》《晋书》和多种史书以及《中国人名大辞典》都有其条目的人物，属于历史神话传说"。① 还有学者把李翁仲视作秦始皇时期中越文化交流

---

① 国内持此看法的有多位学者。此为林辰先生所言，详见《浅析越南汉文小说》，载《文化学刊》（沈阳），2007（3）。李时人先生在论及"越南汉文古籍《岭南摭怪》的成书与渊源"时也认为"翁仲"故事原出中国古代典籍《淮南子·泛论训》，参见李时人《越南汉文古籍〈岭南摭怪〉的成书与渊源》，《文史》2000年第4辑（总第53辑），北京：中华书局，2001年，第192页。而之前戴可来先生便认为，"李翁仲"这则故事是取材自中国传说里曾威震匈奴的南海人阮翁仲的事迹，后被搬到越南而成为"李翁仲"，参见戴可来《关于〈岭南摭怪〉的编者、版本和内容》，《岭南摭怪等史料三种》，郑州：中州古籍出版社，1991年，第265页。韦红萍所撰《中越两国历史文化中的特殊人物：翁仲》，也认为李翁仲故事出自中国古籍。见《广西民族大学学报》（哲学社会科学版）2007（S1）。《中国人名大辞典》由臧励龢等编撰，1980年上海书店根据商务印书馆1921年版复印出版，其中收录了"阮翁仲"词条，所记内容皆与明代古籍的内容一致："阮翁仲［秦］身长一丈三尺，气质端勇，异于常人。少为县吏，为督邮所笞，因入学究书史。始皇并天下，使翁仲将兵守临洮，声振匈奴。翁仲死，遂铸铜为其像，置咸阳宫司马门外。匈奴至，有见之者犹以为生。"此外，1979年由上海辞书出版社出版的《辞海》、1986年由上海辞书出版社出版的《汉语大词典》也收录了相似的内容。

第一章 幻：将中国古文献记载进行想象性创造

的肇始①。事实上，查阅中国相关古籍并全文检索中国历代纪传体史书《二十五史》以及现存规模最大、资料最丰富的类书《古今图书集成》，中国古代最大的丛书《四库全书》和《四部丛刊》等大型工具书，并没有发现"李翁仲"这一人物的有关记载，有的只是关于"翁仲"之"物"及"阮翁仲"之"人"的一些记述。虽然古籍浩繁难以穷尽，或可能散落遗失，但前人言之凿凿，而现代又未能证实，倒是让人生疑。

依此名称在古籍中出现之先后来看，宋以前中国典籍里所记载的，仅为"翁仲"，指的皆是列于宫殿之前或陵墓之前的铜像或石像。"翁仲"本是匈奴的祭天神像，秦汉时期引入汉族地区，最初称之为"金人""铜人""金狄""长狄""遐狄"。中国古代的"翁仲"，有铜翁仲和石翁仲两类。据北京大学教授李零先生考证，古代出现的铜翁仲，也即"金人"，大约有六种：1."秦昭王金人"：疑是秦昭王三十五年（公元前272年），秦灭义渠时，在当地"匈奴祭天处"遗留的祭天金人。2.秦始皇金人，是仿"临洮大人"而铸的金人。主要出现的地点：(1)秦咸阳（今陕西咸阳东北）阿房宫宫门前，大约在蒙恬将军破匈奴，修长城之后（大约秦始皇二十六年，公元前221年），所谓"临洮大人"，疑似秦灭匈奴所遗祭天神像；(2)汉长安（今陕西西安市西北）长乐宫大夏殿前，这是汉人迁移至长安的秦始皇金人，后被王莽、董卓毁坏；(3)魏明帝时霸城南（今陕西西安市东北），这是被王莽、董卓毁坏的劫余之物，魏明帝欲将之迁移至洛阳，因过重而留于霸城。3.汉武帝金人，是汉武帝

---

① "交州人入仕中原，早在秦汉时已肇其端倪。秦始皇时，李翁仲将兵临洮，声震匈奴。翁仲，慈廉州人，入咸阳学习经书，佐始皇修筑长城，任职校尉。"参见陈玉龙、杨通方、夏应元、范毓周《汉文化论纲——兼述中朝中日中越文化交流》，北京：北京大学出版社，1993年，第362页。

时霍去病将军抗击匈奴所俘获的休屠祭天金人,置于云阳甘泉宫(在今陕西淳化县西北)。4.汉灵帝金人,在洛阳南宫玉堂殿前,是汉室东迁后重新铸的金人。5.魏明帝金人,主要有两种,一是在许昌景福殿,是太和六年(232年)以银铸造的金人,又称为"遐狄""长狄";二是在洛阳司马门外南屏中,是魏明帝于景初元年(237年)仿秦新铸的铜人。6.赫连勃勃金人,在统万城(今陕西靖边县东北),是匈奴工匠于凤翔元年(413年)前后所铸,并饰之以黄金。这些金人"或取之于胡,或仿之于胡,或本来就是胡人的制品,不但金人本身是胡装胡貌(故亦称金狄),而且词汇本身可能也是外来(蒙古语称偶像为ongon,突厥语称鬼神为oŋžia)"。①

此外,中国古籍里较早记载金人的,应是西汉的《淮南子·泛论训》和《史记》。其后,《汉书》《魏略》《后汉书》《三国志》《西京杂记》《水经注》《三辅黄图》《晋书》《宋书》《宋史》等皆有记述。但《汉书》以前的古籍记述的只是金人或铜人,并未提及"翁仲"。将金人或铜人称之为"翁仲",依文字注疏所考,应在东汉以后。东汉高诱对《淮南子·泛论训》中的"铸金人"所作的注提及了"翁仲":"秦皇帝二十六年初兼天下,有长人见于临洮,其高五丈,足迹六尺,放写其形,铸金人以象之。翁仲君何是也。"②《史记》中所记载的金人,也是后人的注释,

---

① 李零.入山与出塞[M].北京:文物出版社,2004:41—51,12.
② 淮南鸿烈解·卷十三[M].//景印文渊阁四库全书·第848册.台北:商务印书馆,1983:654.
　　对于"翁仲君何是也"的理解,李零先生据顾炎武《日知录》所言"今人但言翁仲,不言君何",认为"翁仲""君何"应为二名。林梅村先生在其《古道西风》中也将"翁仲""君何"读作二名,怀疑"翁仲"是匈奴之称鬼神。参见李零《入山与出塞》,第43页;林梅村:《古道西风》,北京:生活·读书·新知三联书店,2000年,第153页。

第一章 幻：将中国古文献记载进行想象性创造

才见"翁仲"之说。《史记·秦始皇本纪》："金人十二，重各千石"，《索隐》引谢承《后汉书》："铜人，翁仲，翁仲其名也。"《史记·陈涉世家》："铸以为金人十二"，《索隐》注："各重千石，坐高二丈，号曰'翁仲'。"而《三国志·魏书·三明帝纪》则引了《魏略》所记："大发铜铸作铜人二，号曰翁仲，列坐于司马门外。"范晔的《后汉书》也是后人作注释时引《水经注》说及"翁仲"的。以后的《晋书》《宋书》即直接记述了翁仲：《晋书·五行志上》："景初元年，发铜铸为巨人二，号曰翁仲，置之司马门外。"综上史籍文献所证，中国古代史籍中有关"翁仲"的记载，比之"金人""铜人"要晚，即先有其形，才有其名。也就是说，物在于先而无名，仅以形、材而称之，而给此物取名则在东汉之后了。

而据考古遗迹和文献记载的相互印证，石翁仲则是东汉以后才出现在陵墓前神道两侧的石刻人像。虽然西汉霍去病墓前已出现这种石刻人像，但以石翁仲等石刻雕像群树立于陵墓前的神道制度则起源于东汉。秦汉时期的铜翁仲是胡装胡相的翁仲，本来的含义是借夷狄为守卫。魏晋时期的石翁仲才由秦汉时期的胡装胡相完全中国化成了神道的武侍卫形象，而且自唐代始，至宋元明清的神道翁仲，还分为文、武官石像。[①]从这些史料考证可见，"铜翁仲""石翁仲"之"翁仲"这一说法出现于东汉，与文献记载相一致。虽然这一称呼可能与蒙古语、突厥语称偶像、鬼神的谐音相关，但为何到东汉才出现"翁仲"这一称谓，从现有古籍以及后人的考证看，并没有清晰的解释。但"翁仲"这一指称于东汉以后才出现，且指的皆是伫立于宫阙庙堂和陵墓前的铜人或石人，则是有

---

① 李零．入山与出塞［M］．北京：文物出版社，2004：51—65．

证可考的。

《淮南子·泛论训》注中，东汉高诱依匈奴人的习惯，将仿照"长人"所铸的"金人"称为"翁仲""君何"，有仿匈奴称偶像、鬼神之意。三国东吴人谢承《后汉书》所记："铜人，翁仲其名也"，也并非指人的名字，而是指铜人之代称。其后各书所记皆与此相同。可见，古籍里的"翁仲"一词，是东汉之后铜人、石人的代称或泛称。"翁仲"并非指具体的某个人①，它是地地道道的有其名而无其实。至于"汉人私名多取翁仲，疑以金人为祥瑞。而非反之"。②古人之讹误，到了今人依然延续，因此"一些人不加辨析，按名索实，以为十二金人原名叫翁仲，他们是翁仲像，或者按照翁仲形象而铸就。这就大错特错了"。③

所谓今人延续古人之讹误，以为翁仲像是按照翁仲形象而铸就，这在中国的古籍中主要出现在明以后。虽然元明清时期仍然沿袭了唐代神道翁仲的陵寝制度，但史籍中出现翁仲之记载的也就止于《宋史》，宋代之后明代之前的史籍再也没有出现"翁仲"之说，更没有"翁仲"具

---

① 韦红萍《中越两国历史文化中的特殊人物：翁仲》一文视中国史料记载的铜翁仲、石翁仲为一具体人物，且与后来出现的李翁仲、阮翁仲混为一谈，并称"查阅大量史料之后笔者发现翁仲、李翁仲、阮翁仲是同一历史人物"这一说法缺乏依据。

② 李零. 入山与出塞 [M]. 北京：文物出版社，2004：43.

③ 辛玉璞. 十二金人形象辨析 [J]. 唐都学刊，1999（2）.

体之人[1]。这一现象是否与元朝有关系,尚待证明。直至明清之际,却忽然有了"阮翁仲"这一人物的记载,而且这一人物的记载并非全新内容,亦非完全独立的,其事迹与宋以前有关"翁仲"的记载密切相关。明天顺年间(1457~1464)李贤、彭时等奉敕修撰了《明一统志》,在卷九十记载了"阮翁仲"的传说:

> 阮翁仲身长一丈三尺,气质端勇异于常人,少为县吏,为督邮所答,叹曰:"人当如是邪?"遂入学究书史。始皇并天下使翁仲将兵守临洮,声振匈奴。秦以为瑞。翁仲死,遂铸铜为其像,置咸阳宫司马门外。匈奴至,有见之者犹以为生。[2]

之后,万历二十三年(1595)彭大翼历经四十余年采集辑录完成的《山堂肆考》,在"神祇·为秦将兵"条所记也几乎完全相同:

> 翁仲姓阮,身长一丈二尺。少为县吏,为督邮所答,叹曰:"人当如是耶!"遂入学究书史。秦始皇并天下,使翁仲将兵守临洮,

---

[1] 宋以后,正史中《辽史》《金史》《元史》,甚至《明史》《清史稿》皆未有"翁仲"记载。《四库全书》于清乾隆三十八年(1773)开始编纂,所收录文献从先秦到清乾隆时期,涵盖了古代中国几乎所有学术领域,也有日本、朝鲜、越南、印度,以及欧洲人的一些著作。经全库搜索未见明以前的文献有"翁仲"这一具体之人。如果说《四库全书》在修撰时一部分文献被禁毁,而比之更早的另一部大型古籍,成书于清康熙四十五年(1706)的《古今图书集成》,也分门别类收集了从上古至明末清初的古文献资料。举凡天文地理、经书史册、人伦世事、典章制度乃至禽虫草木、琴棋书画、医论药方、百工技艺,皆囊括尽至,且注重从方志、笔记中搜寻前人所忽略的文献资料,如科技史料、地方文献、少数民族和外国的信息。这样一部"康熙百科全书",明以前的文献皆未见"翁仲"人物的相关记载。

[2] (明)李贤,彭时等.明一统志·卷九十[M].// 景印文渊阁四库全书·第473册.台北:商务印书馆,1983:891.

声振匈奴，秦人以为瑞。翁仲死，遂铸铜像置咸阳司马门外。[①]

天启年间（1621~1627）廖用贤编纂的《尚友录》，也有相同的记载。清康熙年间由陈梦雷编纂的大型类书《古今图书集成》，清乾隆时期组织编纂的《四库全书》，皆有多处收录"阮翁仲"的事迹。《古今图书集成》收集的是从上古到明末清初的古文献资料，除各典籍有古代文献所记载的铜翁仲、石翁仲及相关的诗文外，在其《学行典·纪事》及《氏族典·列传》中也收集有关于"阮翁仲"的传说，两处的叙述几乎完全相同，但《学行典》的记载出自《明一统志》，《氏族典》的记载则出自《尚友录》。《四库全书》所辑除《明一统志》《山堂肆考》外，《万姓统谱》（明万历四年至五年，1576～1577）、《天中记》（明万历年间）、《说略》（明万历四十五年，1617）、《大清一统志》（康熙二十五年至四十九年，1686～1710）、《义门读书记》（康熙年间）、《管城硕记》（康熙年间）等，也收集了关于"阮翁仲"的传说。这些文献中，明确说明所引文献的只有《义门读书记》和《管城硕记》，而《管城硕记》正是出自《明一统志》，《义门读书记》所引则是皇甫录（1511年前后在世）的《近峰闻略》。其余各书虽未说明所引文献，所记内容除《说略》较为凌乱外，皆与《明一统志》大致相同。其中有些许出入之处，在于明代的文献所言"阮翁仲"皆为"安南人"，唯在《大清一统志》中却成了"南

[①] （明）彭大翼.山堂肆考.卷一百四十九[M].//景印文渊阁四库全书·第977册.台北：商务印书馆，1983：59.

海人"①。《明一统志》所记载的"阮翁仲"事迹出现在安南国概况部分,其"安南人"的身份是很明确的,后代各书所引加上"安南人"也就是顺其所述。《大清一统志》将其籍贯改为"南海人",其身份也就发生变化了。

《明一统志》《近峰闻略》《山堂肆考》及后来的《尚友录》《天中记》等所述"阮翁仲"之事迹几乎如出一辙,虽与宋以前古籍所记之"翁仲"相关,但内容已经完全不同了。此时之"翁仲",已经有了明确的指涉,成了一个具体的传说性的人物,同时被赋予了神勇伟悍的气质。铜像是依其形象所铸,而非古代文献所述将铜人"号曰翁仲"。换句话说,此时的"翁仲",名实倒置,已经变成先有其人其名,而后才有其造型塑像了。

需要特别提及的是《近峰闻略》,在其记述完"阮翁仲"故事之后,紧接着还带上一句臆断:"魏明帝尝铸翁仲,今墓上石人曰翁仲,殆是也。"②《近峰闻略》作者皇甫录,号近峰,生卒年不详,弘治九年(1496)进士,曾任仪制司员外郎和顺庆知府,后回乡专心著述以终。其所纂《近峰闻略》"亦其子冲所删定"。而其子皇甫冲于嘉靖戊子年(1528年)乡荐。就此判断《近峰闻略》的编定时间最早也应该在1528年前后,晚于《明一统志》60年左右。为何皇甫录会有如此臆断?依纪昀对《近峰闻略》的评论,称其所纂"亦其子冲所删定。于稗官杂说采摭颇繁,

---

① 依秦始皇时期在岭南地区设置的南海、桂林、象郡三郡,其中象郡的地域所包括的就是今天越南的中北部,桂林郡的位置约在今天广西一带,而南海郡所辖主体范围应在今天的广东省内。另据《大清一统志》记载,广东省分为广州等十府,广州府又分南海等十县。

② (明)皇甫录.近峰闻略[M].// 笔记小说大观·四十编第二册.台北:新兴书局,1987:14.

而考证全疏,舛谬亦复不少"。[1]皇甫录之"舛谬"若是将当时所流传的"阮翁仲"与宋以前文献所记载的"翁仲"相混淆,并以讹传讹,显然是开了名实本末倒置的先河了。

宋代以前的文献所述之"翁仲",指的皆是列于宫殿之前或陵墓之前的铜像或石像,并没有特别指涉到某一具体的人,为何到了明代的《明一统志》《近峰闻略》《山堂肆考》《尚友录》等,"翁仲"却忽然摇身一变,成了一个如此具有传奇性的"阮翁仲"呢?这一变异又是怎么发生的?

---

[1] (清)永瑢,纪昀等.四库全书总目·卷一百四十三[M].//景印文渊阁四库全书·第3册.台北:商务印书馆,1983:1026.

第二节
越南传说中的李翁仲及其记述

"李翁仲"是越南神话传说中一个耳熟能详的传奇式人物,在越南古代汉文小说的诸多作品中均有相关记述。仅在陈庆浩、王三庆、郑阿财、陈义等主编的《越南汉文小说丛刊》里,就有8篇作品记载了"李翁仲"这一传说,分别出现在神话传说类的《越甸幽灵集》(1329)集录与集录全编、《岭南摭怪列传》(1492)卷二与外卷、《天南云录》、《南国异人事迹录》和笔记小说类的《人物志》(1845)、《敏轩说类》(19世纪初期)中。这些传说故事的内容皆大同小异,尤以《越甸幽灵集录全编·校尉英烈威猛辅信王》《岭南摭怪列传·李翁仲传》和《人物志·李翁仲》为代表,可分为三个不同的版本:

《越甸幽灵集录全编·校尉英烈威猛辅信王》:

王姓李名翁仲,慈廉人,身长二丈三尺,气质端勇,异于常人。少时仕于县邑,为督邮所笞,叹曰:"人生壮志当如鸾凤,一举万里,焉能受人唾骂,为人奴隶者哉!"遂入学。日就月将,发明经史，入仕秦为司隶校尉。始皇并天下，使将兵守临洮。声振匈奴，始皇以为瑞，及老归乡里，始皇命铸铜为像，置咸宫司马门外。腹中容可数十人，每四方使至，潜使人入腹中动摇之。匈奴恍见，以为生校尉，相戒不敢犯边。

唐德宗贞元初年，赵昌为我安南都护，常游其境，夜梦见与语治道之要，及讲《左氏春秋传》。因访其故宅，只见烟雾横空，沧茫一水，苔封石径，碧落荒丛，一片闲云，空委落花，村草遂别，创造祠宇，高厂层楼，备礼致祭。

迨高骈破南诏，常显灵助顺，骈大惊异，命匠重修祠所，增壮旧规，令木雕漆真像，备礼致祭，香火不绝。重兴元年，敕封英烈王，四年加封"威猛"二字。兴隆二十年，加封辅信大王。[①]

《岭南摭怪列传·李翁仲传》：

雄王季世，交趾、慈廉县人姓李名身，生而长大，高二丈三尺。骁悍杀人，罪应至死。雄王惜不忍杀。

至安阳王时，秦始皇欲加兵我国。安阳王乃以李身献之。始皇得之甚喜，用为司隶校尉。及始皇并有天下，使将兵守临洮，匈奴不敢犯塞，封为辅信侯，仍命归国。后匈奴再犯塞，始皇思李身，复遣使来征。身不肯行，窜在村泽。秦人责之，安阳王寻久不得，诈云已死。秦问何由而死，以泻泄为对。秦始皇遣使验之，遂煮粥搅地中以为实迹。秦命以尸来，李身不得已，乃自刎。以水银涂其

---

① 陈庆浩，郑阿财，陈义.越南汉文小说丛刊·第二辑第二册[G].台北：台湾学生书局，1992：186.

尸而纳诸秦。始皇叹息,铸铜为像,号翁仲,置咸阳宫司马门外,腹中容数十人,每四方使至庭,使人潜摇动,匈奴以为生校尉,不敢近。

至唐赵昌为交州都护,夜梦与李身讲《春秋左氏传》,因访其故宅,立祠祭之。迨高骈平南诏,常显灵助顺。骈重修庙宇,雕木立像,号李校尉祠,今在慈廉县布儿社大河边,去京城之西五十里(布儿今改瑞香社),每年仲春致祭焉。①

《人物志·李翁仲》:

公慈廉瑞香人,有文武材略,高二丈,大十尺。生雄王末,知雄王不能守国,乃入秦客咸阳。擢秦孝廉科,调校尉,出镇临洮,击退胡房,匈奴惊骇以为神,不敢近塞。后以年老乞骸骨归本国。胡复扰边,始皇思之,遣人来召公,至则公已死矣。始皇乃铸铜为像,高十丈余,手执《春秋传》,镇司马门。北胡望之,以为公犹生,不敢犯京。民追感功德,立祠祀焉。历朝荣封上等福神,秩在祀典。公稔着灵应,元人犯我边鄙,陈帝命将讨之。夜梦公显灵,护国讨贼,元人果不战而溃。后人有诗云:文武全才世所尊,秦时奋力赞乾坤。龙楼凤阁阿房助,虎旅熊威沙漠屯。铜像金人遗远塞,戎儿胡妇敢窥门?永康一夜谈经梦,千载英雄俨若存。

唐太宗时,都护赵昌经略南州。舟过慈廉永康津,夜梦公凭竹杖,坐看《春秋》《左传》,与昌谈兵事。因问昌:"长城犹是秦

---

① 陈庆浩,郑阿财,陈义.越南汉文小说丛刊·第二辑第二册[G].台北:台湾学生书局,1992:56.

否？"昌答曰："秦已为汉，汉已为晋，晋已为隋，历六百年又为唐。"梦觉，昌访民间，乃备礼致敬而去。

史有诗云：文武全才大丈夫，咸阳遗像慑群胡。神威一助元兵散，血食南天壮帝国。[①]

这三篇传说里，翁仲不仅有了明确的指涉，还有具体的官衔"校尉"，更有详细的身世和细节描写，以及入秦的原因，甚至还赋予了他神灵般的传说，以及后人对他的祭祀和崇敬。三篇传说不同之处主要有三。一是"李翁仲"之名的来历。《岭南摭怪列传·李翁仲传》的"李翁仲"本名叫李身，"翁仲"是李身死后，秦始皇"以水银涂其尸而纳诸秦"，"铸铜为像，号翁仲"；而《越甸幽灵集录全编·校尉英烈威猛辅信王》《人物志·李翁仲》对此却未提及。二是对于李翁仲入秦及其死因的描述。《岭南摭怪列传·李翁仲传》中李翁仲是"罪应至死。雄王惜不忍杀"，后安阳王将之献给秦始皇。李翁仲是被迫入秦，因此最后他是为抗秦而死，传说还详细描述了其抗秦的经过，突显了李身刚烈的性格及其悲壮的事迹；《越甸幽灵集集录全编·校尉英烈威猛辅信王》《人物志·李翁仲》中李翁仲却是主动入秦，文中并没有描述李翁仲的死因，而是侧重于描述李翁仲死后的显灵及后人对他的颂扬，《人物志·李翁仲》并赋诗文，文学性更强。三是对李翁仲的加封。《越甸幽灵集录全编·校尉英烈威猛辅信王》记述的是李翁仲死后加封为辅信王，《岭南摭怪列传·李翁仲传》则是生前即被封为辅信侯，而《人物志·李

[①] 陈庆浩，王三庆.越南汉文小说丛刊·第一辑第六册[G].台北：学生书局，1987：145.

翁仲》对此却没有任何描述。这三个不同版本的传说，说明了"李翁仲"在越南的流传中也在不断地衍化变异。

其余《天南云录》《南国异人事迹录》虽不署作者和年代，但《天南云录》"其故事均见于《岭南摭怪列传》，然内容有详略，文字有异同"①，其中李翁仲的故事与《岭南摭怪列传》所录基本相同。《南国异人事迹录》中李翁仲的事迹也"见诸《岭南摭怪列传·李翁仲传》，《天南云录·李翁仲传》"②，就所叙述的内容看，主要也是依据《岭南摭怪列传》的版本。而《敏轩说类》为高伯适（号敏轩，1809~1854）所撰，记的则是"李翁仲故里"，文字较为简短，大约也就70个字的简单记述，内容亦与前人相似。

比较以上中越两国古籍所记"翁仲""阮翁仲"和"李翁仲"的典章与故事，大多有相关或相似内容。从时间上梳理，其出现的顺序依次为："翁仲"记载从东汉始及至《宋史》（1343）；"李翁仲"则出现在《越甸幽灵集》（1329）以后至19世纪初；"阮翁仲"则出现在《明一统志》（1461）之后。这三者出现的先后顺序，显示了其大致的传播与影响的历史时空脉络："翁仲"为最早的记述，"李翁仲"其次，"阮翁仲"最后，因此，大致可以将此确认为文化传递过程中的变异序列。依此序列，我们可以由后往前溯源。

---

① 汪娟.天南云录·出版说明［G］//陈庆浩，郑阿财，陈义.越南汉文小说丛刊·第二辑第二册.台北：台湾学生书局，1992：189.
② 汪娟.南国异人事迹录·出版说明［G］//陈庆浩，郑阿财，陈义.越南汉文小说丛刊·第二辑第四册.台北：台湾学生书局，1992：346.

第三节
从"李翁仲"到"阮翁仲":中越传递的变异

明清时期关于"阮翁仲"的记载,最早应见于天顺年间(1457～1464)由李贤、彭时等奉敕修撰的《明一统志》,再就是1528年前后的《近峰闻略》,其余大多集中于明万历年间,各书成书时间都较晚,即使稍靠前的《山堂肆考》成书时间也在万历二十三年(1595),比《明一统志》晚130多年,而有关"阮翁仲"的记载却如出一辙,因此各书所记皆取自《明一统志》应是无疑的。问题在《明一统志》所记又从何而来?

越南的传说中,《人物志》不署撰人,编写的时间比较晚,其成书时间的上限大约在1845年,也"有可能是19世纪末期的越南人士所撰","时越南国势衰弱,沦为法国殖民地,有志者借此以唤醒民心"[①],而《越甸幽灵集》《岭南摭怪列传》的编写时间却比较早。

《越甸幽灵集》《岭南摭怪列传》收集的都是越南古代流传于民间的

---

① 唐世昌.人物志·出版说明[G]//陈庆浩,王三庆.越南汉文小说丛刊·第一辑第六册.台北:台湾学生书局,1987:141.

故事及传说,是越南现存最古老、最重要的神话传说集。

越南历来的学者皆认为《越甸幽灵集》是越南陈朝时期(1225～1440)李济川所撰,而且从李济川所写的序可知,其成书时间应该在1329年或之前。据越南学者黎贵惇所言,李济川撰《越甸幽灵集》中所引《曾兖交州记》《杜善史记》《报极传》等古籍,"今皆不传"[①]。

而《岭南摭怪列传》则是早在李、陈两朝时期(1010～1440)就已经被编撰成书,经后人增补和修改,到15世纪时,由越南著名的文学家和史学家武琼(1452～1516)在前人旧传的基础上对该书进行了较大的修改、增删,并重新编撰完成,其编写成集的时间大概是1492年[②]。虽然武琼没有说明他编撰此书引用了哪些古代材料,但在他所写的序中却也说道:所录列传"不知作于何代,成于何人,意[③]其草创于李、陈之鸿生硕儒,而润色于今日好古博雅之君子矣"。[④]且据陈义先生的研究说明,《越甸幽灵集》的作者李济川为武琼时代《岭南摭怪列传》至少提供了四个故事:《李翁仲传》《伞圆山传》《龙眼如月二神使》《苏历江传》等。[⑤]显然,《岭南摭怪列传·李翁仲传》的撰述吸收了《越甸幽灵集》中关于李翁仲传说的内容。

---

① 朱凤玉.粤甸幽灵集·出版说明[G]//陈庆浩,郑阿财,陈义.越南汉文小说丛刊·第二辑第二册.台北:台湾学生书局,1992:3.

② 陈义.岭南摭怪列传·出版说明[G]//陈庆浩,郑阿财,陈义.越南汉文小说丛刊·第二辑第一册.台北:台湾学生书局,1992:3.

③ "意",应为"盖"之误。

④ [越]武琼.岭南摭怪列传序[G]//陈庆浩,郑阿财,陈义.越南汉文小说丛刊·第二辑第一册.台北:台湾学生书局,1992:25.

⑤ 陈义.岭南摭怪列传·出版说明[G]//陈庆浩,郑阿财,陈义.越南汉文小说丛刊·第二辑第一册.台北:台湾学生书局,1992:3.

这两部神话传说编撰的时间早，流传较广，往往为后面的书籍所引用。因此，后世众多的关于李翁仲传说的不同版本主要也是依据这两个本子的故事作增删修改。也就是说，依现存资料看，"李翁仲"传说最早的文字记述，最晚也在1329年，比"阮翁仲"要早一百三十多年。

　　明代中国与越南的政治联系、经济往来较为密切，两国之间的人员、文化交流活动也较为频繁。中国的文化典籍，如四书五经等，在越南进一步传播，越南一些志书也于这一时期传入中国。越南《大越史记全书》等史书曾记载："乙丑九年[1]，明洪武十八年（1385）三月，明遣使来求僧人二十名。初，我国送内人阮宗道、阮算等至金陵，明帝以为近臣，遇之甚厚。"[2]"戊戌（1418）秋七月，明遣行人夏青、进士夏时来取我国古今事迹志书。""己亥（1419）春二月，明遣监生唐义，颁赐五经四书、《性理大全》《为善阴骘》《孝顺事实》等书于府州县儒学。"[3]"[永乐五年（1407年）冬十月]丁亥，交址总兵官新城侯张辅等奏：访举交址郡县怀才抱德、明经能文、博学有才、聪明正直、孝弟力田、贤良方正、练达吏事、明习兵法及材武诸色之人凡九千人，陆续遣送赴京。"[4]"[洪熙元年（1425）七月丙戌]交址各府州县儒学选贡生员王宪等八十二人

---

[1] 这是越南史书的写法，1385年是乙丑年，越南昌符九年。

[2] [越]吴士连，黎僖.大越史记全书·本纪卷八[M].陈荆和编校.日本：东京大学东洋文化研究所.1984：458.

[3] [越]吴士连，黎僖.大越史记全书·本纪卷十[M].陈荆和编校.日本：东京大学东洋文化研究所.1984：516，517.

[4] 明太宗实录·卷72[M].//明实录·册11.台北："中研院"历史语言研究所.1968：1001.

至京师。"①

因此，在这样人员、文化交流频繁的历史背景下，中越文化在这一时期发生往返影响成为可能。就《明一统志》编纂的情况看，先是代宗于景泰五年（1454）下令纂修天下地理志，然后派遣纂修人员分行全国各地采录事迹，又督令各地纂修志书呈进。历经两年修成《寰宇通志》一百一十九卷。其后英宗又于天顺二年（1458）命李贤、彭时等人进行删补修改，天顺五年（1461）成书。这一过程，均在中越两国人员、文化频繁交流之后，因此，有关安南概况的编纂，极有可能参阅了当时安南的史料志书。就《明一统志》辑录的内容看，《明一统志》卷九十记载的是东南亚和西亚各国，包括安南国的地理、历史、各州府、风俗、山川、物产、古迹、历代名宦、历史人物等概况，阮翁仲便是在安南国的历史人物中出现的。而就《明一统志》所记"阮翁仲"的事迹看，其内容也几乎与《越甸幽灵集》所记"李翁仲"前半部分的内容完全一致。且相关故事的记载在之前的中国史籍文献中并未出现，如果不是参阅了越南的相关史料志书和传说，是难以有如此一致的记载的。

至于为何在越南姓李，到了中国姓阮，这也许可以从现存较早的两本由越南人写于14世纪的历史著作《安南志略》《大越史略》，以及后来由越南官方组织修撰的大型史书《大越史记全书》中找到依据。《安南志略》由陈朝人黎崱于1333～1340年间（元惠宗元统至元年间）在中国写成，内容涉及越南古代政治、社会制度、文化、物产、军事及对外关系等多个范畴，其中记述了一则史实：李朝末代皇帝昊旵（李惠

---

① 明宣宗实录·卷4［M］.// 明实录·册16. 台北："中研院"历史语言研究所.1968：102.

宗）因无后，立王女昭圣为嗣，昭圣（李昭皇）立一年即将国政授予丈夫陈日煚。陈氏代政后，"凡李氏宗族，与齐民姓李者，令更为阮，以绝民望"。① 这一将李姓改为阮姓的史实，在稍晚的《越史略》表现得更为充分。这部由越南无名氏大约于1377年②撰写的史书分为三卷，卷上记述的是上古至丁朝、前黎朝的事迹，卷中、卷下记载的是李朝自太祖李公蕴建国以后诸王的事迹，然而卷首却称之为"阮纪"。一部历史著作竟然犯下把李朝称为"阮朝"如此篡改朝代的"大错"，《四库全书总目提要》中纪昀释疑引用的正是黎崱的话，他称《越史略》"中卷下卷皆曰阮纪，则自李公蕴得国后诸王事迹，纪述特详。惟以李为阮，与史不合。案黎崱《安南志略》称陈氏代立，凡李氏宗族及齐民姓李者，皆令更为阮，以绝民望"。③ 之后15世纪由吴士连于后黎圣宗洪德年间（1470~1497）开始编纂，最后由黎僖于1697年修订完成的《大越史记全书》则更详细地记载了这一将李姓改为阮姓的史实：1232年（陈天应政平元年）"夏，六月，颁国讳庙讳，元祖讳李，因改李朝为阮朝，且绝民之望李氏也"。同年冬，越南陈朝初年重臣陈守度因见李氏族人对于李朝上皇李昊旵之死心怀不满，于是用计坑埋李氏族人："陈守度尽杀李氏宗室，时守度专政日久，既弑惠宗，李家宗室怏怏失望。是年冬，诸李因拜先于华林太堂，守度潜作深坑，筑屋居上，候至酒酣，发机并生埋之。"④ 由此看来，越南陈朝以改姓氏绝民望的做法，最后发展到

---

① [越]黎崱.安南志略[M].北京：中华书局，2000：307.

② 据书末《附陈朝纪年》所记"今王，昌符元年丁巳"推断，此书可能写成于陈废帝昌符元年（1377）。

③ 越史略[M].上海：商务印书馆，1936：1.

④ [越]吴士连，黎僖.大越史记全书·本纪卷五[M].陈荆和编校.日本：东京大学东洋文化研究所．1984：326.

了绝人宗族。

我们无法考证《明一统志》的修纂者是如何收集整理"李翁仲"故事的具体过程的，然而这三部越南历史文献相互印证的史实，已经为这一传说流传到中国将"李"改成"阮"做出了合理的文化变异的诠释。

由此看来，为何"翁仲"到了明代忽然摇身一变，成了传奇性的"阮翁仲"，也就不足为奇了。实际上，并非"翁仲"直接变成了"阮翁仲"，而是借道越南，由"李翁仲"传到中国变成了"阮翁仲"。

第四节

从"翁仲"到"李翁仲":中越文化传递中的"不正确理解"

至于中国古籍中的"翁仲"何以变成了越南传说的"李翁仲",就目前的史料我们难以考证其流传的途径。但从其传说的内容及发生的变化不难看出,在其流传过程中不排除"为我所用"的文化阐释。将这种预设的判断带入"李翁仲"故事生成的特定"文化语境"加以验证,从故事的象征意义不难窥见其主动变异的真实意图。

越南传说中的翁仲身长二丈三尺,将兵守临洮,很可能是根据中国古籍里"有大人长五丈,足履六尺,见于临洮"之类的记载,又加入想象编撰而成,并将"李翁仲"形象固定下来。

但古籍记载秦汉魏晋南北朝的铜翁仲,皆是胡装胡相的翁仲,本来的含义是借夷狄为守卫。所说的"大人""长人"或"长狄",指的也是来自北方的胡人,身材高大,而非来自南方,且与身材较为矮小的南方的越南人显然并不符合。《晋书·五行志》卷二七上记录了一种可能的以讹传讹的现象:"景初元年,发铜铸为巨人二,号曰翁仲,置之司马

第一章　幻：将中国古文献记载进行想象性创造

门外。案古长人见，为国亡。长狄见临洮，为秦亡之祸。始皇不悟，反以为嘉祥，铸铜人以象之。魏法亡国之器，而于义竟无取焉。盖服妖也。"依《晋书》所言，按古代的说法，只要巨人出现，就预示国家灭亡。这些巨人夷狄在临洮出现，就是秦灭亡的祸根。《晋书》里所说的巨人，是不祥之兆。但秦始皇并不明白其中道理，反而以为是吉祥的好兆头，以其形象铸铜人。魏也效法秦始皇所为，以后也大多沿用这种铸金人的仪式。而越南人看到翁仲这类记载时或许更不清楚，同样以为是祥瑞之物而法之，并依据其所需由此想象编撰出巨人李翁仲。

以上猜度，提供的仅是这一文化传递中变异的可能性。而其变异的根本，则有其彰显民族文化特征的独特语境。它促使了源文本的阐释变异，最终形成了既接收融会又对抗的独特文化现象。

《越甸幽灵集》《岭南摭怪列传》中李翁仲的故事，编撰的时间主要在李、陈两朝之际（1010—1440），而这两部神话传说收集的是越南古代流传于民间的故事及传说，其流传的时间应该更早些。而此时正值越南争取独立；以及独立政权逐渐巩固，民族主体意识日趋强化之时。这个时候的越南不仅需要独立完备的政治经济体系，同时也需要从汉文化传统中逐步建立起独立的越南文化传统。因此在这一时期越南人出于"为我所用"的文化变异逻辑，有意将中国古籍里的"翁仲""不正确理解"[①]为祥瑞之物，通过丰富的想象，创造出了传奇人物"李翁仲"，并阐发出"李翁仲灭匈奴"的传说，是极有可能的。从这两部神话传说里其他故事的内容看，类似于这种夹杂了越南人自我想象的故事并不少。如

[①] 马克思认为文化传递中存在的"不正确理解的形式正好是普遍的形式"。参见严绍璗. 比较文学与文化"变异体"研究［M］. 上海：复旦大学出版社，2011：66.

《岭南摭怪列传》里,《董天王传》就创作了"扶董"神童协助越南古代雄王击败中国古代殷朝军队、殷王阵亡的故事;《南诏传》将古代中国西南地区的南诏说成赵佗的后代子孙在南越国所建立,因此地名"南诏"是由"南赵"讹误而来;在《龙眼、如月二神传》里,误把作于李朝时期越军将领李常杰与宋抗战的《南国山河》诗,当作协助前黎朝开国君主黎桓的神仙所作。① 这三个故事的想象性创造及修饰,说明在这些神话传说里民族自我想象普遍存在。李时人先生考察《岭南摭怪列传》的成书与渊源时言:《岭南摭怪列传》中的一些内容,"如泾阳王、貉龙君、雄王、文郎国等,这些被列入史传中的人物、故事大多是根据中国古代载籍的只言片语演绎或想象出来的,有的甚至是有意的误释"。"《岭南摭怪列传》等为了'务足数代世表',往往是'旁收曲采、引用其名,而不察其理'"。"突出表现了作者全面张扬民族意识之主旨",反映了那个时代越南民族意识空前高涨时的社会心理。②

至于为何冠之于"李"姓,很可能与收集编撰这些神话传说的历史时期相关,这一时期正值越南李朝,而且当时率领李朝军队与宋朝交战的主要将领李常杰(1018~1105),是李太宗、李圣宗及李仁宗的三朝元老,在民众中也极有威望。因此,把李姓拿过来,将"翁仲""不正确理解",进一步透过虚构、象征等手法,合理化地想象为"李翁仲",并赋予其灭匈奴的传说,这也是很有可能的。

由此可见,"不正确理解""翁仲",并在此基础上将其形象重构为

---

① 《南国山河》诗也见于《大越史记全书·本纪》卷三,《李纪二·仁宗》丙辰五年条,所记为李常杰与宋的战争,并非越南前黎朝君主黎大行与宋之战。

② 李时人.越南汉文古籍《岭南摭怪》的成书与渊源[A].文史 2000 年第 4 辑[C].北京:中华书局,2001:196,197,194—195.

越南古代的英雄有其特定的民族文化语境。越南为自己的民族创造了这样一个神勇的英雄，同时也借此彰显了越南民族的强悍。而且这一变异体的新文本又随着不同时期的民族独立的诉求而不断发生衍变。

虽然越南李朝时期的独立政权已稳固，但依然是中国的藩属国，越南陈朝与中国明朝同样保持着较为密切的藩属关系。据不完全统计，整个明代，明朝派使安南使节的有三十多次，而安南使节到明朝的达一百多次[①]，两国寻求的是睦邻友好。因此，1329年由李济川编撰于陈朝时代的《越甸幽灵集》中的"李翁仲"，是不甘受辱、怀着鸿鹄之志而入秦的，最后"将兵守临洮，声振匈奴"。

而到了15世纪初，因明朝进兵安南，激起了安南各阶层的反对，爆发了1418—1428年黎利领导的反明独立战争，并取得了这次反明战争的胜利，建立了黎氏王朝，改国号"大越"。之后，越南开始进入一个较为稳定的发展时期，越南朝野的民族主义情绪极为高涨。因此，1492年由武琼编写的《岭南摭怪列传》中的"李翁仲"，也就带上了这一时代的反抗情绪，其民族主体意识也就表现得更为强烈。始皇遣使来征时，李翁仲"不肯行，窜在村泽"，"诈云已死"，并"以洿泄为对"，不得已而自刎，最后才"以水银涂其尸而纳诸秦"。这一创造性的文学书写表现了在秦的强权之下越南人的无奈与悲壮，而李翁仲这一形象，正好迎合了当时越南的民族主义情绪。

直至19世纪，越南国势衰弱，沦为法国的殖民地，摆在越南民族面前的首要任务是抗击法国的殖民侵略，而非与中国对抗。当时不少文

---

① 中国社会科学院历史研究所.古代中越关系史资料选编［G］.北京：中国社会科学出版社，1982：288.

化人纷纷写诗撰文以唤起民众抗法争取民族独立,而古代传说中李翁仲抗击匈奴的故事,无疑最能鼓舞人心,于是一些有志者便"借此以唤醒民心"。因此,编写于这一时期的《人物志》中的"李翁仲",其形象也随之发生了变化,更主要的是参照了李济川时期的版本,着重宣扬其伟悍神勇、威震匈奴的事迹,以激起民族的自信心。

第五节
文化传递中的想象与重构

从"翁仲""李翁仲"和"阮翁仲"三者的关系来看,我们看到的不仅是中越两国历史文化、文学交往中往返影响的一个独特现象,还是文化传递过程中文本变异的典型现象。从一个文化族群到另一个文化族群,其文化传递过程不是一个简单的复制过程。从中国古籍文献到越南的汉文传说,"翁仲"由原话语之物象,经过越南人有意或无意的"不正确理解"和想象,被重构为一个新的文化变异体,即越南的传奇神话人物"李翁仲"。显然,这一新文化变异体"李翁仲"不再是中国古籍中的原话语"翁仲",它的产生也不是为了重复原话语,而其"不正确的理解"和想象,则完全是为了重构本土民族文化的需要。从其文学文本生成的文化语境来说,其想象与重构,既有一种弱势文化在强势文化面前期望通过消解对方或张扬自我以突显其强悍,从而与之相抵牾或相融合的特定的"文化氛围",包括其特定的生存状态、心理形态、伦理价值等因素;也有特定历史时期本土创作者们对异文化进行重新阐释的特定的"认知形态",包括其认知能力、认知途径与认知心理,以及由此而达到的认知程度。

因此,从"翁仲"到"李翁仲",再到"阮翁仲"的传递变异过程,既反映了越南民族主体意识的形成历程,映衬出中越两国关系密切的历史事实,以及两国文化文学往返变异的生动过程,也显现出一个民族文化发生与生成及其衍生发展的途径,而其所揭示的,正是不同文化之间的传递所遵循的共同的轨迹:对异文化进行"不正确理解"——依本土需要进行想象、重构——将之演绎为一个新的变异体——使之成为本民族文化的构成因素。当其返回影响时,这一规律同样发生作用。

"翁仲"故事的衍变同时也说明了,一种成熟的文化,即便呈现相对稳定的形态,但在其发生之初,多元文化的互动就一直没有停止。换言之,文化从其诞生之时,就处于与外来文化融通创新的发展变异之中。全球化时代里,各国、各民族在警惕外来文化入侵并努力构建独具特色的民族文学与文化时,这一文学文化发生的特质更应引起人们的慎思。

第二章

化：化用整合重构

第二章　化：化用整合重构

就拟效中国作品而作的越南汉文小说而言，更为普遍多见的模式即是"化"。这里的"化"，主要是化解、融合之义，通过模仿、借鉴，将原作品化解、融合而重构，生成新的作品。

越南汉文小说的作者，大多受汉文化文学浸染良久，对中国的文化及志怪传奇和明清小说都娴熟于心，信手拈来。因此他们模仿中国文本的创作，常常可以仿效借鉴多个中国古代的传奇故事，或者将一篇中国作品的不同部分化用于多篇作品中，或者是一对一的拟效改写。

第一节
化三合一

这里所说的化三合一,即化多篇为一篇,也就是将中国的两篇三篇作品化用整合为一篇新的作品。这种拟效模式,在传奇类小说中尤为常见。

越南汉文传奇类小说,当推后黎朝时期作家阮屿成书于16世纪二三十年代的《传奇漫录》为首,它不仅是越南第一部汉文传奇小说集,开启了越南汉文传奇小说的创作风尚,而且,继它之后,越南文坛陆续出现了众多同类仿作,包括段氏点的《传奇新谱》、阮演斋的《传闻新录》及范贵适的《新传奇录》,由此而形成了越南汉文小说中有着重要地位的传奇类小说;而且它也是这类传奇小说创作风格的代表,是一部深受中国文学文化影响的典范之作。

关于《传奇漫录》与中国文学、文化的关系,其所受到的最为直接的影响即是中国明清小说《剪灯新话》,这方面的相关研究,已有不少学者涉及。①可以说,《传奇漫录》对《剪灯新话》的模仿已属不争的事实。但这并不是说《传奇漫录》只是一部简单的仿作,正如陈益源先生所言,《传奇漫录》虽然受到明初瞿佑《剪灯新话》的影响,但它也有对越南神话志怪的改写和民间地方传说的记录,在成书的归类上仍属阮屿个人的创作。②而在对中国小说的拟效创作方面,《传奇漫录》不仅借鉴了瞿佑的《剪灯新话》,同时还借鉴了中国六朝志怪、唐宋传奇等其他作品。其中《龙庭对讼录》《翠绡传》《伞圆祠判事录》等,以及《岭南摭怪列传》中的《金龟传》可说是这方面的典型范例。

一、《龙庭对讼录》与《水宫庆会录》《柳氏传》《柳毅传》

《龙庭对讼录》说的是洪州郑县令的妻子杨氏回娘家途中,船到一个庙边,有两女童捧着一个妆饰盒来传话,说她主子要请杨氏到水云乡结同心,圆乘龙之愿。杨氏大惊,弃舟而返并将实情告诉郑县令。郑知是水怪将祸于其妻,谨慎小心过了半年,至中秋夜时,杨氏还是被水怪神蛟劫走。郑因悲伤而弃官归隐,常在临江的小楼上鸟瞰江津,每登楼凝目,常见一老翁早出晚归。于是纳闷:江渊深处,哪有村圩?而这老翁却能如此往来?于是寻找这老翁,见老翁在市场上给人问卜。郑与老翁游玩喝酒,老翁颇有感恩之意,但当问其姓名时,老翁却笑而不答。郑第二天一大早躲在苇丛中,看见老翁从水中出来,即上前拜见。老翁

---

① 早于 1990 年,陈益源先生便完成了《〈剪灯新话〉与〈传奇漫录〉之比较研究》(台湾学生书局,1990 年 7 月)。之后,乔光辉的《〈传奇漫录〉与〈剪灯新话〉的互文性解读》(《东方论坛》2006 年第 3 期)、任明华《越南汉文小说〈传奇漫录〉本事考》(《上海师范大学学报》2007 年第 9 期)等,皆对《传奇漫录》模仿《剪灯新话》有较为详实的研究。

② 陈益源.《剪灯新话》与《传奇漫录》之比较研究 [M]. 台北:台湾学生书局, 1990:126—150.

这才说自己是白龙侯，随后以杖激水，拨开水路，带郑进入龙宫。郑受到隆重礼遇，遂将妻子杨氏失踪之事告之，希望凭借白龙侯的神威，剪除邪恶。白龙侯提议讼之王庭，但又恐证据不足，未能将水怪制服。于是遣一小娘协助郑收集证据。郑将一支碧瑶钗交与小娘作为信物，让她去找杨氏。小娘到了洪州神蛟庙打听，果然有姓杨的女子，被封为昌邑夫人，且于年前已育有一子。小娘设法把碧瑶钗交给杨氏，告知其夫现状。第二天杨氏交给小娘一书信，并让小娘转告其夫，设法救她出水云乡。有了杨氏的书信，白龙侯即带郑向龙王申诉。龙王派人将神蛟押来伏于庭下，斥责其纵淫虐，神蛟却狡辩喊冤不服。龙侯提议接杨氏出庭。杨氏当庭指认自己的丈夫和仇人，并申诉自己被妖所掠。龙王盛怒，判神蛟有罪，将杨氏判还郑，夫妻重聚得以回家。

这个《龙庭对讼录》的传奇故事，与《传奇漫录》的其他故事一样，受《剪灯新话》和唐传奇的影响是明显的。因为这个故事写郑县令追踪白龙侯入龙宫时，正文便直接引用了唐传奇《柳毅传》中柳毅和《剪灯新话·水宫庆会录》中余善文的典故：

> 他日晨起，（郑）预匿于苇丛窃候，时宿露未洗，晨烟尚昏，见叟从水中娑婆而出，郑直前趋拜。叟大笑曰："得无以形骸索我乎？然子既相知，今告子矣。我乃白龙侯，幸而岁旱，暂觅闲游，若玉皇敕至行雨，则不暇矣！岂能就人间卖卜乎？"郑曰："昔柳毅有洞庭之游，善文有龙宫之宴，不知凡骨，果可追踪前辈乎？"[1]

---

[1] ［越］阮屿.传奇漫录·龙庭对讼录［M］.// 孙逊，郑克孟，陈益源.越南汉文小说集成·第4册.上海：上海古籍出版社，2010：54—55.

而且在柳毅和余善文两句的注释中还分别引了《柳毅传》和《水宫庆会录》原文。据此而言，《龙庭对讼录》受《柳毅传》和《水宫庆会录》的影响无疑。正因为如此，研究者们在论及《龙庭对讼录》与中国传奇小说的关系时，首先谈论的便是《剪灯新话》和《柳毅传》，而且认为《龙庭对讼录》主要模仿了《水宫庆会录》和《柳毅传》。然而事实还远不止于此。

《龙庭对讼录》在此引柳毅和余善文的典故，更主要是为后续故事所发生的"凡骨可追踪前辈"的奇异之事释疑，换句话说也就是为后面作为凡人的郑行走于水府与人间做铺垫。实际上《龙庭对讼录》受《水宫庆会录》的影响是极其有限的。从故事的整体构思和内容看，《龙庭对讼录》更主要的是模仿了唐传奇《柳氏传》和《柳毅传》，作者在模仿的基础上将这两个传奇故事的内容及构思糅合改写为一篇新的传奇。

这一传奇故事的主干，就是郑县令的妻子杨氏省亲时遇妖，后被水妖所劫，郑悲伤中偶遇白龙侯，白龙侯仗义相助，设计让杨氏写一书信向龙王提出诉讼，为郑讨回妻子。熟悉唐传奇《柳氏传》的读者不难看出，这一主要情节模仿的其实正是《柳氏传》的主要情节：韩翃妻子柳氏在"安史之乱"时，剪发毁形寄身佛寺，后又被京中蕃将沙吒利劫去。柳偶于车中见韩紧随其后，乃使女婢将其处境告韩。韩神色沮丧，在酒宴上被虞候许俊看见，许俊问其缘故后，请韩写一亲笔信，即乘马至沙吒利宅，救出柳氏，使之团圆，然后再上奏皇帝，状告沙吒利居功违法，劫掠妇女，皇帝下诏书将柳氏还给韩翃。

这两个故事的主要情节基本是一致的，只是细节上稍有变化而已。其中韩翃使人暗寻柳氏，并写诗于金袋以寄思念，柳氏捧金袋而泣，发生于"安史之乱"后柳氏被劫前；而郑寻杨氏，让小娘送碧瑶钗交与杨氏，杨氏持钗而泣，则在杨氏被劫之后。再就是许俊知情后，立即策马至沙吒利宅将柳氏夺回，后害怕会有灾祸，由侯希逸上诉皇帝，再由皇帝下诏把柳氏还给韩翊；而白龙侯则是担心不能制服神蛟，先向龙王申诉后，再由龙王判决将杨氏归郑。这些事件虽在时间、细节上有差异，却并不影响主要故事情节的相同。可以说，阮屿《龙庭对讼录》故事的主体，正是来自许尧佐的《柳氏传》。其间所穿插的绝句、书信、奏议、判词等，主要也是模仿了《柳氏传》的形式。如，《龙庭对讼录》中神蛟在妆金小匣中所题绝句"佳人笑插碧瑶簪，劳我情怀属望深。留待洞房花烛夜，水晶宫里结同心"。仿的正是《柳氏传》韩翊于金袋上的题诗："章台柳，章台柳！昔日青青今在否？纵使长条似旧垂，亦应攀折他人手。"而杨氏看到郑的碧瑶钗后回予郑的书信，仿的也是柳氏看到韩翊于金袋上的题诗后所回应的诗词。白龙侯带郑和杨氏向龙王申诉，以及龙王的判决，则模仿了《柳氏传》中侯希逸的献状及皇帝下的诏书。

以这一主干故事为基础，《龙庭对讼录》的作者并不只是对《柳氏传》的简单模仿，这一传奇的奇异之处，在于阮屿还巧妙地化用了《柳毅传》中柳毅进入龙宫替小龙女传信给洞庭龙王的模式。龙王的威严，钱塘君凶猛刚烈地把侄女带回龙宫，龙女对柳毅坚贞的爱，以及柳毅行走于水乡与人间的构思，龙宫的描写，等等，都被化用进来。而故事的结尾，则又模仿了《剪灯新话》的两个故事，其一就是《水宫庆会录》。如郑离去时，白龙侯"开筵命酒，赠以文犀玳瑁"，便仿了《水宫庆会录》中余善文临别时龙王专门宴请，并赠以"玻璃盘盛照夜之珠十，通天之犀二"。其二则是《永州野庙记》。《龙庭对讼录》对《永州野庙记》的模仿主要是妖蛟的形象。《龙庭对讼录》中妖蛟的形象描绘先是郑在龙宫所见："半日许，押至一丈夫，朱冠铁面，须髯如戟，就庭间蜷伏。"

这一形象描绘，借鉴模仿的便是《永州野庙记》中叙述妖蟒占据永州野庙兴妖作怪、害人祸物，书生毕应祥于南岳祠焚状向神投诉后梦入冥府，"久之，见数十鬼卒，以大木舁其首而至，乃一朱冠白蛇也。置于庭下"。结尾部分，郑与妻团聚回家，后来有事再到洪州：

> 颓垣坏壁，残碑断薤，惟有木绵飞絮，撩乱斜阳耳。访于野老，皆云："前一岁白昼间，忽无云而雨，江水涨溢，前有十丈长蛇，碧鳞朱帻，浮而北徙，修蛇短蟒，从者百余。其祠自此无显应焉。"屈指计之，则当勘讼日也。①

这一描绘，借鉴模仿的模仿也是《永州野庙记》，毕应祥梦入冥府惩治了妖蟒之后：

> 事讫回途，再经其处，则殿宇偶像，荡然无遗。问于村氓，皆曰："某夜三更后，雷霆风火大作，惟闻杀伐之声，惊骇叵测。旦往视之，则神庙已为煨烬，一巨白蛇长数十丈，死于林木之下，而丧其元。其余蚺虺䗪蝮之属无数，腥秽之气，至今未息。"考其日，正感梦时也。②

正因为如此，在《龙庭对讼录》这个传奇故事中，读者可以读出一个熟悉的类似于《柳氏传》的主体情节，可以看到一个类似于《柳毅传》的故事模式，还可以看到某些与《水宫庆会录》和《永州野庙记》相似

---

① [越]阮屿.传奇漫录·龙庭对讼录[M].// 孙逊，郑克孟，陈益源.越南汉文小说集成·第4册.上海：上海古籍出版社，2010：59.

② (明)瞿佑.剪灯新话·永州野庙记[M].周楞枷校注.上海：上海古籍出版社，1981：64—65.

的情景描绘。而它既非《柳氏传》《柳毅传》，也非《水宫庆会录》和《永州野庙记》。对于中国读者来说，这是一个既熟悉又陌生的传奇故事。《龙庭对讼录》的奇异之处，正是作者在模仿、借鉴唐传奇和明传奇的基础上，巧妙地化用糅合了多个作品而重构出一个新的独特的传奇故事，而其化用糅合几乎了无痕迹。就此而言，《龙庭对讼录》也就成了《柳氏传》《柳毅传》《水宫庆会录》和《永州野庙记》的变异体。

二、《翠绡传》与《翠翠传》《昆仑奴》

《翠绡传》讲述陈朝时书生余润之为歌姬翠绡吟诗，两人由此相好，后翠绡被大臣申柱国抢占。时值战乱，余生向朝廷申诉也无人受理。一日余生路遇被前呼后拥着的翠绡，相逢却不能相见，两人只能通过鹦鹉传书，翠绡抑郁染疾，并向申柱国坦露对余生的思念。申柱国不得已把余生招来，让其住在申府，待之以宾客，表示"还珠之意"，却不让其与翠绡相见。饱受相思煎熬之苦的翠绡和余生于是定下了元夕私逃之计。余生离开申府后道逢老奴并相告其故，老奴于元夕时到所约处，以袖中的铁锤捶死翠绡左右护卫及伞夫、轿夫，从众人中将翠绡掠走，使之与余生相逢。

《翠绡传》中翠绡与余生相爱、后被申柱国抢占、余生入申府却无缘与之相见的主体故事，很显然模仿、借鉴的正是《剪灯新话·翠翠传》。《翠翠传》中讲述的是刘翠翠和同学金定由相爱而结婚，刘翠翠后被李将军掠去为妾，金定寻妻到将军府，只能以兄妹身份相见一面。金定虽被李将军留在门下当书记官，但闺阁幽深，内外隔绝，两人只能偶尔暗传书信，却难再相见。金定与翠翠最终相继抑郁而死。

《翠绡传》与《翠翠传》，不仅主体故事相似，且两人相赠相传诗文的构思布局也模仿了《翠翠传》。两篇小说的不同在于结尾,《翠翠传》中的金定与翠翠不敢反抗最终抑郁而死,一对有情人只能两墓相依。而《翠绡传》中敢于反抗的翠绡和余生,却得到了老奴的相助,最终得以相聚。这个结尾则是借鉴了另一故事:唐人裴铏的《昆仑奴》。《昆仑奴》说的是红绡因被逼做了勋臣一品的家会而心有不甘,恰逢崔生到勋臣一品家拜访探视,与红绡相遇,彼此皆有好感。红绡送崔生出门时暗示相约。崔生回来后将心事告与昆仑奴磨勒。昆仑奴磨勒携炼槌打死了一品的家犬后,便背着崔生飞过十多重院墙,让他与红绡相会。听了红绡诉说其遭遇后,磨勒又背着崔生和红绡飞出高墙大院。

比较两书的片断:

《昆仑奴》:

> 生归,……时家中有昆仑奴磨勒,顾瞻郎君曰:"心中有何事,如此抱恨不已?何不报老奴。"生曰:"汝辈何知,而问我襟怀间事。"磨勒曰:"但言,当为郎君释解,远近必能成之。"生骇其言异,遂具告知。磨勒曰:"此小事耳,何不早言之,而自苦耶?"……是夜三更,与生衣青衣,遂负而逾十重垣,乃入歌妓院内,止第三门。……遂负生与姬,而飞出峻垣十余重。①

《翠绡传》结尾:

> 生满载而归,道逢老奴,谓曰:"郎君得无忧乎?何瘦削不类

---

① (唐)裴铏.昆仑奴[M].//(宋)李昉.太平广记·第15册·卷一百九十四.上海:上海文明书局.1923:24.

畴昔?"生语其故,且告以翠绡之约。奴曰:"此事易耳!当为郎君致力。"及元夕,偕往东津,果见翠绡从数车两,于水次纵观。奴以所袖铁椎,椎碎左右,伞夫轿子,一时散走,密于万众中掠去。①

不难看出,《翠绡传》结尾的构思正来自《昆仑奴》。作者阮屿化用了《翠翠传》的主体故事和《昆仑奴》中的部分构思,将之糅合一体,并赋予了新的人物性格和主题思想,由此而重构了一个新的变异了的《翠绡传》。不仅如此,小说的命名也显然取于两个故事中的人物"翠翠"与"红绡"。

三、《伞圆祠判事录》与《令狐生冥梦录》《永州野庙记》《修文舍人传》

《伞圆祠判事录》讲述的是直士吴子文怒焚妖怪盘踞的旧祠庙后被带到冥府的遭遇。吴子文烧了旧祠庙之后,祠庙的老居士现身说出祠庙被窃据的实情。吴子文被鬼卒带到冥府后,以老居士所言与冥王申辩,最终冥王做出公正判决,惩罚了恶妖,送子文还家,并将祠庙还给老居士。最后老居士感激吴子文恢复祠庙之功,为吴子文推荐伞圆祠判事一职。

《伞圆祠判事录》可分为四个部分,第一部分叙述主人公吴子文怒焚妖怪盘踞的旧祠并被妖威胁。

开篇即言:"吴子文,名撰,谅江安勇人也,慷慨尚气,直不容奸,

---

① [越]阮屿.传奇漫录·翠绡传[M].// 孙逊,郑克孟,陈益源.越南汉文小说集成·第4册.上海:上海古籍出版社,2010:127—128.

北州月旦评亦以刚方许之。"

随之即述：村里有一旧祠比较灵应。胡氏末期战乱，明朝沐晟的一个部将崔百户在祠所阵亡，之后转作妖怪，民间倾家荡产还不足以供奉祈祷。子文很愤怒，沐浴斋戒后便把这个祠烧了。回到家里子文便觉浑身不舒服，寒热交作，见一个魁梧的人，冠胄而来，自称是居士，要求恢复原祠，不然，就会遭遇灾祸。子文不答应，危坐自若。来人愤怒，以阴司相威胁。

第二部分叙述的是旧祠庙真正的居士老人及其所述旧祠被窃据的概况：

到了傍晚，又有一老人，穿着玄服，风度闲雅，徐徐向前作揖道："我居士也，闻君快举，敢不伸贺。"子文很惊讶，如果说这个是居士，那前面来的那个冠胄者又是什么神？老人于是说出实情：

老人曰："噫！彼乃北朝偾将，南国羁魂；窃据我殿堂，假冒我姓名；以诈妄为长策，以惨虐为良筹；上帝被其欺，下民受其害。凡兴妖作孽，皆彼之为，其实则非我也。请为言之：我自李南帝时为御史大夫，以死勤王，受封于此，佑民护物，千有余年，曷尝扇构祸凶，邀求莫酹，如猾贼之所为哉？近者失于预防，被彼攻驱，见依伞圆祠，已数星霜矣！"子文曰："事至如此，何不伸理冥曹，上笺帝所，顾乃轻抛职位，为乡人之布衣乎？"老人蹙然曰："恶蔓繁滋，势难摇动，欲从控诉，则又多方阻截，傍祠近宇，利其货贿，群而保之，区区之诚，无由得达，故不得不隐忍投闲耳！"[①]

老人告诫如果冥司审讯，便以他的话实告，如果不服，即请通报伞圆祠。

第三部分，叙述的是吴子文被带到冥府申辩，以及冥王的判决：

至夜，病遂加剧，有二鬼卒相持甚急，曳出东郊外。半日间，至大宫府，……二卒就门前禀命，守门者入，有顷复出，宣旨曰："罪深恶重，不在原例。"挥之使北。……二卒以长枷大索疾躯之去，子文曰："吴撰，人间直士，有何谴咎？乞赐显责，未应泯泯含冤也。"俄闻殿上宣言曰："此人狼抗，自是心头粗悍，不经判断，未必帖然诚服。"乃引入殿门，已见冠胄者当庭哀诉。王者责子文曰："彼居士忠纯激烈，有功前朝，皇天以血食酬劳，使歆其祀，汝寒士敢尔欺慢，孽由己作，尚可逃乎？"子文具陈履历，一如老人指教，辞极刚正，无少曲挠。其人曰："王府前犹倔强如此，喧腾颊辅，造立诬谤；况子余祠宇，荒凉芜没于一炬，何有哉！"反复辨诘，终不能胜，王果疑之。子文曰："既不信臣言，请关报伞圆祠，质其虚实；其言不验，臣请受虚妄之辜有余矣！"其人始有惧色……（王）即差人诣伞圆祠，参详取验。及回报，一一与子文辞合。王大怒，……即命以铁笼罩其头，木丸塞其口，押赴九幽狱。王以子文能除害，仍命本祠居士：凡岁时牲礼，分其半与之。且目

[①] [越]阮屿.传奇漫录·伞圆祠判事录[M].// 孙逊，郑克孟，陈益源.越南汉文小说集成·第4册.上海：上海古籍出版社，2010：73.

甲士送子文还家，则死已一日矣。①

第四部分，即结尾老人报恩为子文荐冥职：

后一月，见老人来谓曰："老夫复庙，吾子之功，无以相厚；今见伞圆祠缺判事一员，难于注拟，吾与子有旧，极力推荐，王心甚允，愿以此酬恩之地。人生自古，谁无有死？……若迟半月，恐为他人所得，努力为之，勿以寻常见视。"子文欣纳，遂分置家事，无病而终。②

纵观《伞圆祠判事录》，其四个部分分别模仿了《剪灯新话》的三个故事：《令狐生冥梦录》《永州野庙记》《修文舍人传》。

《令狐生冥梦录》开篇即言："令狐撰者，刚直之士也，生而不信神灵，傲诞自得。有言及鬼神变化幽冥果报之事，必大言折之。"

随后讲述令狐撰家附近有一个恶名远扬的富人乌老死后三天又活了过来，因为家里人为他用钱大做佛事，阴间的官吏很高兴，因此他得以回到人世。令狐撰听后愤愤不平，说：阴间的贪官污吏贪赃枉法比起阳世的更厉害，富人犯法后只要行贿就可以保全，穷人没有钱只好受罚，并赋诗一首对之抨击讽刺。晚上有两个鬼卒来把他带到地府见鬼王：

是夜，明烛独坐，忽有二鬼使，状貌狞恶，径至其前，曰："地府奉追。"撰大惊，方欲辞避，一人执其衣，一人挽其带，驱迫出

---

① ［越］阮屿.传奇漫录·伞圆祠判事录［M］.// 孙逊，郑克孟，陈益源.越南汉文小说集成·第4册.上海：上海古籍出版社，2010：74—75.
② ［越］阮屿.传奇漫录·伞圆祠判事录［M］.// 孙逊，郑克孟，陈益源.越南汉文小说集成·第4册.上海：上海古籍出版社，2010：75.

门,足不履地,须臾已至。见大官府若世间台、省之状。二使将撰入门,遥望殿上有王者被冕据案而坐。二使挟撰伏于阶下,上殿致命曰:"奉命追令狐撰已至。"即闻王者厉声曰:"既读儒书,不知自检,敢为狂辞,诬我官府!合付犁舌狱。"遂有鬼卒数人,牵捽令去。撰大惧,攀挽槛楯不得去,俄而槛折,乃大呼曰:"令狐撰人间儒士,无罪受刑,皇天有知,乞赐昭鉴!"见殿上有一绿袍秉笏者,号称明法,禀于王曰:"此人好讦,遽尔加罪,必不肯伏,不若令其供责所犯,明正其罪,当无词也。"王曰"善!"乃有一吏,操纸笔置于撰前,逼其供状。撰固称无罪,不知所供。忽闻殿上曰:"汝言无罪,所谓'一陌金钱便返魂,公私随处可通门',谁所作也?"

令狐撰写下供词,揭露污吏的贪赃枉法、背信弃义,并表明自己不会贪生而摇尾乞怜。

王览毕,批曰:"令狐撰持论颇正,难以罪加,秉志不回,非可威屈。今观所陈,实为有理,可特放还,以彰遗直。"仍命复追乌老,置之于狱。复遣二使送撰还家。[①]

令狐撰回到家,鬼使请他以后不要再作诗烦劳他们,令狐撰大笑醒了过来,却是南柯一梦。等到天亮,他去敲乌老的家门打听情况,原来乌老在当夜三更天已死。

---

① (明)瞿佑.剪灯新话·令狐生冥梦录[M].周楞伽校注.上海:上海古籍出版社,1981:34—35.

显然,《伞圆祠判事录》故事的结构框架,以及第一和第三部分的主要内容,即模仿了《令狐生冥梦录》,甚至开篇对主人公的介绍也几乎一致。

而第二部分所述旧祠庙被窃据的情节,即取之于《永州野庙记》。《永州野庙记》讲述的是书生毕应祥经过永州野庙,因囊中羞涩,不能陈设祭品,而被妖怪追杀,过后写了状子焚烧后向神投诉。晚上书生毕应祥梦见自己被带到宫殿下询问,书生如实对答后,官吏押来一个戴着乌头巾、穿着道服的白胡子老人,质问老人为何用武力祸害恐吓人?老人于是说出被妖怪占据野庙的实情:

> 俄顷,押一白须老人,乌巾道服,跪于阶下。吏宣旨诘之曰:"汝为一方神祇,众所敬奉,奈何辄以威祸恐人,求其祀飨,迫此儒士,几陷死地,贪婪苦虐,何所逃刑!"老人拜而对曰:"某实永州野庙之神也,然而庙为妖蟒所据,已有年矣,力不能制,旷职已久。向者驱驾风雨,邀求莫酹,皆此物所为,非某之过。"吏责之曰:"事既如此,何不早陈?"对曰:"此物在世已久,兴妖作孽,无与为比。社鬼祠灵,承其约束;神蛟毒虺,受其指挥。每欲奔诉,多方抵截,终莫能达。今者非神使来追,亦焉得到此!"①

这一妖怪占据野庙的情节,无疑是《伞圆祠判事录》中妖怪窃据旧祠情节的来源。《伞圆祠判事录》结尾部分老人报恩为子文荐冥职,则是仿自《修文舍人传》。

---

① (明)瞿佑.剪灯新话·永州野庙记[M].周楞枷校注.上海:上海古籍出版社,1981:64.

《修文舍人传》讲述的是吴地震泽县人夏颜，博学多才，性格豪迈，死后做了阴间修文府舍人这一官职，地位显要，职务清闲，朋友很是羡慕。夏颜与朋友相会，并请托朋友帮他整理遗留的文稿，之后夏颜举荐朋友任冥职：

> 友人归吴中，访其家，除散亡零落外，犹得遗文数百篇，并所著《汲古录》《通玄志》等书，亟命工镂版，鬻之于肆，以广其传。颜复到门致谢。自此往来无间，其家吉凶祸福，皆前期报之。三年之后，友人感疾，颜来访问，因谓曰："仆备员修文府，日月已满，当得举代。冥间最重此职，得之甚难。君若不欲，则不敢强；万一欲之，当与尽力。所以汲汲于此者，盖欲报君镂版之恩耳。人生会当有死，纵复强延数年，何可得居此地也？"友人欣然许之，遂处置家事，不复治疗，数日而终。①

由此可见，《传奇漫录》的作者阮屿在此即化用了《剪灯新话》中的三个故事，并将之整合重构为《伞圆祠判事录》。

以如此模式拟效创作的传奇小说还有许多，如《项王祠记》模仿化用《剪灯新话》之《令狐生冥梦录》和《龙堂灵会录》，《昌江妖怪录》模仿化用《剪灯新话》之《牡丹灯记》《令狐生冥梦录》和《剪灯新话》之《何思明游酆都录》，《西垣奇遇记》模仿化用《剪灯新话》之《渭塘奇遇记》和《华亭逢故人记》，《陶氏业冤记》模仿化用《剪灯新话》之《牡丹灯记》《天台访隐录》和《绿衣人传》，《南昌女子录》模仿化用

---

① （明）瞿佑.剪灯新话·修文舍人传[M].周楞伽校注.上海：上海古籍出版社，1981：96.

《影妖谈》《长恨歌传》和《柳毅传》，等等。

四、《金龟传》与《龟化城》《交州外域记》

这种化用的拟效模式，不仅在传奇类小说中常见，而且在神话类故事和笔记类小说中也存在，如《岭南摭怪列传》中的《金龟传》，便是对三个中国古代传说故事的整合重构。

《金龟传》的故事可分为两个部分。前一部分叙述的是金龟助瓯貉国安阳王驱鬼筑城的传说。安阳王原是巴蜀人，灭文郎国后改号瓯貉国。他想在越裳之地筑城，却随筑随崩。后有金龟告知其筑城不就之故皆因有鬼精作祟，金龟详细告诉安阳王驱除鬼精的办法，并协同安阳王一起将鬼精驱散，随之筑城半月即就。三年后金龟辞别安阳王之前，将它的金龟爪送给安阳王，让安阳王做成弓弩以保卫城池。安阳王于是命其臣皋鲁以爪为机造弩，称之为灵光金爪神机弩。

后一部分讲述的是赵佗之子仲始向安阳王之女媚珠求婚，以计诱媚珠窃取神机弩，致使安阳王败北逃到海滨。赵佗南侵与安阳王交战，安阳王以神机弩大败佗军。赵佗知安阳王有神机弩，屯兵于邹山与安阳王对垒，不敢再战。之后赵佗假意求和，派遣其子仲始向安阳王之女媚珠求婚。婚后仲始诱骗媚珠窃取神机弩，并诈媚珠北归省亲，然后仲始带神机弩回去给了赵佗。赵佗于是发兵大举进攻。安阳王因失去神机弩而大败，带着媚珠逃至海滨，仲始以媚珠撒下的鹅毛为线索一路追踪而至。安阳王途穷无舟楫可渡，大呼金龟，金龟出而相救。

这一传说的前一部分，即源自晋干宝《搜神记》卷十三的《龟化城》："秦惠王二十七年，使张仪筑成都城，屡颓。忽有大龟浮于江，至东子城东南隅而毙。仪以问巫。巫曰：'依龟筑之。'便就，故名龟化城。"① 而关于金龟的留宝镇国之事却来源于《庄子·外物》宋元王得龟一事。②

后一部分的故事则源自《交州外域记》所记载的故事。据《水经注》所录《交州外域记》记载：

> 交趾昔未有郡县之时，土地有雒田，其田从潮水上下，民垦食其田，因名为雒民，设雒王、雒侯，主诸郡县，县多为雒将，雒将铜印青绶，后蜀王子将兵三万来讨雒王、雒侯，服诸雒将，蜀王子因称为安阳王。后南越王尉佗举众攻安阳王，安阳王有神人名皋通，下辅佐，为安阳王治神弩一张，一发杀三百人。南越王知不可战，却军住武宁县。按晋《太康记》县属交趾。越遣太子名始，降服安阳王，称臣事之。安阳王不知通神人，遇之无道，通便去，语王曰：能持此弩王天下，不能持此弩者亡天下。通去。安阳王有女名曰媚珠，见始端正，珠与始交通，始问珠，令取父弩视之，始见弩，便盗以锯截弩讫，便逃归报南越王。南越进兵攻之，安阳王发弩，弩折遂败。③

《金龟传》在这两个传说的基础上加以丰富的想象，增加了许多细节，如：第一部分安阳王的祈祷、老者的出现与预言、金龟的言语和计策，以及金龟和安阳王驱鬼的完整行动和细节，整个过程都描绘得绘声绘色；第二部分仲始诱诈媚珠的细节和两人的对话、仲始以媚珠沿途留

---

① （晋）干宝.搜神记·卷十三［M］.汪绍楹校注.北京：中华书局，1979：161.

② 陆小燕.越南金龟传说源考［J］.东南亚南亚研究，2013（4）.

③ （南北朝）郦道元.水经注·卷三十七［M］.上海：上海古籍出版社，1990：694—695.

下的鹅毛为线索追赶安阳王至海滨、安阳王向金龟求救、斩媚珠、媚珠临死前的誓言，以及死后化成明珠的细节，等等，都描绘得非常细致。而且还巧妙地把瓯貉国的建国、安阳王的来历加于故事的前端，并以金龟赠金爪做神机弩将两则故事串了起来，由此便将《龟化城》和《交州外域记》这两个似乎并不相干的故事整合成了一个非常完整的新故事。

　　化多篇作品的整合重构过程，其实是一个故事传播接受变异的过程。当中国的故事传说或文献流传到越南之后，接受者——越南汉文小说的创作主体受这些故事传说或文献的激发而进行创作，并将他们所接受的异质文学文化以一种被分解的形式，化入其自主创作中，由此而重构形成一个新的变异体，即本土化的小说文本。

第二节
化一为三

这里所说的化一为三,即化一篇为多篇,将一篇作品的不同部分化用于不同的作品中,构思出多篇新作品。此模式以《传奇漫录》中的《木棉树传》《陶氏业冤记》《昌江妖怪录》模仿《剪灯新话》中的《牡丹灯记》最为典型。

一、《牡丹灯记》

《牡丹灯记》讲述的是,一个姓乔的书生因刚丧偶,独居郁闷无聊,晚上在家门口站立,看到一个十七八岁的美女和一个提着双头牡丹灯的丫环,乔生见美女年轻漂亮,竟神魂飘荡,尾随她们。走了几十步,美女忽然回过头微微一笑,说:"初无桑中之期,乃有月下之遇,似非偶然也。"乔生闻言,即快步走向前去向美女揖拜说:"敝居咫尺,佳人可能回顾否?"美女听了,立即叫丫环金莲提灯一同前往。

  于是金莲复回。生与女携手至家,极其欢昵,自以为巫山洛浦之遇,不是过也。生问其姓名居址,女曰:"姓符,丽卿其字,漱芳其名,故奉化州判女也。先人既殁,家事零替,既无弟兄,仍鲜族党,止妾一身,遂与金莲侨居湖西耳。"生留之宿,态度妖妍,词气婉媚,低帏昵枕,甚极欢爱。天明,辞别而去,暮则又至。如是者将半月,邻翁疑焉,穴壁窥之,则见一粉髑髅与生并坐于灯下,大骇。明旦,诘之,秘不肯言。邻翁曰:"嘻!子祸矣!人乃至盛之纯阳,鬼乃幽阴之邪秽。今子与幽阴之魅同处而不知,邪秽之物共宿而不悟,一旦真元耗尽,灾眚来临,惜乎以青春之年,而遂为黄壤之客也,可不悲夫!"生始惊惧,备述厥由。邻翁曰:"彼言侨居湖西,当往物色之,则可知矣。"生如其教,径投月湖之西,往来于长堤之上、高桥之下,访于居人,询于过客,并言无有。日将夕矣,乃入湖心寺少憩,行遍东廊,复转西廊,廊尽处得一暗室,则有旅榇,白纸题其上曰:"故奉化符州判女丽卿之柩。"柩前悬一双头牡丹灯,灯下立一明器婢子,背上有二字曰金莲。生见之,毛发尽竖,寒粟遍体,奔走出寺,不敢回顾。是夜借宿邻翁之家,忧怖之色可掬。①

老翁于是叫乔生去找法师,法师授给他两道朱符,让他把一道放在门口,一道放在床榻上,并告诫他不得再去湖心寺。乔生接受了符箓回家,如法安放,从此以后,美女果然不来了。一个月后,乔生在朋友家喝醉了酒,忘记了法师的告诫,直从湖心寺回家。快到寺门口的时候,见金莲已在前面迎见,并带乔生一直走入暗室,美女一番数落后,握住

---

① (明)瞿佑.剪灯新话·牡丹灯记[M].周楞枷校注.上海:上海古籍出版社,1981:50.

乔生的手走到灵柩前,抱着乔生一同跳入灵柩。

邻居老翁见乔生久不归,于是到处寻找,找到寺中停灵柩的暗室,发现乔生已经死了很久,与女子的尸体正一俯一仰躺在柩内。随后,老翁与寺僧把灵柩和乔生殡葬在西门之外。从此以后,每逢阴云密布的白天,或者是月黑的晚上,常常能看到乔生与美女手拉手一同行走,一个丫环提着双头牡丹灯在前导引。碰到的人立刻就会得重病。若以诵经做佛事超度,用三牲美酒祭祀,或许可以痊愈,否则就会卧床不起。

之后,当地居民请来道人做法,将女子和乔生,以及金莲押来抽打,并责令他们招供。待他们如实招供后,道人即写了判词,烧毁双明灯,将他们押赴九幽之狱。

二、《木棉树传》与《牡丹灯记》

《木棉树传》讲述的是北河商人程忠遇,泊柳溪桥下,常往来南昌市间。每次途中都见一美女从东村出,一侍儿跟在后面。因是异乡商旅,也无从探问,只是含情郁结而已。

> 他日复出,见亦如之,欲以微辞挑动,则翻裳急逝,语侍儿曰:"我久为春醒所困,贪眠不起,溪桥泯迹,将半载矣;未审今朝已作如何风景?夜当访旧,少慰幽情,汝肯相从否?"侍儿曰:"诺!"忠遇闻之喜甚。日既暮,预就溪桥窃候。人定时,女果与侍儿携胡琴一张,行至桥头,叹曰:"溪山历历,不改前度;惟恨女郎零落,不作向时逐伴,使人有感旧之悲耳!"遂凭栏危坐,自援胡琴,操南宫几音,弄《秋思》数遍。良久,舍琴而作,曰:"欲写幽怀,谩劳寄指;但调高意远,举世无知音,谁能会意?不如早归来耳!"忠遇趋前揖曰:"仆知音者,愿少试之。"女伴惊曰:"郎

亦在是耶？昨妾屡蒙下顾，厚惠铭心；第以路次匆忙，诚难款曲。今乘清夜，暂觅闲游，不意郎先在此。向非天缘素定，未必重逢屑屑。虽珠玉在侧，但为觉我形秽，不能不以此为嫌也。"问其姓名住址，女攒眉曰："儿姓叶名卿，乡中大姓晦翁之女孙也。严慈急逝，家计单寒，昨为夫儿所弃，徙居外郭矣。窃觉得人生如梦，不如身在时且暂尔行乐；一旦入地，便是黄泉人物，虽欲追欢觅爱，尚可得乎？"遂同入舟中。……乃褰裳戏剧，极其欢昵……将晓辞去，晚则复来，将及月余。①

后有商友告诫程忠遇旅居在外，不应"悦无媒之女"，且"不明去处，不究来由"，"一旦事情难掩，声迹易彰，上有严刑之加，下无亲党之援"，劝导其问明所居，探清实情，再"或辞或遣，或窃而逃"。程忠遇于是趁夜乘天气阴暝，步至东村，见竹篱环绕的枯苇丛中有一破茅屋，屋里散发出腥臭味，左边小床上有一朱棺，覆盖着红绸，上有题字"蕊卿之柩"。柩旁有塑泥女子，捧胡琴侍立。忠遇胆寒发竖，狼狈走出，女子却挡住去路，并挽住他的衣服，幸而衣服被撕裂，才得以走脱。

后到东村寻问，果然有晦翁孙女，二十岁，已经死了半年了，殡葬在城外。随后忠遇即患重疾，叶女亦倏忽来往，或在沙石处大呼，或在船窗细语，忠遇皆有应答，并想翻身随女而去，被船夫用绳索系住。某天晚上，船夫熟睡，天亮醒来，发现忠遇早就不在船上了。急忙赶到城外，见其抱棺而死。

---

① ［越］阮屿.传奇漫录·木棉树传［M］.// 孙逊，郑克孟，陈益源.越南汉文小说集成·第4册.上海：上海古籍出版社，2010：27—30.

此后凡阴黑之宵,见二人握手同行,或歌或笑,往往索人之祈祷,要人之荐祭,稍不如愿,祸害寻作。乡人不胜其患,潜发塚破棺,并男女骸骨,散之江中。江上有寺,寺有木绵古树,相传已百余年,遂依树为妖。欲加斩伐,则斤摧斧折,牢不可动。[①]

后一道人做法,才砍伐了木棉树,驱除了妖孽。

对比两个故事,《木棉树传》与《牡丹灯记》的故事框架和情节基本是一样的,不同的只是一些细节及其中的诗文词句。《木棉树传》的主人公由书生换成了商人;侍儿的双头牡丹灯,置换成了胡琴;故事的发生地由街头里巷,置换成了江舟溪桥。《牡丹灯记》中乔生邀请妖女到家里约会,女子立即答应,没有半点羞涩之情;《木棉树传》中妖女进入舟前舟后,则增加了许多诗文词句,也就增添了许多女子的才情幽怨。《牡丹灯记》是邻居老翁窥见"一粉髑髅与生并坐于灯下",于是告诫乔生;《木棉树传》则是商友怀疑而告诫程忠遇。《牡丹灯记》乔生是醉酒后走到湖心寺被妖女抱着跳进灵柩;《木棉树传》程忠遇是患重疾在舟中被妖女诱走带进灵柩。最后,《牡丹灯记》乔生与妖女并未附着何物,《木棉树传》程忠遇与妖女则依附于木棉树为妖。

也正是这些细节内容及地理标志的不同,作者阮屿便将《剪灯新话》中的《牡丹灯记》化成了具有越南风情的《木棉树传》。而且,阮屿也许是对《牡丹灯记》情有独钟,除故事的主干化用于《木棉树传》外,还将部分内容分别化用于《陶氏业冤记》和《昌江妖怪录》。

[①] [越]阮屿.传奇漫录·木棉树传[M].// 孙逊,郑克孟,陈益源.越南汉文小说集成·第4册.上海:上海古籍出版社,2010:31—32.

三、《陶氏业冤记》与《牡丹灯记》

《陶氏业冤记》讲述的是陶氏生前的艳行及死后欲兴妖作孽而被法师惩处的故事。慈山名妓陶氏，被选入宫，因和裕宗帝寒滩对诗，被称为寒滩妓。裕宗死后，陶氏隐居都城，与官员魏若真往来，被魏夫人痛打，于是怀恨，募刺客入魏家，刺杀不成即落发逃入佛寺，与小僧放情肆欲。后陶氏得胎病而亡，小僧也因思念而病亡。两人死后借冥胎投魏夫人，生两男，叫龙叔、龙季。龙叔、龙季自小聪慧，为父母所钟爱。一日，魏若真在自家飞楼避暑，有一丐僧经楼下眺望，言此楼为蛟龙渊窟。魏若真再三追问，此僧才说："君家上积妖气甚浓，非前身业报，则今世冤家，其人已在室中，不出数月，阖门无遗类矣。"魏若真哀恳求救，僧人让其叫家人出来相认，并认出二子。二子愤然拂衣而去，魏若真也不高兴。这天夜里，龙季泣谓龙叔说："日间妖僧，言多不类。似有觊觎之心，纵彼知之，吾曹无地矣！"龙叔笑说："能除去我，惟老宿法云，其余诸子，唾手掠符耳！况彼以骨肉之亲，必不嫌于我，可保无虞矣！"龙叔、龙季的对话正好被魏若真听闻，"惊怖骇愕"。第二天，魏若真即假托他事，遍寻法云。法云坚辞不出，后被身边侍童言语说动，即设法坛做法祛除妖孽。

其中，求法师及做法祛除妖孽部分，即化自《牡丹灯记》。

《牡丹灯记》此部分主要讲述：符氏女、乔生和金莲作妖害民，邻近的居民都很害怕，于是找法师镇妖，法师则让众人去四明山顶找铁冠道人：

> 众遂至山，攀缘藤草，暮越溪涧，直上绝顶，果有草庵一所，道人凭几而坐，方看童子调鹤。众罗拜庵下，告以来故。道人曰："山林隐士，旦暮且死，乌有奇术！君辈过听矣。"拒之甚严。众

曰："某本不知，盖玄妙魏师所指教耳。"始释然曰："老夫不下山已六十年，小子饶舌，烦吾一行。"即与童子下山，步履轻捷，径至西门外，结方丈之坛，踞席端坐，书符焚之。忽见符吏数辈，黄巾锦袄，金甲雕戈，皆长丈余，屹立坛下，鞠躬请命，貌甚虔肃。道人曰："此间有邪祟为祸，惊扰生民，汝辈岂不知耶？宜疾驱之至。"受命而往，不移时，以枷锁押女与生并金莲俱到，鞭棰挥扑，流血淋漓。道人呵责良久，令其供状。……

判词已具，主者奉行急急如律令。即见三人悲啼踯躅，为将吏驱捽而去。道人拂袖入山。明日，众往谢之，不复可见，止有草庵存焉。急往玄妙观访魏法师而审之，则病呓不能言矣。①

而《陶氏业冤记》与之相似的部分，则是魏若真听闻二子的对话后，便四处寻找法云：

明日，托以他事，广访名蓝，求法云姓名。月余，至丽奇山寺，有童言少时闻有是名，已移入深山若干年矣。因指凤凰绝巘曰："是矣。"乃褰裳而往，又四五里，始达其境。僧方隐几而卧，鼾声如雷，左右有二童子侍立。若真伛偻步进，二童呵止。僧睡寻觉，若真致拜，具告以来意。僧笑曰："先生何误耶？老生身不栖寺观，足不蹑城市，已多时矣。只能于构草庵中，扫地焚香，诵《楞严》数遍，飞符走篆，非分内事！"拒之甚严。二童从傍赞曰："我佛以慈悲为筏，济度为门，悯苦海之沉沦，救迷川之陷溺，盖欲同登

---

① （明）瞿佑. 剪灯新话·牡丹灯记 [M]. 周楞枷校注. 上海：上海古籍出版社，1981：51—53.

彼岸，共沐善缘；若复牢辞，岂能宏大？"僧始欣然听纳。仍即其地，设法坛，四面张灯，以朱书符篆。一更许，有黑云十丈，周匝坛边，寒风飒来，冷不可犯。僧持铁如意，指挥左右，时或离坛，若诟骂之状。若真遥于别所，开帘窃视，寂无所见，但于空中闻哭声缕缕。俄而声止，云渐散去。……

  夫妇厚赍金帛，往谢法云。至则苔锁草庵，无复行迹，竟惘然而返。①

此处魏若真求法云除妖的过程，及最后"往谢法云却只见草庵，已无法云踪迹"的结尾，皆与《牡丹灯记》如出一辙。

四、《昌江妖怪录》与《牡丹灯记》

《昌江妖怪录》化用《牡丹灯记》的部分则在于其后面的供词与判词。《牡丹灯记》后半部分乔生、符氏女和金莲被道人捉拿后，道人令其供状，乔生、符氏女和金莲都各自供述了罪状，随后道人有一长段判决词，判词写完，执行者即将三者驱赶押赴九幽狱。

《昌江妖怪录》的昌江妖怪，是峰州商人小女的冤魂变幻的妖女。商人泊于昌江城经商，商人病故后其妻贫穷无法将其归葬，只好将小女儿卖给了富商范氏。小女长成后被范氏奸淫，又被范氏妻子痛打至死，葬于村边。之后小女变幻为妖女兴妖作幻，或托形于卖浆妹，或假体于沽酒女，有点头面的人即被淫杀，有钱财的人则被偷窃。方圆十里的人都十分惧怕。后乡人将其骸骨散于江上，才得以稍微止息。后有官员黄

---

① [越] 阮屿. 传奇漫录·陶氏业冤记 [M].// 孙逊, 郑克孟, 陈益源. 越南汉文小说集成·第4册. 上海：上海古籍出版社，2010：69—70.

某从谅江赴长安领职,泊船在江岸遇小女之妖,受妖女之惑并与妖女成了夫妻。黄某居官一月后,染疾而导致颠狂昏迷,有人来给黄某念符咒,却遭到侮骂,医工术士都怀疑是妖祟,却无可奈何。继而有一自称为"神医"者,给黄某调了药剂,黄某喝了药剂即"呕涎数斗,憒然如梦"。而妖女却大怒,"神医"以符投之,女即应符倒地变成了一堆白骨。然而这只是剪了枝蔓,孽根还未根除。过了十余天,黄某白天正闲卧,被两鬼卒带到阎王处,阎王逼其写供状,黄即写了一篇供词,阎王大怒,将妖女押赴犁舌狱,随后也写了一段判词,最后判黄某"去刚即欲,减寿一纪"(十二年为一纪),再命两鬼卒送黄某还家。此供词和判词的具体内容虽与《牡丹灯记》中的供词和判词不一,但其形式情景则无疑源自《牡丹灯记》。

　　类似《牡丹灯记》被化用于多个传奇故事的模式并不少见,如前所析之《永州野庙记》的情节内容,也被化用于《龙庭对讼录》和《伞圆祠判事录》。这种将一部作品化用于多部作品的拟效模式,与上一节化用多部作品进行重构创作一样,其模仿并非全盘因袭或移植,而是部分地模仿与借鉴某些情节、内容、结构、语言,然后融入作者个人的想象及其民族情结,将之衍化为一部新的作品,既显示了作者对中国文学作品的娴熟运用,也显示了作者自我创作的才华。其实质也是将所接受的中国文学作品进行分解之后,再以一种被分解的形式化入其自我创作之中。因此,其模仿借鉴中国作品的目的,不在于模仿借鉴本身,而在于重构其具有民族特色的文学。

第三节
一对一的拟效改写

越南汉文小说的拟效化用模式，除了以上拟效借鉴多个作品，或者将一部作品化用于多部作品进行整合重构，也有一对一的拟效改写。这在笔记类小说及传奇小说中皆有体现，而篇幅短小的笔记类小说尤为常见。

关于越南汉文笔记小说受中国古代文化的影响，以及对中国古代文学的借鉴与仿效，刘廷乾先生在《中国文化与越南汉文笔记小说》[①]一文中有较为详细的阐述。而就这些笔记类小说对中国古代文学的借鉴与仿效而言，其模式主要是一对一的仿效居多。《桑沧偶录·东华门古庙》仿"孟姜女哭长城"，《山居杂述·瞒子》仿"嫦娥奔月"，《公余捷记·金镂水神记》仿《太平广记·韦秀庄》，《桑沧偶录·大人》仿《聊斋志异·大人》，《喝东书异·无头佳》仿《搜神记·苍梧贾雍》，《山居杂述·麻姑山》仿《坚瓠集·麻姑》、《桑沧偶录·山洞》仿《桃花源记》

---

① 刘廷乾.中国文化与越南汉文笔记小说[J].中华文化论坛，2013（8）.

等，皆是较为典型的范例。

一、《东华门古庙》与"孟姜女哭长城"

《桑沧偶录·东华门古庙》记述：李朝筑升龙城，范生体弱，绝倒于城门左侧，工人将其筑进城内，其妻奔丧哭三日，"城忽圮"：

> 东都升龙城，李太祖时所筑。下令太峻，国学诸生皆荷锸负土。范生起张，茌弱不任操作，绝倒东华门左侧，工者并筑之。数月，其妻自乡间奔丧，向城号恸，三日不绝声，城忽圮，范生面如生，见者惊异。闻于朝，命即其地建庙，今存。[①]

此故事所记载的核心内容，在于"夫死妻奔丧，号哭三日而哭倒城墙"，显然，这是一个类似于"孟姜女哭长城"的故事。"孟姜女哭长城"作为中国民间最著名的传说之一，肇始于春秋时期齐国杞梁妻要求按照礼仪吊唁丈夫的故事。随后，从春秋到西汉末，故事不断演绎。西汉时期，刘向的《说苑》第一次写到了杞梁妻哭夫而使城崩塌[②]，而刘向《列女传·贞顺》中的《齐杞梁之妻》对杞梁妻哭夫则有更为动人的描写。《齐杞梁之妻》所记：齐将杞梁殖战死，庄公派使者在野外吊唁，杞梁妻以为于礼不合而拒绝，后庄公进其草庐为其吊唁。杞梁妻哭十日，城"为之崩"：

> 齐杞梁，殖之妻也。庄公袭莒，殖战而死。庄公归，遇其妻，使使者吊之于路。杞梁妻曰："今殖有罪，君何辱命焉。若令殖免

[①] [越]范廷琥，阮案．桑沧偶录·东华门古庙[M]．//孙逊，郑克孟，陈益源．越南汉文小说集成·第12册．上海：上海古籍出版社，2010：85．

[②] 黄秉泽．从杞梁妻到孟姜女——孟姜女哭倒长城故事的起源和嬗变[J]．宁波职业技术学院学报，2004（4）．

于罪，则贱妾有先人之弊庐在下，妾不得与郊吊。"于是庄公乃还车诣其室，成礼然后去。杞梁之妻无子，内外皆无五属之亲。既无所归，乃枕其夫之尸于城下而哭，内诚动人，道路过者，莫不为之挥涕，十日而城为之崩。（刘向《列女传卷四·贞顺传》）

再到隋唐，经过1200多年的流传演变，这一故事即变成了孟姜女哭倒长城的传说，主人公从杞梁妻到孟姜女、殖变成范喜良，故事情节也在不断丰富，敦煌写本《雕玉集》卷十二引《同贤记》中则出现"良返于服役之处，主典怒其逃走，乃打杀之，并筑城内"的传说，范喜良（杞梁）的死因变为逃役被主典打而杀之，并筑于城墙之内，所以其妻向城而哭。

很显然，《东华门古庙》即仿效"孟姜女哭长城"传说中"夫死，其妻哭城崩"这一核心情节，并对内容进行改写，把殖死于战争，改换为范生死于筑城，城倒后，其夫"面如生"。由此也将赞扬贞女形象的故事重心，变换成"述奇"。

二、《瞒子》与"嫦娥奔月"

如果说《东华门古庙》是越南版的"孟姜女哭长城"，那么《山居杂述》中的《瞒子》则是越南版的"嫦娥奔月"。《瞒子》所记：

俗传古有善骗者，人与语辄被其欺，虽叔父亦为所诳，人谓之瞒子。曾得不死药草，令妻守之。妻不谨，草忽自拔升天。瞒子抱持其草奔至月宫，持杵捣药，故月中影子，有如人操杵白者。今俗称风水师,及善说谎者,曰:"月地仙",盖本诸此。[①]

阅读这一故事,自然会联想到"嫦娥奔月"。"嫦娥奔月"是中国古代流传极广的神话传说,原始的相关记载可追溯至战国时期的筮书《归藏》[②],而情节较为完备的记载则见于西汉的《淮南子·览冥训》:

羿请不死之药于西王母,恒娥窃以奔月,怅然有丧,无以续之。

这些文献中已经具备了嫦娥"窃不死之药""奔月"的情节要素,之后"嫦娥奔月"神话在流传中不断演变,并与月亮神话糅合在一起,月亮神话中月宫里的人物、动物也不断丰富。晋代傅玄《拟天问》中出现了白兔捣药的内容:"月中何有,白兔捣药。"《南部烟花记·桂宫》所记的月宫,也记载了白兔捣药:"惟植一株桂树,树下置药杵臼,使丽华恒驯一白兔,时独步于中,谓之月宫。"因此,流传到后代的"嫦娥奔月"神话,常常是与月宫、白兔捣药,以及月桂、吴刚等要素糅合在一起的。

《瞒子》正是仿效了"嫦娥奔月"神话,将不死药、奔月、月宫、持杵捣药这些要素化入其中,却又将窃药变成了"药草自拔升天",奔月的"嫦娥"变成了男人,而且是一个骗子,持杵捣药者也由兔子变成了奔月的"瞒子"。嫦娥窃不死药奔月这一举动,也由追求生命的永恒被演化成了欺骗行为。

[①] [越]佚名.山居杂述·瞒子[M].// 孙逊,郑克孟,陈益源.越南汉文小说集成·第17册.上海:上海古籍出版社,2010:184.

[②] 戴霖,蔡运章.秦简《归妹》卦辞与"嫦娥奔月"神话[J].史学月刊,2005(9).

三、《金鑀水神记》与《韦秀庄》

《公余捷记·金鑀水神记》记述的是珊郡公治水患,与金鑀水神交战,触怒水神而亡,死后显灵求助其保姆,再与水神交战:

"我是珊郡公,被水神毒手,抱恨而没。今欲报仇,第无象马战器,难于相斗,寄达保母尊姊为我整辨送来。不尔非徒物类,且及人矣。"保母闻言,乃令造作冥器一如珊生时,战具完足,焚之。翌日,见他地方一带河,波涛汹涌,如万马争走,岸边闻之,似有枪剑击刺之声,鱼鳖纷然而毙。①

这段求助的情节,是《金鑀水神记》的核心内容,与《太平广记·韦秀庄》所记述的滑州城隍与黄河水神决战的内容极为相似:

开元中,滑州刺史韦秀庄,暇日来城楼望黄河。楼中忽见一人,长三尺许,紫衣朱冠,通名参谒。秀庄知非人类,问是何神,答曰:"即城隍之主。"又问何来,答云:"黄河之神欲毁我城,以端河路,……故来求救于使君尔,若得二千人,持弓弩,物色相助,必当克捷。君之城也,惟君图之。"秀庄许诺,神乃不见。至其日,秀庄帅劲卒二千人登城,河中忽尔晦冥。须臾,有白气直上十余丈,楼上有青气出,相萦绕。秀庄命弓弩乱射白气,气形渐小至灭,唯青气独存,逶迤如云峰之状,还入楼中。初时,黄河俯近城之下,此后渐退,至今五六里也。②

---

① [越]武芳堤,陈贵㕦.公余捷记·金鑀水神记[M].// 孙逊,郑克孟,陈益源.越南汉文小说集成·第9册.上海:上海古籍出版社,2010:3.

② (宋)李昉.太平广记·第24册·卷三百二.上海:上海文明书局.1923:37.

主人公皆因水患与水神交战而求援于人类，请求派兵马、战器增援，随后河中即现争战之状，故事的内容及情节发展基本相同。《金钁水神记》仿效《韦秀庄》的故事，并将这一故事作为核心内容进行改写，其中将《韦秀庄》的神神交战改为人神交战，且是死后显灵求助；将原作的人间兵马直接参战，改为以民间送冥器的方式；又将河中所现争战之状："河中忽尔晦冥，须臾，有白气直上十余丈，楼上有青气出，相萦绕。秀庄命弓弩乱射白气，气形渐小至灭，唯青气独存，逶迤如云峰之状，还入楼中。初时，黄河俯近城之下，此后渐退，至今五六里也。"这些较为详细的描述文字，简要改之为："波涛汹涌，如万马争走，岸边闻之，似有枪剑击刺之声，鱼鳖纷然而毙。"在核心内容之前还增加了珊郡公如何治水患，如何与金钁水神较量的详细描写，也增加了第二次交战之后的结局，丰富了珊郡公的形象，突出了珊郡公不屈不挠的英雄气概。因此，《金钁水神记》虽是仿效《韦秀庄》而作，却又增添了许多想象和构思，实际上是将《韦秀庄》城隍与黄河水神决战的故事，化为表现古代越南人与自然灾害作斗争的故事。

四、《无头佳》与"苍梧贾雍"

《喝东书异·无头佳》讲述的是矫公罕与丁先皇大战，矫公罕大败被割掉脑袋，自己提着头回营，问众将无头好吗？众人都说好，却有一老妪笑说："有头死，不闻无头生"，矫公罕闻之即死：

> 矫公罕，十二使君之一也，事吴王为部将。与丁先皇战，大败。兵及颈，犹两手提其头，纵马南奔。所至辄大声曰："无头佳乎？"皆曰："佳"。有老妪笑曰："将军休矣。有头死，不闻无头生。"矫

大叫一声,掷头而绝。①

这一"无头佳"的故事,即仿自《搜神记·苍梧贾雍》,"苍梧贾雍"记述的是汉武帝时期贾雍讨贼,被贼杀后提头回营,问众将"有头佳乎,无头佳乎",众将哭着说"有头佳",贾雍却自言"无头亦佳",言毕即死:

> 汉武时,苍梧贾雍为豫章太守,有神术。出界讨贼,为贼所杀,失头。上马回营中,咸走来视雍,雍胸中语曰:"战不利,为贼所伤,诸君视有头佳乎,无头佳乎?"吏涕泣曰:"有头佳。"雍曰:"不然,无头亦佳。"言毕遂死。②

"无头佳"所描述的人物形象、事件和对话,与"苍梧贾雍"几乎完全一致,都表现了战将视死如归的精神。《喝东书异》的作者阮鼎臣只是把《搜神记·苍梧贾雍》的故事背景及人物稍做改换,并增加了一老妪的笑言,便将《搜神记·苍梧贾雍》的故事,化成了越南版的"无头佳"故事。且由于老妪的笑言,也将原作"吏涕泣"所体现的悲壮戏剧化了。

五、《山洞》与《桃花源记》

《桑沧偶录·山洞》记述的是:南征时,兵卒入山洞,意外见到一陌生地,言语不通,兵卒因饥饿与人发生矛盾,后且战且出,再去此处,

---

① [越]阮鼎臣.喝东书异·无头佳[M].//孙逊,郑克孟,陈益源.越南汉文小说集成·第12册.上海:上海古籍出版社,2010:290.

② (晋)干宝.搜神记·卷十一[M].汪绍楹校注.北京:中华书局,1979:130.

寻觅无踪：

> 南征时，卒数辈，道山中，见一洞，入之。初尚昏黑，渐觉辨视，可了，俄睹民居，语侏离不可晓。卒以馁故，攘之。人皆鸟散，顷间麇集。惧而出，挟锐且行且射。归述诸人，再往之，已杳矣。①

此山洞外另有一个化外福地，而再去寻觅已无踪影的记载，即化自陶渊明的《桃花源记》：武陵人捕鱼，误入桃花林，林尽水源处，有一山，山有一小口，进入口中，里面有一陌生地，男女老幼，恬然而居，语言能通，问今是何世，乃不知有汉，归去后，再难寻觅其地。

两者都偶然经过"山洞"，都发现了一个异世界，且皆回头再寻已无踪迹。不一样的是《桃花源记》里面对世界的描写更细致，人物、景色极清晰，且相互皆友好。《山洞》仿效《桃花源记》别有洞天的故事构思，然后将故事的背景改为"南征时"，将发现山洞、进入山洞者改为"兵卒"，所述内容主要在于人物，且语言不通、充满恶意。如此仿效改写，此"桃花源记"已非彼"桃花源记"，而是被化成一个背景及意义皆不一样的新故事。

这些笔记小说，篇幅皆较为短小，可容纳的内容有限，大多也就只仿效一篇作品。但篇幅短小并非这一模式的必然因素，篇幅相对较长的传奇小说，也存在这种一对一的仿效。

---

① ［越］范廷琥，阮案.桑沧偶录·山洞［M］.// 孙逊，郑克孟，陈益源.越南汉文小说集成·第12册.上海：上海古籍出版社，2010：60.

六、《快州义妇传》与《爱卿传》

传奇小说中,《传奇漫录》的《快州义妇传》对《剪灯新话·爱卿传》的仿效可以说是这一模式的典型范例。

《快州义妇传》讲述的是冯家与徐家相邻,冯子仲逵与徐女蕊卿,才貌双全,互有好感,两家遂结成姻亲。嫁到冯家后,徐蕊卿"能以仁睦族,以顺从夫,人皆以贤内助称许"。冯仲逵也在父亲的荫庇下任职。恰逢义安盗起,冯父应朝廷之诏到义安治乱,仲逵理应随父而往,却又眷恋蕊卿。蕊卿则以理相劝,仲逵始随父远行。仲逵走后六年音信不通,家中却接连遭变故:蕊卿父母相继殡殁,蕊卿扶丧归快州,葬祭礼毕,与祖姑刘氏相处。刘氏表孙白将军想娶蕊卿为妻,以财恳请,刘氏贪财,竟逼蕊卿改嫁白将军。蕊卿即命老仆至义安寻找冯仲逵,夫妻终得团聚。然而回家后的冯仲逵染上恶习,与商人杜三饮乐、赌博,竟将蕊卿赌给了杜三。蕊卿悲伤至极,"以翠条自缢"。蕊卿死后,仲逵甚是悔恨。一日,冯仲逵在树下歇息,闻空中有声音,约其到祠庙相候,声音似蕊卿。冯仲逵如期至祠庙,果然见到蕊卿的亡魂,仲逵称罪并与蕊卿相携就寝,蕊卿则告之:"丙戌岁兵革大起,……时有真人姓黎,从西南方出,勉教二子坚与追随,妾虽死不朽矣。"于是"仲逵遂不复娶,抚育二子,至于成人。及黎太祖蓝山奋剑,二子以兵从之,历入侍内等职"。

《快州义妇传》这一故事的情节内容,仿效的正是《剪灯新话》中的《爱卿传》。《爱卿传》讲述的是赵子与罗爱爱相恋及遭遇变故的故事。罗爱爱是嘉兴名妓,"色貌才艺,独步一时。而又性识通敏,工于诗词,以是人皆敬而慕之,称为爱卿"。同郡赵六慕其才色,纳礼下聘。"爱卿入门,妇道甚修,家法甚饬,择言而发,非礼不行。"不久,赵子有父党做了吏部尚书,父党召他到大都任职,"赵子欲往,则恐贻母妻之忧;不往,则又失功名之会,踌躇未决"。罗爱爱则以男子应立身扬名之理鼓励其不要错过功名的机会,并安慰赵子由她来照顾母亲,"妾任其责有余矣"。赵子赴大都后,久而不归,杳无音讯,罗爱爱在家中侍奉母亲,操劳家务,却接连遭遇变故,母亲因思念儿子而病亡。时正逢战乱,苗军大肆掠夺居民。赵子的住房被军阀刘万户占据。刘万户欲纳罗爱爱为小妾,罗爱爱不从,"以罗巾自缢而死"。赵子回到故宅,已是"荒废无人居,但见鼠窜于梁,鸦鸣于树,苍苔碧草,掩映阶庭而已。求其母妻,不知去向"。后遇旧日老仆,老仆才告知其详情。赵子听了,甚是悲伤,将罗爱爱重新葬在母亲的坟旁,出门就到罗爱爱的墓前祈祷,希望能与爱卿相见,恳请罗爱爱的亡魂显形。过了大概十天,赵子独坐中堂,寝不能寐,忽闻暗处有哭声,初远渐近,觉其有异,即起身祝告说:"倘是六娘子之灵,何吝一见而叙旧也?"果然罗爱爱亡魂现身与之相聚,并告知她将前往无锡宋家投胎托生为一男孩,让赵子前往见访,第二天赵子赶赴无锡,寻到宋家,宋家果真刚得了一男孩。从此赵宋两家结为亲戚。

比较《快州义妇传》和《剪灯新话·爱卿传》的主要内容,《快州义妇传》从开端徐女蕊卿嫁到冯家后的知书达礼,"能以仁睦族,以顺从夫,人皆以贤内助称许",到以理相劝丈夫远行履职,至丈夫走后音信不通,家中连遭变故,再至遭遇逼婚,以及死后亡魂显现与丈夫相聚——这些情节要素皆仿效于《爱卿传》,甚至两者的自缢方式("以罗巾自缢""以翠条自缢"),亡魂显现的哭泣声,与丈夫相聚的欢爱("相携就寝""遂与赵子入室欢会,款若平生"),都是仿效而作。除了主要情节仿效原作以外,《快州义妇传》又有许多改变,不仅是对人物的姓名身世、家庭成员的构成做了改变，人物的对话语言、所赋的词曲也是新作。尤其是后半部分的改变更大，一是将原作罗爱爱反抗刘万户而自缢身亡，赵子回到故宅已是"荒废无人居"，"求其母妻，不知去向"的情景，改为徐蕊卿命老仆人寻找冯仲逵，夫妻终得团聚，而徐蕊卿的死是丈夫恶习所致。二是亡魂显现后，原作罗爱爱告诉丈夫她将投胎托生为一男孩，最后以赵子找到男孩家并结为亲戚为结尾，两家"自此往来馈遗，音问不绝"。《快州义妇传》则将之改为蕊卿告诉丈夫将有"兵革大起"，让丈夫勉教二子追随黎姓真人，最后以仲逵抚育二子成人，二子从军追随黎太祖结尾。黎太祖蓝山起义是越南民族独立意识的彰显，如此改写之后，故事所表达的主题、所弘扬的精神也即与原作发生了变异。

无论是化用多篇作品重构为一篇作品，还是将一篇作品分解化用于多篇作品，或是一对一的化用改写，都是通过仿效化用原作品的情节、结构、内容、语言，甚至对话等要素而进行的自我创作。这其实是一个异质文学在新的文化语境中的衍变过程。在这一衍变过程中，异质的中国文学作品被分解，并被融化于新的文学文本中，进而形成新的变异体。这种拟效模式，使越南汉文小说既有明显的中国文学的印迹（因其融入了作者新的构想和主题），又突显出越南民族的人情风貌，而其民族的文学传统，也就在这样的"变异"过程中逐渐形成。

第三章

借：借用中国历史演义的模式书写民族历史

第三章 借：借用中国历史演义的模式书写民族历史

台湾学生书局出版的《越南汉文小说丛刊》第一、二辑中刊有越南汉文历史演义小说六部：《皇越春秋》、《越南开国志传》、《皇黎一统志》(《安南一统志》)、《皇越龙兴志》、《驩州记》和《后陈逸史》，除了《驩州记》描述的是家族史，《后陈逸史》是地区性的个人历史外，其他四部皆是王朝历史演义小说。而上海古籍出版社的《越南汉文小说集成》则收录了五种：《皇越春秋》、《越南开国志传》、《皇黎一统志》(《安南一统志》)、《皇越龙兴志》和《驩州记》，并将之改称为"历史小说"，因为"历史演义在中国是通俗文学，但在域外，能读写汉文者已是文士，能以汉文来撰写长篇文字者，则是文士中之翘楚。域外汉文小说作者之社会地位一般比中国为高，与唐人小说作者相埒"[①]。

这几部历史小说，"《皇越春秋》记天圣元年[②]（1400）至顺天元年（1428）史事，《越南开国志传》叙述黎英宗正治十一年（1568）至黎熙宗正和十年（1689）间阮氏崛起经过，《皇黎一统志》(又称《安南一统

---

① 陈庆浩.越南汉文小说集成序[M].// 孙逊，郑克孟，陈益源.越南汉文小说集成·第1册.上海：上海古籍出版社，2010：12—13.

② 原书有误，此处年号应为"圣元元年"。——编者注

志》)述黎朝景兴三十八年(1777)至阮朝嘉隆三年(1804)间史事,重点在叙写黎朝覆灭的经过。……《皇越龙兴志》记景兴三十四年(1773)至明命元年(1820)史事,重点在阮朝兴起的历程。这四部王朝历史演义,几乎将越南自15世纪至18世纪的历史,用小说的形式展示出来了"。[①]这些历史演义小说既是以小说的形式展示了越南自15世纪至18世纪的历史,显然有着史传的性质,起着补史修史的作用,崇尚的是历史的真实。而在艺术上,这些历史演义小说又都受到中国历史演义小说的启发和影响,其体裁、结构、人物形象及其思想倾向等方面皆有明显的模仿中国《三国演义》的痕迹[②],然而又并非简单化的模仿。其拟效模式,既非直接移植也非改写,而是借用中国历史演义小说的模式书写越南民族的历史真实。这一借用方式尤以早期的《皇越春秋》为典型。

《皇越春秋》叙述的是越南后黎朝的开国君主,即黎太祖黎利建立黎朝的历史。越南陈朝后期,胡季犛专权,弑陈少帝,篡位称帝。出逃老挝的陈氏后裔陈天平行经云南到达北京,面见明成祖,请求明成祖的支持。明朝廷问罪胡季犛,谴责其篡逆,胡季犛表面认罪,并上表请迎陈天平归国即位,实际却阳奉阴违,部署兵马在半路设埋伏截杀陈天平。明成祖由此调兵遣将入安南讨伐胡季犛。黎利先是以拥立正统的陈氏王朝为旗号,联结明朝联军讨伐篡权逆贼胡季犛;胡季犛灭亡后,黎利因不满明朝的统治在蓝山再次发动起义,展开了十年抗明战争,最终击败了以张辅为代表的明军,建立了后黎朝(1428~1789)的统治。整个故事的构思模式,从体裁形式到场面布局、创作思想、人物形象塑造,所模仿借用的皆是《三国演义》。

---

① 陈庆浩.越南汉文小说丛刊第二辑前言[M].// 陈庆浩,郑阿财,陈义.越南汉文小说丛刊·第二辑第一册.台北:台湾学生书局,1992:3.
② 陆凌霄.越南汉文历史小说研究[M].北京:民族出版社,2008:52—53.

第一节
体裁形式的借用

一、对章回体小说形式的借用

《皇越春秋》分初集、中集和下集三集，每集又分为二十回，共六十回。每一回皆设回目，回目采用的是七言偶句，如第一回："陈子孙恃强失国，胡父子肆虐专君"，第十回："黎兄弟起兵讨贼，明将佐遣使聘贤"。每回也都使用套语，第一回以"话说……"为开头，以后各回皆以"却说……"为开端。而每回的结束皆用"正是+七言偶句"作为概括，如第一回："正是：莫解春心能误事，谁知尤物足移人"，第十回："正是：不劳使命临轩聘，曷得贤人助我功"。末尾也皆是"未知……如何，且听下回分解"。这一形式所模仿的正是中国章回体小说的形式。

中国的演义类章回体小说由宋元时期的讲史话本发展而来，而且皆经过一个较为漫长的流传过程，其间经由历代民间说话人的加工与创造，非一人所为。《三国演义》的成书从西晋陈寿的《三国志》，到隋唐民间流传的各种三国故事、宋元时期讲史话本《三国志平话》、元末明初罗贯中的《三国志通俗演义》，最后到毛纶、毛宗岗父子于清康熙年间改定的《三国演义》，经历了一千多年的流传过程。

正因为中国的演义类小说皆经过这样漫长的流传过程，且由"讲史"话本发展而来，而"说书人"都不可能把故事一次讲完，需要分若干次讲述，因此便有了"章回"。每回"说书人"都得设一个标题标明本次要讲的内容，也就是回目。回目一般都以七言间或八言偶句揭示本回的主要内容，其作用是帮助"说书人"和听众更好地记忆和理解所叙述的事件。如《三国志通俗演义》第一回回目："宴桃园豪杰三结义，斩黄巾英雄首立功"，第五十回回目："诸葛亮智算华容，关云长义释曹操"。而且第一回的讲述以"话说……"为开端，后面各回则以"且（却）说……"之类的套语承接上一次的内容，结束时通常以对偶句归纳本回的主旨，并以"正是"这样的词语与开头的"话说……""且（却）说……"相呼应，使本次的"说话"成为一个独立的、完整的叙事体。最后以"欲知（未知、毕竟）后事如何，且听下回分解"引发听众的期待。如《三国志通俗演义》第一回结尾："正是：人情势利古犹今，谁识英雄是白身？安得快人如翼德，尽诛世上负心人！毕竟董卓性命如何，且听下回分解。"第五十回结尾："正是：拼将一死酬知己，致令千秋仰义名。未知云长性命如何，且听下回分解。"《三国志通俗演义》这样的体裁形式，每回的回目要让听众清晰明了，讲完一回必会对本回的主旨做个归纳，并设置悬疑问题以引发听众的期待，既是召唤下一次讲述的内容，也是召唤听众下一次的回归。

越南较早的历史小说是《皇越春秋》，撰写时间约在15世纪后期~16世纪前期；其后是《越南开国志传》，作者阮榜中的生活年代为 18 世纪；稍后为《皇黎一统志》(又称《安南一统志》)，由吴时俶著，吴时悠续，吴时任编，三兄弟完成于 1804~1899 年；再后是《皇越龙兴志》，由《皇黎一统志》作者的后人吴甲豆撰写，完成于 1899~1904 年。这些历史小说都是当代人书写当代的史实，都没有经过说唱文学的"说话人""讲史"阶段，它直接面对的是读者而非听众。但它还是模仿了中国演义类小说的章回体形式，《皇越春秋》《皇黎一统志》《皇越龙兴志》都直接套用了回目和说书人的套语和口吻，每一回皆设七言间或八言对偶句回目，皆以"话说、却说……"为开端，以"正是……未知……，且听……"作为结束，这就是越南汉文历史小说的体裁形式直接受中国演义小说影响所然。但这种直接的套用毕竟与越南历史小说的产生与发展现状不太适应，小说的撰写者应该也有所意识，因此，这一形式逐渐也发生了一些变异。如《皇黎一统志》，整体还是中国演义类小说的章回体形式，但其第五、六、七回末尾的套语也发生了变化，变成了"未知这事如何，却看下回分解"。而《越南开国志传》的变异更大，小说虽然仍沿用演义小说的套语，但不再分"回"，而分"卷"，自然也就没有回目。所采用的套语也比较随意，八卷中，只有卷之四、卷之五、卷之七使用了末尾套语，且卷之四也将"听"换成了"看"。可见越南历史小说的作者也意识到了直接套用中国演义小说章回体形式与本国状况的不一致，而将回末的"听"字偶尔变成了"看"。

而描述家族史和地区性个人历史的历史小说《欢州记》和《后陈逸史》，因写作年代相差较大，形式也不一样。《欢州记》成书时间较早，大约在 1678~1788 年间，虽然描述的是家族史，但同样也存在上述历史小说类似的情况，即模仿了演义小说的章回体形式，只是做了改变。全书共四回，每回分四节，每节的末尾，都把套语改成了"不知……，须

(且)看下文分解"。《后陈逸史》为《重光心史》的抄本,是越南最后一部汉文历史小说,由潘佩珠撰写,陆续发表于1921~1925年。《重光心史》内各部分分"回",《后陈逸史》则分"节"。而不管其分"回"或"节",这部撰写发表于20世纪的越南最后的汉文历史小说,已经不再采用章回体的回目和套语形式,而是采用现代小说的模式。

因此,从越南历史小说体裁形式的变化,可以看到其借鉴模仿中国演义类小说衍变发展的轨迹。

二、对明清小说评点形式的借鉴模仿

越南历史小说不仅借用中国演义类小说的章回体形式,同时也借鉴模仿明清小说的评点形式。

中国古代小说中的评点是一个独特的文化现象,作为"中国古代文学批评的一种重要形式。它源自经注,发端于诗文批评,明中叶以后盛行于小说批评,对中国古代小说的发展产生了深远影响"。[1] 发展到明清小说中的评点,已非单一的文学批评,其内容已涵盖"批评鉴赏""文本修订"和"理论阐释"等方方面面,尤其是"对明代'四大奇书'的评点,更体现了评点者对小说文本的'介入',并在对文本的修订中突出地表现了评点者自身的思想、意趣和个性风貌"。[2] 如毛纶、毛宗岗父子对《三国演义》的随文评点,便涉及书中的人物、事件、用词及句法、章法,其中既有批评,也有鉴赏;有文本修订,也有理论的阐释,尤其是"拥刘反曹"的思想倾向贯穿于评点中,影响极其深远。

如《三国志通俗演义》第一回描述刘备:

---

[1] 谭帆.中国小说评点研究[M].上海:华东师范大学出版社,2001:106.
[2] 谭帆.古代小说评点简论[M].太原:山西人民出版社,2005:1—2.

"中山靖王刘胜之后,汉景帝阁下玄孙"(评点曰:可知蜀汉是正统。)

"玄德幼孤,事母至孝"(评点曰:然则昭烈之事母,胜于高宗之事父矣。)

"及刘焉发榜招军时,玄德年已二十八岁矣。当日见了榜文,慨然长叹。"(评点曰:此一叹,叹出无数大事来。)

写桃园结义,三人焚香再拜而说誓曰:"念刘备、关羽、张飞,虽然异姓,既结为兄弟,则同心协力,救困扶危,上报国家,下安黎庶。不求同年同月同日生,只愿同年同月同日死。"(评点曰:千古盟书,第一奇语。)

第四回描述曹操佩着宝刀来至相府,意图刺杀董卓,不料被董卓从镜中发现其拔刀:

"操惶遽,乃持刀跪下曰:'操有宝刀一口,献上恩相。'"(评点曰:好权变,的是奸雄。赐马,献刀,大好酬酢。刺卓何必宝刀?其所请宝刀者,预为地也。献刀之举,未必不在曹操算中。)

曹操误杀吕伯奢一家后,又杀吕伯奢:

操挥剑砍伯奢于驴下。(评点曰:乃翁之结义兄弟也,而既杀其家,复杀其身。咄哉阿瞒!岂堪复与刘、关、张三人作狗彘耶?)宫大惊曰:"适才误耳,今何为也?"操曰:"伯奢到家,见杀死多人,安肯干休?若率众来追,必遭其祸矣。"(评点曰:此等见识,在曹操原自不差。)宫曰:"知而故杀,大不义也。"操曰:"宁教我负天下人,休教天下人负我。"(评点曰:曹操从前竟似一个好人,到此忽然说出奸雄心事。此二语是开宗名义章第一。)

《皇越春秋》中，类似这样的评点也非常丰富：

第四回，写胡汉苍欲聘黎利兄弟，黎利兄弟坚辞不出，聘官力劝："当今圣明在上，四海之内，莫不为臣。"评点曰："不为臣者，黎兄弟也。"

第五回，写胡季犛设计将陈天平"诱至山林间尽杀之，以除后患。正孔明击周瑜之时，所谓排列灵弩以擒猛虎，盛陈鱼饵以钓巨鳌，即此计也"。评点曰："季犛狼心。"

第十回，张辅欲聘请黎利兄弟，遂召黎善老岳父做说客，张辅曰："仆承王命，进讨乱臣，所被贼徒依江守险，攻之不克，犹阻驻师。闻有大人，请来禀命。大人不辞劳苦枉驾亲临。仆得慰望，甚好！甚好！"评点曰："假慈悲，奸猾甚。"

张辅又曰："仆闻大人有快婿，天才敏捷，圣智聪明，松柏其心，金石其操，正是东床之佳婿也。"评点曰："善佞巧在不说破。"

第十二回，黎利找黎善定夺决策，阐明"先灭胡寇，次讨北师，后提得胜之兵，长驱大进，雷扫中原，执明君臣父子回南，尊立陈皇，一统天下，传檄诸侯，树后建邦，列爵分土，均田制禄，显忠遂良，使之吏得其官，民安其业，诚为快举"的志向，评点曰："有志于上，所存乎中，如是一场，虽是大言，亦不失帝王气象。"

第十三回，黎善调兵遣将，排阵法设五屯，黎善先唤其子黎钦告曰："我之与汝，内则是父子，外则是为将为兵，慎勿狎慢。"评点曰："先教其子以警群公，先生之计谋切矣！"

这样的随文评点，将作者的褒贬倾向表露无遗。有些评点还前后照应，或为后文埋下伏笔。如第十二回黎善设计用胡印符夺东都，黎利不知怎样得印符，黎善于是附耳低言。此处评点道："不知何得印符？使人猜之不出。"为后面第十四回范旦窃印埋下了伏笔。

第三十二回黎利兄弟被遣之后，回家寻入林中，出居于蓝山。一日，"黎利方食，忽失一箸"。评点曰："无雷何以失箸？"既是借用刘备的"闻雷失箸"典故，也谕示了即将到来的"惊雷"——明军的重兵围堵。

与《三国演义》不同的是，《三国演义》的评点为他评，《皇越春秋》的评点为作者自评。中国古代小说中的评点主要是他评，也有自评。"据粗略统计，明清小说评点史上自评的评本有三十余种，其时间覆盖整个评点史。"① 因此，《皇越春秋》的自评也是对明清小说评点形式的借鉴模仿。《皇越春秋》之后的汉文历史小说《越南开国志传》已没有评点，《皇黎一统志》也没有随文评点，只是偶尔有回评，而后的《皇越龙兴志》却又出现随文评点的形式。这也是越南汉文历史小说发展中的变化。

---

① 谭帆.中国小说评点研究［M］.上海：华东师范大学出版社，2001：83.

第二节
故事构思模式的借用

一、故事框架的构思

《皇越春秋》故事的整体构思：以胡季犛废陈氏宗室篡权自立为起因，以拥立正统陈氏王朝为旗号，黎利与明军联合讨伐篡权逆贼，然后又借扶王为名起兵抗击明军。其中包括胡季犛篡权乱国，黎利兄弟起义，胡氏、黎氏、明军三股力量的较量等情节构思，整个构思皆可以看到《三国演义》里董卓篡权乱国，曹操"挟天子以令诸侯"，蜀、魏、吴三个政治集团之间政治力量和军事力量的较量等故事布局及情节构思的痕迹。

《皇越春秋》故事可分为三个阶段：第一阶段：开篇第一回"陈子孙恃强失国，胡父子肆虐专君"至第十回"黎兄弟起兵讨贼，明将佐遣使聘贤"，即从陈朝末期朝廷荒淫、权臣僭窃、盗贼猖獗、民不聊生、朝臣胡季犛三弑陈少帝篡位称帝写起，引出明朝遣张辅领兵伐寇，黎氏兄弟以拥立正统陈氏王朝，"救斯民于荼毒"为名，起兵与明军张辅联结，由此展开胡氏、明军、黎氏三股力量较量的叙事。第二阶段：从第十一回"黎善使人行反间，太监遣仆投劝书"至第二十一回"善用火胡氏鏖兵，利得雨季鏊失御"，主要承续上一阶段叙述黎氏兄弟与明军联合作战，协力剿杀胡季犛。第三阶段：从第二十二回"据安南张辅献图，平交趾黎祖行赏"至结束为核心部分，描写黎氏兄弟在蓝山起义，抗击以张辅为代表的明朝军队，由此展开黎氏与明军的对抗和较量。

整个故事以颂扬黎利为主，以黎利与张辅之间的联合与对抗为核心，辅之以胡季犛弑主篡位、欺君虐民，从始至终又贯之以救主扶王作为主导。对比《三国演义》开篇即从东汉末期桓、灵二帝"禁锢善类，崇信宦官"，纵容宦官弄权，"以致天下人心思乱，盗贼烽起"，董卓趁乱欺天废主，群雄逐鹿讨伐逆贼写起，引出三国的主要人物，预示三分天下的局面。整个三国故事以董卓的欺天罔地、灭国弑君作为开篇，以赞颂刘备为主，以刘备、曹操、孙权的分分合合为核心，由此带出各路英雄，而从始至终又以救主扶王、扶持正统作为主导。

很显然，《皇越春秋》的故事套用的即是《三国演义》故事的框架，借用的即是《三国演义》故事的构思模式。之所以说是"借用"，因其故事并非照搬《三国演义》，内容完全为越南民族的历史，它只是把《三国演义》的"壳"拿来，模仿《三国演义》故事的模式，来构思书写其民族的历史故事及英雄人物而已。

二、创作思想的构思

创作思想方面，《皇越春秋》开篇引言即语："有德则治，邦乃其昌。无德则乱，天促其亡。乱臣贼子，百世遭殃。忠君爱国，千载留芳。兵穷武黩，妄逞自强。民怨神怒，罔克胥匡。忠臣义士，圣帝明王，天归人兴,祚久年长。"①这一引言道出了本书的创作主旨在于颂扬德治、天道、民心、忠君、爱国、忠臣、义士思想。

这一创作思想充分体现于对陈氏宗室、胡季犛、黎利的描写上。小说对陈、胡、黎三者的描述:陈氏"国政不修,荒淫无度","恃其国富兵强,与占城构兵","建官分治,馈饷不绝,府库空虚,政烦赋重,民不聊生,盗贼相寻,权臣僭窃"。(第一回)胡氏弑睿宗、暴虐日甚,废日焜,又杀顺宗,"大杀陈氏,自称为舜后胡满公之后裔,窜姓名为胡一元。……自僭位"(第一回),名既不正,又奢侈淫乱,"为君暴虐,天上见诛"(第六回)。可谓:"无德则乱,天促其亡。"黎利"气度豁达,寡言语,多学术,五经诸史,独观大略,一览便记"。"治家严法,男则勤于耕稼,女则事于织纴。"(第四回)居家则严于治家,在军则严于治军,为国则严于治国,可谓"真帝王受命之主"(第三十七回),最终"有大德者天与之,人归之"(第六十回)。实乃"有德则治""天归人兴"。在这些描述中,陈、胡无德而亡国,黎氏大德而兴国,由此强调了"有德则治,邦乃其昌。无德则乱,天促其亡"的主旨,及其"君权神授""天命在民心"的思想②,这些创作思想皆与《三国演义》中所体现的仁政德治、天命民心、忠君义士等儒家思想观念相一致。

《越南开国志传》全书八卷,叙述的是越南后黎南北朝时期的历史。故事始于后黎朝昭宗时期,权臣莫登庸窃位称帝,昭宗出逃被莫登庸擒

---

① [越]佚名.皇越春秋[M].// 孙逊,郑克孟,陈益源.越南汉文小说集成·第6册.上海:上海古籍出版社,2010:128.

② 陈默先生和陆凌霄先生对此皆分别有较为详细的分析,此不赘述。参见陈默.论越南汉文小说《皇越春秋》[J].北方论丛,2000(6);陆凌霄.越南汉文历史小说研究[M].北京:民族出版社,2008:59~89.

获杀害。年幼的昭宗子黎宁随母逃隐，黎朝大将安靖侯阮淦聚合豪杰拥立黎宁即位，号庄宗，兴兵扶黎灭莫。阮淦一度占据优势，恢复了北方部分地区，然而阮淦却被莫登庸暗算毒害。阮淦死后，其子阮潢尚年幼，由其婿郑检继承其位率兵征讨莫氏，屡建奇功，官至太师，被封为明康王。阮潢渐渐成人，随着明康王四处征讨，拜为右相。此时，庄宗虽为后黎朝皇帝，但朝廷实权却由明康王郑检掌握，杀伐决断，铨选官员等一切政令皆出于明康王。此时的阮潢为人谦恭，足智多谋，地位和声望日渐提高，明康王郑检嫉贤妒能，对阮潢有加害之意。阮潢通过姐姐向郑检请求镇守南部广南、顺化两地以避灾难。阮潢抵达广南、顺化后，设计杀了莫氏将领，破了郑检借刀杀人的阴谋，随之建立政权，并施行德政，广兴仁义，爱护百姓，聚拢民心，逐步巩固了政权。而在北方，明康王郑检死后，由其子郑松继位。郑松平定莫氏势力后，自恃有功，逼黎帝封自己为平安王，权势日重。随之即是长达百年的北郑南阮对峙。小说以南方阮氏为主，以北方郑氏为辅，尤为详细地描述了南方阮氏政权建立发展的过程，以及与北方郑氏之间的相互对抗。

小说在体裁上虽然没有借用演义小说的章回形式，不再分"回"而是分"卷"，但整部小说仍然充盈着演义小说的元素，其创作思想同样受《三国演义》"拥刘反曹"倾向的影响，将南方阮氏比为圣明，把北方郑氏挟帝侵伐比作"挟天子"之曹操。在宣扬"事黎之初心，奉黎之正朔，无容或间"的同时，着力颂扬阮氏施行德政，广兴仁义，爱护百姓，君臣同心同德，励精图治。全书贯穿的仍然是德治仁政、尊君扶主、天命民心的思想。

《皇黎一统志》在创作思想上同样深受中国历史演义尤其是《三国演义》的影响。这部历史小说在时间发展的顺序上承继于《越南开国志传》，叙述的是 18 世纪末后黎时期，王朝内部黎帝与郑王的矛盾冲突以及与西山势力的斗争，揭示了黎朝末期走向灭亡的过程及原因。作者吴时倛、吴时悠、吴时任三兄弟儒学深厚，熟读《三国演义》，不仅在书中直接引用了《三国演义》的典故，而且其创作思想也是直接借用了《三国演义》。这方面徐杰舜、陆凌霄先生在其《越南〈皇黎一统志〉与中国〈三国演义〉之比较》一文中曾有论述。徐杰舜、陆凌霄先生将《皇黎一统志》与《三国演义》创作思想上的相似性主要归结为两个方面。其一是强调天命观的思想。认为《皇黎一统志》受《三国演义》的影响，与《三国演义》一样反映了一种天命已定，人力难于抗争，皇权及治乱受命于天，应顺天而行的思想。其研究认为小说作者将黎郑王朝的灭亡归结为"天数"而非人力，书中所叙各种变故，皆由郑王森宠幸邓妃"废长立少"而引发，而郑王"废长立少"及触发的各种事故又都应了小说开头太子妃之梦。因此，小说开篇所描述的梦即带有强烈的宿命色彩，由此奠定了小说中天命不可抗拒的观念。这与《三国演义》中所表现的上天已定下汉室将亡之运数是一致的。其二是宣扬正统观的思想，认为《皇黎一统志》与《三国演义》一样皆宣扬了儒家和史家所强调的"君权神授，应符命而得人心者，为帝为王"的正统观念。小说以黎氏嫡长子承嗣为正统，郑王废嫡专权，叛贼扶立皇叔，皆为篡逆，为伪、为贼，及至阮氏最后获清廷册封，小说作者也认为其非正统而称之为"西伪王"。小说始终贯穿着"嗣孙不立，天下必乱""扶黎灭郑"，维护正统的创作思想。这一创作思想便是直接受《三国演义》中以蜀汉为正统,曹魏为篡逆的历史观影响。①

三、战争场面的构思

战争场面的布局与描绘,可谓历史演义类小说必不可少的内容。越南汉文历史小说中战争场面的构思,包括调兵遣将、运谋设计、布阵斗法、军前厮杀等,也多模仿《三国演义》。如《皇越春秋》第十一回黎善使范旦诈降反间计、第二十七回阮景异使阮仲东诈降徐政、第三十四回梁袁使马和诈降段发、第四十回蔡福诈降阮麂等,与《三国演义》中形形色色的诈降计多有相似;第三十二回、第五十七回黎善的两次诱敌计,第四十四回阮麂的假死计,第二十一回黎善的火攻计,第二十四回黎善设计生厥江截流冲沐晟、第四十六回范旦堵水浸伍云、第五十二回黎善罗江壅水淹王通等水攻计,第四十二回阮麂的草人计,以及各种战略战术,都是《三国演义》中屡见不鲜的计谋与战略战术,许多计谋与战术甚至和《三国演义》的雷同。比如,第二十一回黎善的火攻计:

> 善至帐中,告张辅曰:"此贼以计破之。"……遂附耳从头至尾说尽。辅大喜,会诸将传令曰:"柳都督出水军舟舰住咸子洞曲处,此是芦苇梅荻,可以泊船,偃旗息鼓静候,俟贼进过,然后放舟截后夹击。王通引三千兵至富栅后埋伏,朱广以三千兵渡江,伏于监录寨后两边,望见江中火起,出兵击贼步道。黄中、吕毅拨取三百余船,内积柴草,灌以油蜡硫磺,往兴江口住扎,贼至,纵火焚舟放下后,引兵顺流下击。吴旺率五百人以二十小舟前往诱敌,诱至上流,合黄、吕二将护战。"……吴旺且战且走,至葛江屯,善告

---

① 徐杰舜,陆凌霄.越南《皇黎一统志》与中国《三国演义》之比较[J].广西师范大学学报(哲学社会科学版),2002(3).

张辅拔寨奔走。季腊望见,挥军左右进趋,栈船连结亘十余里,陆兵遍地而来。至富良江,黄中纵火烧城放下,火起风生,风随水顺,疾如流星,烧遍栈船,照得天心与水面通红。下遣柳升由咸子洞放舟截后夹击,左边胡杜、阮和引兵来杀,被朱广从后杀出,右边陈承、尹直整旅来救,适遇王通随后冲杀,两边趋杀,胡军皆背水,焦头烂额,斩获数万人,尸塞江盈,血流水赤。①

此火攻计中的火烧连船与《三国演义》第四十九回"火烧赤壁"中的情节几乎如出一辙:

……黄盖已自准备火船二十只,船头密布大钉;船内装载芦苇干柴,灌以鱼油,上铺硫黄、焰硝引火之物,各用青布油单遮盖;船头上插青龙牙旗,船尾各系走舸:在帐下听候,只等周瑜号令。……南船距操寨止隔二里水面。黄盖用刀一招,前船一齐发火。火趁风威,风助火势,船如箭发,烟焰涨天。二十只火船,撞入水寨,曹寨中船只一时尽着;又被铁环锁住,无处逃避。隔江炮响,四下火船齐到,但见三江面上,火逐风飞,一派通红,漫天彻地。(《三国演义》第四十九回)

《皇越春秋》第四十二回阮鹰的草人计:

鹰望见江岸有备,……再令军士束草为人,手持竹沙,列在船筏四旁。至三更夜分,每船筏各四人,二人执烛,二人举棹在船,

---

① [越]佚名.皇越春秋[M].// 孙逊,郑克孟,陈益源.越南汉文小说集成·第6册.上海:上海古籍出版社,2010:204.

大兵随后，唱鼓喊声，麾军更渡，北兵望江中烛影齐明，人声共响，如千万雄兵追步，夜间不知所措。苏康急遣人回招梁成，一面令士卒弓弩齐发，射下半晌，矢镖俱尽……①

此草人计与《三国演义》第四十六回孔明的"草船借箭"及第七回孙坚诱敌箭也极为相仿：

> 孔明曰："望子敬借我二十只船，每船要军士三十人，船上皆用青布为幔，各束草千余个，分布两边。吾别有妙用。……"
>
> ……当夜五更时候，船已近曹操水寨。孔明教把船只头西尾东，一带摆开，就船上擂鼓呐喊。
>
> 却说曹寨中，听得擂鼓呐喊，毛玠、于禁二人慌忙飞报曹操。操传令曰："重雾迷江，彼军忽至，必有埋伏，切不可轻动。可拨水军弓弩手乱箭射之。"又差人往旱寨内唤张辽、徐晃各带弓弩军三千，火速到江边助射。……比及号令到来，毛玠、于禁怕南军抢入水寨，已差弓弩手在寨前放箭；少顷，旱寨内弓弩手亦到，约一万余人，尽皆向江中放箭：箭如雨发。孔明教把船吊回，头东尾西，逼近水寨受箭，一面擂鼓呐喊。待至日高雾散，孔明令收船急回。二十只船两边束草上，排满箭枝。（《三国演义》第四十六回）
>
> 黄祖伏弓弩手于江边，见船傍岸，乱箭俱发。坚令诸军不可轻动，只伏于船中来往诱之。一连三日，船数十次傍岸。黄祖军只顾放箭，箭已放尽。坚却拔船上所得之箭，约十数万。当日正值顺风，

---

① ［越］佚名.皇越春秋［M］.//孙逊, 郑克孟, 陈益源.越南汉文小说集成·第6册.上海：上海古籍出版社, 2010：283.

坚令军士一齐放箭。岸上支吾不住，只得退走。(《三国演义》第七回）

《皇越春秋》第四十四回阮鹰的假死计：

阮鹰坐在船头视战，被流矢中顶上，落下船来，诸将救起，幸得矢粘巾外，无恙。鹰令鸣金收军回，唤诸将授计，令军中宣言军师被流矢归神，举哀发丧，遣农文历分兵伏于左右，今夜贼必来劫寨，举号击之，自与阮济下舟引兵出击，军士听令，建一白幡，军皆素服。早有流言报入城中，李彬曰："贼中矢时，我跃下杀之，为舟隔地远，故捉不得，今贼已死，夜来劫寨，斩尸首将回，枭于东都，以偿昔日诸城之失。"即饬三带首将侯保将兵应候，不半晌，侯保至，彬曰："公今夜引兵来夺阮鹰之尸，我随后接应。"侯保曰："贼将多诈，不足深信。"彬曰："真毙了，何不为信？"侯保再三劝谏，李彬励声叱曰："汝与贼通谋，不然，何以推诿？"保不得已，至二更时分，人衔枚，马去铃，放下浮桥，渡过抵江，进至立石，透入南寨，不见一人，吃惊欲退，忽闻一声炮响，文历麾军杀出，保左冲右突力竭，被一刀斩了。[①]

此假死计与《三国演义》第十五回中孙策的假死计亦几乎完全相同：

孙策还兵复攻秣陵，亲到城壕边，招谕薛礼投降。城上暗放一

[①] ［越］佚名.皇越春秋［M］.//孙逊，郑克孟，陈益源.越南汉文小说集成·第6册.上海：上海古籍出版社，2010：290.

第三章 借：借用中国历史演义的模式书写民族历史

冷箭，正中孙策左腿，翻身落马，众将急救起，还营拔箭，以金疮药敷之。策令军中诈称主将中箭身死。军中举哀，拔寨齐起。薛礼听知孙策已死，连夜起城内之军，与骁将张英、陈横杀出城来追之。忽然伏兵四起，孙策当先出马，高声大叫曰："孙郎在此！"众军皆惊，尽弃枪刀，拜于地下……（《三国演义》第十五回）

再看《皇越春秋》第二十四回黎善设计生厥江截流冲沐晟：

善领命出，会诸将授计，……复唤副将陈元卿告曰："公引三百人，由下道渡江，此处有一簇平林，古树交架，覆于江上，以绳悬索，搜出生厥江埋伏。陈希葛、阮师桧往上流，以竹篱木板将水上壅绝，闻明兵人闹马嘶，拔上流篱板，放舟下击。阮宴、潘抵往下流整备船只，候江边拯救人兵，收拾兵甲。范旦、赵扈以五百民兵至江前排阵，贼来交战，宜输不宜赢，故贼趋过，分兵左右静伏，候贼败回，出兵击之。邓容、黎蕊引兵伏于中道，诱敌至后屯，散去，见火光，复将兵出击。阮山、潘泾驻后屯，将干柴枯草，灌以引火之物，积于两旁，见贼至，放火焚之，然后分兵掩杀。"……毅趋至屯边，不见一人，驻马便看，忽然两边火起，风急火盛，焚尽四围。毅失惊便走，左边阮山杀来，右边潘泾杀来，毅冒烟冲火，杀开一条血路，出走至中途，邓容、黎蕊杀出，人困马乏，被邓容一〔剑〕刺落。后军刘俊、沐晟见吕毅败死，退去，却被赵扈、范旦引兵截住归路。沐晟冒死杀出得脱，刘俊文臣，走不上，被范旦一箭射死。于是山、泾、容、蕊四将引兵起来，北兵走至江边，人劳啸闹，马倦嘶鸣，上流陈希葛、阮师桧闻声，拔起篱板，水涨大至，二人乘数十小舟，如流星放下截杀，北兵溺死，弃甲曳戈，塞满水面。[①]

此水淹火攻之计谋与战术亦犹如《三国演义》第四十回中诸葛亮设计火烧新野水淹曹仁:

(孔明)先叫云长:"引一千军去白河上流头埋伏。各带布袋,多装沙土,遏住白河之水;至来日三更后,只听下流头人喊马嘶,急取起布袋,放水淹之,却顺水杀将下来接应。"又唤张飞:"引一千军去博陵渡口埋伏。此处水势最慢,曹军被淹,必从此逃难,可便乘势杀来接应。"又唤赵云:"引军三千,分为四队,自领一队伏于东门外,其三队分伏西、南、北三门,却先于城内人家屋上,多藏硫黄焰硝引火之物。曹军入城,必安歇民房。来日黄昏后,必有大风。但看风起,便令西、南、北三门伏军尽将火箭射入城去;待城中火势大作,却于城外呐喊助威,只留东门放他出走。汝却于东门外从后击之。天明会合关、张二将,收军回樊城。"再令糜芳、刘封二人:"带二千军。一半红旗,一半青旗,去新野城外三十里鹊尾坡前屯住。一见曹军到,红旗军走在左,青旗军走在右。他心疑必不敢追。汝二人却去分头埋伏。只望城中火起,便可追杀败兵……"

……此时各军走乏,都已饥饿,皆去夺房造饭。曹仁、曹洪就在衙内安歇。初更已后,狂风大作。守门军士飞报火起。……接连几次飞报,西、南、北三门皆火起。曹仁急令众将上马时,满县火

[①] [越]佚名.皇越春秋[M].//孙逊,郑克孟,陈益源.越南汉文小说集成·第6册.上海:上海古籍出版社,2010:215—216.

起，上下通红。……

　　曹仁引众将突烟冒火，寻路奔走，闻说东门无火，急急奔出东门。军士自相践踏，死者无数。曹仁等方才脱得火厄，背后一声喊声，赵云引军赶来混战，败军各逃性命，谁肯回身厮杀。正奔走间，糜芳引一军至，又冲杀一阵。曹仁大败，夺路而走，刘封又引一军截杀一阵。到四更时分，人困马乏，军士大半焦头烂额；奔至白河边，喜得河水不甚深，人马都下河吃水，人相喧嚷，马尽嘶鸣。

　　却说云长在上流用布袋遏住河水，黄昏时分，望见新野火起；至四更，忽听得下流头人喊马嘶，急令军士一齐掣起布袋，水势滔天，望下流冲去，曹军人马俱溺于水中，死者极多……（《三国演义》第四十回）

　　类似的战争场面还有《皇越春秋》第四十六回范旦堵水浸伍云、第五十二回黎善罗江壅水淹王通等水攻计，与此云长水淹曹仁以及水淹七军大同小异。《皇越春秋》大大小小的战争场面无数，其谋篇布局、战略战术皆与《三国演义》各种谋篇布局、战略战术极其相似，甚至将士的穿戴、坐骑、武器装备，及描述的用语，皆如《三国演义》一般。如第二十七回描述徐政："徐政引军闪出，头戴白银盔，坐下赤兔马，身披双龙甲，手执丈八蛇矛，高喊啸曰……"[①] 这样的描述，乍一看，无不以为是三国中出战的将士。

　　然而，从以上这些相似的战争场面的比较中，我们也能看到，《皇

----

① ［越］佚名.皇越春秋［M］.// 孙逊，郑克孟，陈益源.越南汉文小说集成·第6册.上海：上海古籍出版社，2010：226.

越春秋》所借用的是谋略、计策，是各种谋篇布局、战略战术，而在具体的排兵布阵和场面细节的描写上，它又有着许多与《三国演义》不同的描述。显然，《皇越春秋》的作者把《三国演义》里的各种谋篇布局和战略战术拿了过来，同时也结合越南本土的地理条件，尤其侧重其本土地理环境的战略战术特色。如越南水域广阔，山多水多的地域条件在《皇越春秋》中更适合使用水攻计，因而，书中各种水攻计皆运用得极为娴熟，在模仿《三国演义》水攻计的同时，也有更多的发挥。

不难看出，《皇越春秋》以及其他历史小说中的故事布局、创作思想及战争场面的构思，皆以《三国演义》的模式为模本，但它又绝非只是《三国演义》的翻版，小说作者真正的目的是在颂扬黎利以及其他建国英雄建国立朝的同时，宣扬其独立的民族意识和精神，字里行间无不透露着鲜明的民族特点。

第三节
人物形象模式的借用

《皇越春秋》描写的人物众多,其中可以看到不少与《三国演义》类似的人物形象。如核心人物黎利极似刘备,军师黎善犹如孔明,张辅则类似曹操、周瑜,等等。

一、黎利与刘备

黎利作为《皇越春秋》的核心人物,其出身、志向、品格、言行等几乎皆以刘备为模型,可称得上是一个"皇越版"的刘备。

就出身志向而言,刘备虽是汉室宗亲,却"贩履织席为业",与草民无异,却"有志欲破贼安民","救困扶危,上报国家,下安黎庶,兴复汉室"(《三国演义》第一回);黎利则为蓝山社人,也即一普通村民,然"我虽微贱,独有忠义,"[①]誓"与兵协力殄灭胡仇,立陈氏后,抚治一

---

① [越]佚名.皇越春秋[M].// 孙逊,郑克孟,陈益源.越南汉文小说集成·第6册.上海:上海古籍出版社,2010:138.

方,以救斯民于荼毒"①,并"先灭胡寇,次讨北师,后提得胜之兵,长驱大进,雷扫中原,执明君臣父子回南,尊立陈皇,一统天下,传檄诸侯,树后建邦,列爵分土,均田制禄,显忠遂良,使之吏得其官,民安其业……"②

就品格言行而言,刘备一生"仁德及人"(《三国演义》第三十五回),礼贤谦让,爱民惜军,所以"远得人心,近得民望"(《三国演义》第六十回);黎利也处处谦逊礼让,不谋私利,一心尊立陈皇,扶持正统,忠君爱民,"心忧黎庶,辗转不寐"。《皇越春秋》在塑造黎利这一人物形象的时候,常常借用《三国演义》的方法与事件,将黎利"刘备化"。从以下几个事件的对比,可见一斑。

事件1:刘备"携民渡江"与黎利"携民退义安"

刘备的性格特点集中于"仁德",《三国演义》极尽写刘备之仁德:做安喜县尉时,所到之处,"与民秋毫无犯,民皆感化"(《三国演义》第二回);撤离新野时,面临曹仁、曹洪十万追兵立至的危险,成千上万的新野百姓要随军而去,众将劝刘备"不如暂弃百姓",刘备则坚持携民渡江:

> 玄德同行军民十余万,大小车数千辆,挑担背包者不计其数。……众将皆曰:"江陵要地,足可拒守。今拥民众数万,日行十余里,似此几时得至江陵?倘曹兵到,如何迎敌?不如暂弃百姓,先行为上。"玄德泣曰:"举大事者必以人为本。今人归我,奈何弃

---

① [越]佚名.皇越春秋[M].// 孙逊,郑克孟,陈益源.越南汉文小说集成·第6册.上海:上海古籍出版社,2010:160.
② [越]佚名.皇越春秋[M].// 孙逊,郑克孟,陈益源.越南汉文小说集成·第6册.上海:上海古籍出版社,2010:167—168.

之?"(《三国演义》第四十一回)

同样的情景,《皇越春秋》中也用于描写黎利面临重兵围堵,为防备报复而退兵义安、蓝山社时以民为本、"仁慈爱民"的品性:

> (利)于是传令百姓,如欲相从以避害者,起家同行。此时四民邻庶尽愿相从。利命段莽保护家眷,赵扈保护百姓,男妇老幼万余口先去,兄弟与大小将佐起兵后行。……行至千忉时,百姓家眷已先到,利命筑数簇草寮,使百姓暂住。①

事件2:刘备"三让徐州"与黎利"一心尊立陈皇"

《三国演义》中刘备的谦逊礼让人皆知晓,最为著名的即是"三让徐州":第十一回,曹操兵临徐州城,刘备前来援助,徐州太守陶谦两次欲把徐州太守之位让与刘备,刘备皆婉言相拒:

> 陶谦见玄德仪表轩昂,语言豁达,心中大喜,便命糜竺取徐州牌印,让与玄德。玄德愕然曰:"公何意也?"谦曰:"今天下扰乱,王纲不振;公乃汉室宗亲,正宜力扶社稷。老夫年迈无能,情愿将徐州相让。公勿推辞。谦当自写表文,申奏朝廷。"玄德离席再拜曰:"刘备虽汉朝苗裔,功微德薄,为平原相犹恐不称职。今为大义,故来相助。公出此言,莫非疑刘备有吞并之心耶?若举此念,皇天不佑!"(《三国演义》第十一回)

---

① [越]佚名.皇越春秋[M].//孙逊,郑克孟,陈益源.越南汉文小说集成·第6册.上海:上海古籍出版社,2010:249—250.

陶谦再三相让,刘备终不肯接受。曹兵退后,陶谦二次相让徐州:

> ……曹兵已退。谦大喜,差人请孔融、田楷、云长、子龙等赴城大会。饮宴既毕,谦延玄德于上座,拱手对众曰:"老夫年迈,二子不才,不堪国家重任。刘公乃帝室之胄,德广才高,可领徐州。老夫情愿乞闲养病。"玄德曰:"孔文举令备来救徐州,为义也。今无端据而有之,天下将以备为无义人矣。"(《三国演义》第十一回)

任众人相劝,刘备乃坚辞不受。陶谦病危之时,三让徐州与刘备,刘备也终是推托不受。直至陶谦死后举丧事毕,刘备在众人的极力相劝之下才同意接管徐州。

《皇越春秋》也模仿刘备的谦让仁义,描写黎利的谦让忠心。黎利一心尊立陈皇,扶持正统,多次拒绝部将欲立其为主,而千方百计寻找陈氏后裔,将立陈氏后裔为王作为己任。第二十三回剿灭胡季犛后,明使分封行赏,黎利部将则欲尊黎利为主,"保治方民"。而黎利皆予推辞,坚持要扶持正统,与黎善到知化州寻陈艺宗之子陈简定,尊简定为安南国王:

> 却说明使奉敕往安南,黄福奉命录饬诸州县,催促大小官僚赴任。黎利对众将曰:"我本讨贼复陈,不意弄出一场傀儡,简定不知下落?"黎善曰:"弟使人探,居知化州,我兄弟伴为就莅,潜回知化州,别图后计。"二人商议停当,见段发自外来谒,问安毕,言曰:"我闻……故不分雨夜而来,愿为明公一叙。"利曰:"先生所叙如何?"……发曰:"为今之计,尽杀明将,尊明公为主,保治方民……"黎利曰:"先生始至,何以陷我于不义乎?我岂禽犊其心,夺陈氏天下乎?"……明日,利入辞黄福,请往任。福执手

言曰:"不想如是,这系天子诏命,诸公勿讶。"黎利佯应曰:"诺。"回本营打发诸将先行,自随后发,至都门外,将印敕封粘,悬于梁上,诈告门吏曰:"黄尚书令汝更守官物,三日内无人来认,便将回纳,慎勿有差。"分付毕,兄弟投知化州寻简定去了。①

其中黎利之言:"何以陷我于不义乎?我岂禽犊其心,夺陈氏天下乎?"犹如刘备之言:"公出此言,莫非疑刘备有吞并之心耶?若举此念,皇天不佑!""孔文举令备来救徐州,为义也。今无端据而有之,天下将以备为无义人矣。"而"将印敕封粘,悬于梁上"之举,则犹如《三国演义》第二十六回中"关云长挂印封金"。

事件3:刘备与黎利称王之谦让

《三国演义》第七十三回,刘备军在汉中安定之后,众将欲推刘备称帝,刘备谦让推辞,最后退而称"汉中王":

> 玄德安民已定,大赏三军,人心大悦。于是众将皆有推尊玄德为帝之心,未敢径启,却来禀告诸葛军师。孔明曰:"吾意已有定夺了。"随引法正等入见玄德,曰:"今曹操专权,百姓无主;主公仁义著于天下,今已抚有两川之地,可以应天顺人,即皇帝位,名正言顺,以讨国贼。事不宜迟,便请择吉。"玄德大惊曰:"军师之言差矣。刘备虽然汉之宗室,乃臣子也;若为此事,是反汉矣。"孔明曰:"非也。方今天下分崩,英雄并起,各霸一方,四海才德之士,舍死亡生而事其上者,皆欲攀龙附凤,建立功名也。今主公

---

① [越]佚名.皇越春秋[M].// 孙逊,郑克孟,陈益源.越南汉文小说集成·第6册.上海:上海古籍出版社,2010:211—212.

避嫌守义，恐失众人之望。愿主公熟思之。"玄德曰："要吾僭居尊位，吾必不敢。可再商议长策。"诸将齐言曰："主公若只推却，众心解矣。"孔明曰："主公平生以义为本，未肯便称尊号。今有荆襄、两川之地，可暂为汉中王。"玄德曰："汝等虽欲尊吾为王，不得天子明诏，是僭也。"(《三国演义》第七十三回）

在众将的坚持下，刘备再三推辞不过，只得依允为汉中王。
《皇越春秋》第三十八、三十九回黎利即"平定王"之前，也有一番刘备似的谦让：

（第三十八回）耆老数辈入门拜伏，泣啸曰："……请黎公起兵讨贼，以救生民。"时诸公共会，阮廌曰："兴兵有名矣，愿明公附从民愿。"利曰："不可。"……又见百姓五队三群，皆来哀求起兵，利见臣民共逼，始许允。廌曰："天生民有欲，无主则乱，请明公即皇帝位，然后起兵。"……利惊曰："公何出此言？我有何德敢当之！"……黎利固不听，拂衣而起。……[1]

（第三十九回）诸将劝黎公不听，各各退去。阮廌心生一计，自以蜂蜜将各古树涂云："黎利为君，阮廌为臣。"令蜂蚁聚食，脱尽木皮，处处皆有，士卒黎庶见之，传言天书降下，声入城中。黎利不信，乘月夜带剑出看，见二人对言曰："来日我有新天子矣。"一人问曰："天子为谁？"一人曰："为黎利。"一人曰："利为之，天下定矣。"利性多忌好杀，闻得此言，拔剑斩之，见一火光，化

---

[1] [越]佚名.皇越春秋[M].// 孙逊，郑克孟，陈益源.越南汉文小说集成·第6册.上海：上海古籍出版社，2010：268.

为一寝石而已。返回见树间依然八字，自思曰："天使我也。"还至帐中宴息，来日又见文武群臣百姓共来固请，利见臣庶交迫，乃言曰："我安敢为皇帝？"廌曰："如是，请明公即王位，以慰民心。"利乃允请，于是临臣议立为平定王，遣士卒筑城于千仞山之南。①

而到了第五十七回，黎利部队节节获胜攻克隘留关后，黎利入城，"百姓伏道拜谒，踊跃呼曰：'吾党今日复见太平天子！'皆呼万岁，太祖慰劳遣之"。之后，黎利又再次谦让，要遣人到老挝寻找陈氏后人并拥立：

> 太祖曰："朕为群公百姓所逼，拥立为王，今天下十分已得八九，谁人为我广访陈家宗族还国，即正位号，朕臣事之，以副朕愿。"群臣进言曰："主上顺天应人，天下莫不引领而望主上之为君者，岂有让于人乎？传曰：'天与之而不取，反受其殃。'愿主思之。"太祖曰："朕岂当不义之名乎？"群臣固争，太祖不听，即移书老挝遍寻……②

事件4：刘备与黎利称帝之谦让

《三国演义》第八十回，曹丕废汉献帝篡位，孔明率众官员要求刘备称帝，共同灭魏兴刘，刘备再三辞让：

> 传言汉帝已遇害。汉中王闻知，痛哭终日，下令百官挂孝，遥

---

① ［越］佚名.皇越春秋［M］.// 孙逊，郑克孟，陈益源.越南汉文小说集成·第6册.上海：上海古籍出版社，2010：270.

② ［越］佚名.皇越春秋［M］.// 孙逊，郑克孟，陈益源.越南汉文小说集成·第6册.上海：上海古籍出版社，2010：331.

望设祭，上尊谥曰"孝愍皇帝"。玄德因此忧虑，致染成疾，不能理事……孔明与太傅许靖、光禄大夫谯周商议，言天下不可一日无君，欲尊汉中王为帝。……

于是孔明与许靖，引大小官僚上表，请汉中王即皇帝位。汉中王览表，大惊曰："卿等欲陷孤为不忠不义之人耶？"孔明奏曰："非也。曹丕篡汉自立，王上乃汉室苗裔，理合继统以延汉祀。"汉中王勃然变色曰："孤岂效逆贼所为！"拂袖而起，入于后宫，众官皆散。(《三国演义》第八十回)

三日后，孔明又引众官入朝相劝，刘备仍坚执不从。最后孔明只好设计托病，才"骗取"刘备应许称帝。

而《皇越春秋》黎利即帝位前的一再谦让，亦类似刘备之谦让帝位：

忽有卫士报曰："陈暠痛泻，甚是危急。"太祖失惊，辞明使回宫中请安，及至，则陈暠气已绝矣。太祖大哭曰："天使南邦无主耶？何夺陈暠之速！"李琦亦来问讯，果已陈暠死了。李琦曰："天不昌陈，人谋徒费耳。"太祖分令群臣行殡葬礼毕，始出官馆，与明使议事。李琦曰："明公自为之，上表言暠死，请理国政。"太祖曰："某若举此，后世必谓黎利篡陈暠而得国，我不为也。"众臣皆言："主上固意不为，诸将失望，举皆散尽，寇乱复兴，则天下无遗类矣。"言了，见百姓耆老共来请大王即位。李琦等曰："人心如此，安得逃乎？"太祖乃听。①

黎利称王称帝如此再三谦让，其模式皆与刘备称王称帝相似。

从以上的事件情节可见，《皇越春秋》常把《三国演义》描写刘备的一些方法、事件借过来，用于黎利形象的描写上，模仿刘备，将黎利塑造为一个谦逊礼让、不谋私利、一心尊立陈皇、扶持正统、忠君爱民的形象。在这些事件中，有些总体框架上相似，具体情节有较大差异，有些事件及情节皆大致相同，只是在细节的处理上做一些调整，添加或更改更具有其民族特点的内容，抑或把《三国演义》中发生于其他人物身上的事一并借过来集中用于黎利身上。如第二十三回黎利"将印敕封粘，悬于梁上"之举，则是把《三国演义》第二十六回中的"关云长挂印封金"的事件借用了过来。而《三国演义》军师孔明设计托病，"骗取"刘备应许称帝的情节，《皇越春秋》则调整为军师阮廌设计炮制"天书"，"骗取"黎利应许立为平定王。

除此以外，黎利为民而哭，为将而哭，为兄而哭，亦犹如刘备。而就集团核心人物的构成而言，刘备先有桃园结义三兄弟，后有运筹帷幄之军师孔明；黎利也有蓝山三兄弟，后又得智臣阮廌相佐。甚至其他一些情节，如《皇越春秋》第三十二回黎利"当食忽失一箸"，也是借用刘备的闻雷失箸。

二、黎善与孔明

《皇越春秋》里黎利的军师黎善足智多谋，犹如刘备之军师诸葛孔

---

① ［越］佚名.皇越春秋［M］.// 孙逊，郑克孟，陈益源.越南汉文小说集成·第6册.上海：上海古籍出版社，2010：342.

明。

《三国演义》中的诸葛孔明运筹帷幄、决胜千里，是智慧的化身，他不仅能占卜吉凶，料事如神，甚至可以呼风唤雨，尽显神异之能。用徐庶的话来说，亮"有经天纬地之才，出鬼入神之计，真当世之奇才"（《三国演义》第三十九回）。其雄才大略，精通兵法，善于计谋，所用之计如：草船借箭、空城计、火烧博望坡、火烧新野、火烧藤甲兵、明修栈道暗度陈仓、七擒孟获、围魏救赵、木牛流马、八卦阵、十面埋伏等等，皆为经典，可谓"多智近妖"（鲁迅语）。

《皇越春秋》中的黎善也有诸葛孔明般的才智和谋略，同样有"经天纬地之才，出鬼入神之计"。第四回介绍黎善："黎善，母妊时，夜梦一星如贯珠，坠于腹上，觉而诞。三岁能言，十五岁博通坟典，谙闲韬略，时人呼为小神童。父母择不肯娶，只好历观山河林薮、城市人民、江溪河海、道里远近，无不尽记。……后生得一男，命名钦。教子攻书，经史群书精晓，天文地理博通，父子齐名，闻于当世。"[①]这一介绍，便将黎善描绘成一个从小聪慧过人，博古通今、精晓天文地理的奇才，为其后面所展示的孔明般的才智与神异之能奠定了基础。

第十三至十八回，黎善初次用兵，便排阵法设五屯，联合张辅连取多邦、丰州，擒胡朝元帅民献，授计黎利轻取胡氏都城东都，其"投书授计，决策攻城，象阵烧屯，玉蕊诱敌"[②]，便展露出智慧过人之谋略，及运筹帷幄、决胜千里之姿态，以至于敌军皆由衷赞叹："黎善用兵，

---

① [越]佚名.皇越春秋[M].// 孙逊，郑克孟，陈益源.越南汉文小说集成·第6册.上海：上海古籍出版社，2010：137.

② [越]佚名.皇越春秋[M].// 孙逊，郑克孟，陈益源.越南汉文小说集成·第6册.上海：上海古籍出版社，2010：187.

真神人也！"① "军师神谋圣略，使人猜之不出。"②

第十一回黎善使范旦诈投胡将行反间计，第二十一回黎善的火攻计，第二十四回黎善设计生厥江截流冲沐晟，第三十二回、第五十七回黎善的两次诱敌计，第五十二回黎善罗江壅水淹王通等水攻计，各种用兵计谋策略皆出自黎善，且这些计谋策略皆可以看到孔明谋略的影子。

孔明谋略决策之能够料事如神，出其不意，在于孔明有通天文、识地利、晓阴阳、懂阵图、明兵势、占卜吉凶之奇才。孔明曾说："为将而不通天文，不识地利，不知奇门，不晓阴阳，不看阵图，不明兵势，是庸才也。"(《三国演义》第四十六回)，第三十八回刘备三顾茅庐见到孔明，孔明为刘备分析局势，便一展其观天象、辨局势，"未出茅庐，已知三分天下"之才智：

（刘备）曰："先生之言，顿开茅塞，使备如拨云雾而睹青天。但荆州刘表、益州刘璋，皆汉室宗亲，备安忍夺之？"孔明曰："亮夜观天象，刘表不久人世；刘璋非立业之主，久后必归将军。"玄德闻言，顿首拜谢。(《三国演义》第三十八回)

孔明料定曹操兵败后必走华容道，于是派关羽去华容道埋伏。刘备担心关羽讲义气把曹操放了，不料孔明却早有神算：

玄德曰："吾弟义气深重，若曹操果然投华容道去时，只恐端的放了。"孔明曰："亮夜观乾象，操贼未合身亡。留这人情，教

---

① [越]佚名.皇越春秋[M].// 孙逊，郑克孟，陈益源.越南汉文小说集成·第6册.上海：上海古籍出版社，2010：187.
② [越]佚名.皇越春秋[M].// 孙逊，郑克孟，陈益源.越南汉文小说集成·第6册.上海：上海古籍出版社，2010：192.

云长做了，亦是美事。"(《三国演义》第四十九回）

《三国演义》中，类似如此"观天象"而预测人运势、排兵布阵的情节非常多，典型的如"草船借箭"孔明神算三日后有大雾、赤壁之战孔明"借东风"，等等。而《皇越春秋》中，黎善同样是通天文、识地理、晓阴阳、懂阵图、明兵势、占卜吉凶之奇才，如前所述第十三至十八回其"投书授计，决策攻城，象阵烧屯，玉蕊诱敌"之计谋，以及其所用的火攻计、水攻计等等，皆基于其广博的天文地理知识，其凭"观天象"预测人运局势的情节也不少。

第四回，胡汉苍遣使欲聘黎氏兄弟，使者还未到，黎善便知晓：

> 有日，兄弟会在学堂，讨论文籍，忽见青鸟自东飞来，集于庭树，啸三四声而去，黎善袖一课，言曰："青鸟传书，信息甚大。"利曰："有何音信？"善曰："汉苍必遣使来征我矣。"利曰："何日得来？"善曰："今日即来，宜洒扫庭除，以待来使。"石曰："征者何干？"善曰："意天平将兵回国，彼恐祸及，求人以助，必有何人进举，使我屈身事之，以救倾危之急，我若从之，是助桀为虐耳！"[①]

第三十八回，黎利得智臣阮廌而不觉，黎善外出归来，并未与阮廌谋面便知道兄长黎利得贤士相助：

> （黎利巡视兵士返回）适遇黎善，和至城中安歇，善曰："弟昔往广威覆观山水，以为屯兵之所，再至伞圆，登山观看时，见吉星

---

① ［越］佚名.皇越春秋［M］.// 孙逊，郑克孟，陈益源.越南汉文小说集成·第6册.上海：上海古籍出版社，2010：138.

来聚于奎,意大兄在家,必得贤士相助,今者何在?"利曰:"不有谁为贤士?昨见一人,甚聪慧,自称蕊溪进士阮廌来投,今使教习将士于山外矣。"善曰:"大兄得之矣。"利曰:"廌与叔孰贤?"善曰:"廌天文地理,无所不通,三教九流,无所不学,胜善十倍。善闻名久矣,多番意欲相求,固未暇及矣。今复来,大事定矣。"①

面对敌强我弱大军压境之态势时,黎善常常表现得胸有成竹,而其之所以有如此获胜的把握,即有赖于他观天象的预判:

一日,黎利方食,忽失一箸,问诸将曰:"是何凶吉?"……黎善外来,言曰:"诸公急整战具,以俟迎敌。"利曰:"何处兵来?"善曰:"弟见一阵杀气冲天,渐渐覆我寨上,今夜北兵必来。"②

第五十七回,黎利军连克北军,节节获胜,黎善继续排兵布阵、部署备战。黎善见黎利遣人寻陈氏后人,知黎利欲拥立陈氏后人,于是设一先礼后兵之计,提议黎利给北兵将领柳升修书,商议罢兵立陈氏:

黎善曰:"主上遣人寻陈氏后,决必得,宜修书,令人诣柳升言罢兵,立陈王主其地为是。"阮廌曰:"彼安肯释兵?"善曰:"故知彼不肯休,此时我杀之,无悔矣。"太祖曰:"彼之甚强,势难必破也。"善曰:"臣昨见天象,北分将星摇摇欲坠,三日柳升必死。"③

---

① [越]佚名.皇越春秋[M].// 孙逊,郑克孟,陈益源.越南汉文小说集成·第6册.上海:上海古籍出版社,2010:268.
② [越]佚名.皇越春秋[M].// 孙逊,郑克孟,陈益源.越南汉文小说集成·第6册.上海:上海古籍出版社,2010:245—246.
③ [越]佚名.皇越春秋[M].// 孙逊,郑克孟,陈益源.越南汉文小说集成·第6册.上海:上海古籍出版社,2010:331.

孔明虽然不是刘备的结义兄弟,但孔明受刘备三顾之恩,其对刘备亦如兄弟般忠诚。孔明助刘备取了荆州、拿了益州、收了关中等地,成就了刘备的汉中王、蜀汉帝。孔明之于刘备,其重要性不言而喻,就如刘备所说:"吾得孔明,犹鱼之有水也。"(《三国演义》第三十九回)

而黎善与黎利,则是亲兄弟。黎利从联明抗胡,到蓝山起义,再到建立黎氏政权,一路皆少不了黎善的协助。黎善之于黎利亦如孔明之于刘备。

《皇越春秋》第十二回,黎利起兵后,招贤纳士,队伍逐渐壮大,面对胡季犛的猖狂,北兵的纵逞,在联胡抗明与联明攻胡之间犹豫不决,会众将商议,众将有劝"与胡攻明"的,也有劝"与明攻胡"的,于是黎利找黎善定夺。黎善听完黎利的"先灭胡寇,次讨北师……尊立陈皇,一统天下"的志向后,摇头对黎利说:

> 兄志则大矣!未免有差。夫攻人者,致人而不致于人,且我兵微将寡,国小民贫,故提数千乌合之师,而抗百万熊桓之众,正犹以鸟卵而斗泰山耳。古人有言曰:"南国山河南帝居,截然分定在天书。"不虚语也。无如与明合力,艾刈乱臣,使南国山河归于故主。然后我兄弟退于田里,乐业安居,倘明有觊觎之心,亦畏其名义矣。①

黎善的这一通分析,坚定了黎利联明抗胡的策略,由此也为黎利预

---

① [越]佚名.皇越春秋[M].// 孙逊,郑克孟,陈益源.越南汉文小说集成·第6册.上海:上海古籍出版社,2010:168.

设了后面的抗明拥陈、建立黎氏政权之路。

纵观《皇越春秋》，黎利决策的每一次关键节点，都会有黎善相佐。第三十三回，黎利抗击张辅获胜后，面临北兵重兵围堵，会诸将议事，有将军建议乘胜追击。真如此的话，黎利必寡不敌众而损失惨重。因此，黎善及时制止，提议为防备张辅的报复，退兵义安、蓝山社：

> 段发曰："今乘北寇大败，追而杀之，以图大事。"黎善曰："不可，彼虽一败，兵将尚多，势难对敌。"发曰："若不乘势攻之，必别求他计，非然，彼必复来，何以拒敌？"黎利曰："发之言是。"善曰："我之兵少将微，民贫地旷，此处不可久驻。且彼之一败，痛恨于心，其势必来报复，第不知我兵多寡如何，故未敢轻进。不若虚弃挈家眷黎庶，退入义安、蓝山社，此有千仞山、九百九十峰，甚是险恶，分屯居驻，彼虽有百万雄兵，不能飞过，如此可得保万全。"利曰："正合吾意。"于是传令百姓，如欲相从以避害者，起家同行。此时四民邻庶尽愿相从。①

正因黎善的这一决策，黎利不仅保全了军队，也保全了百姓，赢得了民心，其军民皆得以休养生息，其势力才能够不断壮大。

因此，言黎利与亲兄弟黎善，套用刘备之言"吾得黎善，犹鱼之有水也"一点都不为过。

三、张辅与曹操、周瑜

除黎利、黎善的形象借用刘备、孔明的形象塑造以外，《皇越春秋》

---

① ［越］佚名.皇越春秋［M］./孙逊，郑克孟，陈益源.越南汉文小说集成·第6册.上海：上海古籍出版社，2010：249.

中对明军的将领张辅的描写,如骄横多疑、爱才,也多仿自曹操。

《三国演义》中官渡之战曹操大败袁绍之后,拥兵百万,骄横之心骤起,欲调集大兵五十万讨伐刘备、孙权,扫平江南。孔融进言不可轻伐,曹操怒而斥之并听信谗言杀害孔融父子,最后遭遇赤壁之败:

> 太中大夫孔融谏曰:"刘备、刘表皆汉室宗亲,不可轻伐;孙权虎踞六郡,且有大江之险,亦不易取。今丞相兴此无义之师,恐失天下之望。"操怒曰:"刘备、刘表、孙权皆逆命之臣,岂容不讨!"遂叱退孔融,下令:"如有再谏者,必斩。"孔融出府,仰天叹曰:"以至不仁伐至仁,安得不败乎!"……操大怒,遂命廷尉捕捉孔融。……尽收融家小并二子,皆斩之,号令融尸于市。(《三国演义》第四十回)

《皇越春秋》中类似的情节设置也出现在对张辅的描写上。《皇越春秋》第三十二回,张辅重回安南征讨南军,连克慈廉县、福安诸州及神符堡、西江心后,骄心即起,欲追讨黎利兄弟,将军黄福力劝而执张辅意进兵,最后也遭遇兵败:

> 张辅回东都,将邓汝戏斩讫,会诸将议曰:"蛮寇陈季扩如网中之兔,一举便获;黎利兄弟如林中之虎,噬搏不常。若不诛之,必成国家之腹疾。"黄福曰:"彼兄弟足智多谋,非等闲可得,我若逼之,彼必来投季扩,羽翼已成,难以卒败。"辅曰:"季扩废而不用,安得相投,某今引兵擒之,然后顺道追杀季扩,正卞庄之刺虎也。"福曰:"此人静而处之,亦不失为我良民,俟灭贼之后,自别良图。若骤动之,事或不成,反生一祸,总兵思之。"张辅不听,

固意兴兵,即传令诸将,以兵八万进剿。①

……将士弃甲曳戈,不可胜计,辅失惊,拨马便走,出至神符打点,折了二万余人,始信黄福之言……②

而曹操的爱才,也被张辅所效仿。如《皇越春秋》第二十八回,张辅见潘抵英勇,因爱惜而"令军中不可放箭,生擒而用":

潘抵引兵出击,杀至天明,士卒所存无几,犹恋战不舍,精神益壮。辅见其人英勇,欲生致之,啸曰:"途已穷矣,何不收降?"抵曰:"除死方休,岂有降虏?"言了复战。辅惜之,令军中不可放箭,生擒而用。③

这一情节的设置和描写,模仿的即是《三国演义》中长坂坡曹操爱惜赵云的设定:

却说曹操在景山顶上,望见一将,所到之处,威不可当,急问左右是谁。曹洪飞马下山大叫曰:"军中战将可留姓名!"云应声曰:"吾乃常山赵子龙也!"曹洪回报曹操。操曰:"真虎将也!吾当生致之。"遂令飞马传报各处:"如赵云到,不许放冷箭,只要捉活的。"(《三国演义》第四十一回)

---

① [越]佚名.皇越春秋[M].// 孙逊,郑克孟,陈益源.越南汉文小说集成·第6册.上海:上海古籍出版社,2010:245.
② [越]佚名.皇越春秋[M].// 孙逊,郑克孟,陈益源.越南汉文小说集成·第6册.上海:上海古籍出版社,2010:247.
③ [越]佚名.皇越春秋[M].// 孙逊,郑克孟,陈益源.越南汉文小说集成·第6册.上海:上海古籍出版社,2010:231.

而《皇越春秋》第三十五回张辅劫持段发之母以迫其投降的情节，显然也是借鉴了曹操执徐庶母的情节。两书的描写可做一对比。

《三国演义》：刘备屯驻新野时，徐庶前往投奔，帮助刘备击败了曹军。曹操为了得到徐庶，在谋士程昱的建议下，先将徐母掳到许昌，然后模仿徐母的笔迹写信给徐庶，迫使孝子徐庶来投曹操，徐母见到徐庶后愤然自尽：

（程昱）："徐庶为人至孝。幼丧其父，止有老母在堂。现今其弟徐康已亡，老母无人侍养。丞相可使人赚其母至许昌，令作书召其子，则徐庶必至矣。"

操大喜，使人星夜前去取徐庶母。(《三国演义》第三十六回)

曹操欲让徐庶母作书，唤徐庶回许都。徐庶母大骂曹操托名汉相，实为汉贼。"取石砚便打曹操。操大怒，叱武士执徐母出，将斩之。程昱急止之。"(《三国演义》第三十六回)

程昱日往问候，诈言曾与徐庶结为兄弟，待徐母如亲母；时常馈送物件，必具手启。徐母因亦作手启答之。程昱赚得徐母笔迹，乃仿其字体，诈修家书一封，差一心腹人，持书径奔新野县，寻问"单福"行幕。军士引见徐庶。……

徐庶览毕，泪如泉涌。……

（徐庶）急往见其母，泣拜于堂下。母大惊曰："汝何故至此？"庶曰："近于新野事刘豫州，因得母书，故星夜至此。"徐母勃然大怒，拍案骂曰："辱子飘荡江湖数年，吾以为汝学业有进，何其反不如初也！汝既读书，须知忠孝不能两全。岂不识曹操欺君罔上之贼？刘玄德仁义布于四海，况又汉室之胄，汝既事之，得其主矣。今凭一纸伪书，更不详察，遂弃明投暗，自取恶名，真愚夫也！吾有何面目与汝相见！汝玷辱祖宗，空生于天地间耳！"骂得徐庶拜伏于地，不敢仰视，母自转入屏风后去了。少顷，家人出报曰："老夫人自缢于梁间。"徐庶慌入救时，母气已绝。（《三国演义》第三十七回）

《皇越春秋》：黎善为黎利军师，足智多谋，段发为黎利军中一位有勇有谋善打善战的将领，黎善、段发强强联手屡败明军，张辅对之无策。一降将潘季佑即献策，利用黎善孝敬岳父、段发事母至孝的孝子之情，劫持黎善岳父与段发老母，并写书招其子来降，以此削弱黎利的军力，却不料黎善已先一步将老岳父接走，黎善让段发急回寻母则晚了一步：

发听命，引兵兼程，至峨州，见家人奔来告曰："尊慈已被北兵执去了。"发曰："我母有何言？"家人曰："只呵呵而笑曰：'得其死矣！得其死矣！'"发闻之，大怒，哭曰："愿公救我。"诸公愤激，言曰："愿从将军令！"[①]

段发于是带领诸将抄近道埋伏于敌军和老母必经之山谷间，救出老母：

发曰："今日母受惊否？"母笑曰："生死惊惧，不入于胸中，我视死如归，汝何懦之甚！昔汝迫于势，出事伪朝，我心常戚戚，

[①] ［越］佚名.皇越春秋［M］.//孙逊，郑克孟，陈益源.越南汉文小说集成·第6册.上海：上海古籍出版社，2010：258.

尔今既遇黎公，宽洪大度，长者之君，今想今得往东都，大骂张辅、黄福一场，死亦为快，又遇汝截回，我心不遂耳！"段发拜伏唯唯，将兵收衣甲，保护老母家眷回义安。老母入城中，叩头拜谢。黎利曰："幸得老母无恙，又何必谢！"发母曰："妾闻人谁无死，死于国事，其死也安幸。妾有子从事明君，贼逞野心，谋图来抗，意彼执其母以招其子耳。妾自知之，安然而往，期至东都，先导之以义理，示之以顺逆，使明将佐含羞蒙耻，然后以身殉国，致子尽忠，诚为妾愿。何期明君不弃，遣将截回，使妾母子复睹天日，安得不谢？"①

从以上两段描写可见，两书的情节及人物设置基本是一致的，甚至两位老母亲的忠义与刚烈也一致，所不同的是结局，徐母已被曹操掳到曹营，见到徐庶后愤然自尽，而段母则被段发半路救回。

张辅有曹操爱才的一面，也有器量小、妒才的一面，而这方面模仿的则是周瑜。《三国演义》第四十四回，孔明到东吴游说孙权与刘备联合攻打曹操，孙权惧怕曹操挟天子而征四方，恐寡不敌众而犹豫不决，于是问周瑜意见。孔明用计激周瑜，周瑜排除了主降派的意见，使孙权下决心破曹操之后，便请孔明议事，求破曹良策。孔明说："孙将军心尚未稳，不可以决策。"周瑜问："何谓心不稳？"孔明说："心怯曹兵之多，怀寡不敌众之意。将军能以军数开解，使其了然无疑，然后大事可成。"周瑜再去见孙权，果然与孔明所说一样，于是便心生嫉妒：

---

① [越]佚名.皇越春秋[M].// 孙逊，郑克孟，陈益源.越南汉文小说集成·第6册.上海：上海古籍出版社，2010：258—259.

第三章 借：借用中国历史演义的模式书写民族历史

周瑜谢出,暗忖曰:"孔明早已料着吴侯之心。其计画又高我一头。久必为江东之患,不如杀之。"乃令人连夜请鲁肃入帐,言欲杀孔明之事。(《三国演义》第四十四回)

在破曹之计上,孔明的计谋皆比周瑜周全,周瑜更受不了,摇首顿足曰:"此人见识胜吾十倍,今不除之,后必为我国之祸!"(《三国演义》第四十五回)

《皇越春秋》中相似的描写在第十七回,黎利联合明军抗胡,黎善初次用兵,便使反间计、排阵法设五屯,连取多邦、丰州,擒胡元帅民献,授计黎利轻取胡氏都城东都,以至于明军将领黄福、刘俊皆对之连连夸赞,张辅见二人赞扬黎善,忧心黎善的才智胜过自己,于是对黄福、刘俊怒道:"何为一辈群小,不过倚我势而为之,始得声势,诸公何称扬之过!"[①]

第二十九回,张辅追陈皇至美良,见黎善昔日布阵法旧址,更是嫉妒惧怕其才能:

(辅)自引兵进出美良,不见动静,即唤土人盘问。土人曰:"陈上皇闻大兵至,弃城走入横林去了。"辅即驱兵趋入,见一簇旧屯,四方八面,有门有户,依然八门阵法,无人居守,疑之,问向道官云:"是何屯寨,空弃无人?"向道曰:"昔黎利兄弟引兵驻此,御破胡军,今弃了,不知下落。"辅曰:"用兵如此法,此人不可久

---

① [越]佚名.皇越春秋[M].//孙逊,郑克孟,陈益源.越南汉文小说集成·第6册.上海:上海古籍出版社,2010:187.

留,吾必除之,以绝后患。"[①]

因此,张辅形象的塑造,既模仿了曹操,也模仿了周瑜,是在借鉴糅合这两个形象的基础上完成的。

综上可见,《皇越春秋》的核心人物黎利、黎善、张辅与《三国演义》的刘备、孔明、曹操,可谓似是而非,他们的形象塑造,皆借鉴了刘备、孔明、曹操、周瑜等人物形象,并以这些人物形象为模型,进行本土化的改造。不仅核心人物,其他一般的人物如段发母,也模仿借鉴了《三国演义》里的徐庶母。

同样,其他越南汉文历史小说也不乏《三国演义》里的人物模型,《越南开国志传》中的陶维慈便被视为"孔明再现",其后的阮有逸则被视为"第二位孔明";《皇黎一统志》里的阮有整则可以说是曹操的缩影。

《三国演义》等中国演义类小说对东南亚地区的国家皆有着广泛的、不同的影响。泰国将之翻译并创作了泰文版的《三国》,并创造了"三国文体",泰文《三国》对泰国散文类文学的出现产生了积极的影响。与泰国这一接受方式不同,越南没有直接改造或重新创作新的《三国》,而是直接把《三国演义》借来为"我"所用,借《三国演义》之"壳",装其民族历史之"肉",以《三国演义》之模式,表现其民族情感。正如《越南汉文小说集成·皇越春秋》提要的撰写者所言:"全书渗透着浓郁的本土情感。如称明朝军队为'北寇''北贼'。在战争描写中,明朝将领战前不知部署,只知道麾军向前冲杀,用计谋则弄巧成拙,反被

[①] [越]佚名.皇越春秋[M].// 孙逊,郑克孟,陈益源.越南汉文小说集成·第6册.上海:上海古籍出版社,2010:234.

越南人利用，将计就计；而黎利麾下将领则战前精密部署，使反间计、设埋伏，打得明军个丢盔弃甲、狼狈逃窜。"①可以说，这些越南历史小说的创作者们，皆是站在越南民族的立场上，借用中国历史演义的体裁形式、故事构思模式、人物形象来书写越南的民族历史，弘扬其独立的民族意识和精神，塑造越南的民族英雄，小说所突出的是其民族自尊心、民族自豪感。因此这些小说在构思、写人、叙事、状物中既有着明显的《三国演义》的痕迹，也有着鲜明的民族特点，其中《皇越春秋》整部书，"就好像是一部'越南版的《三国演义》'"。②

---

① 杨晓斌，朱旭强.皇越春秋提要[M].// 孙逊，郑克孟，陈益源.越南汉文小说集成·第6册.上海：上海古籍出版社，2010：122.
② 杨晓斌，朱旭强.皇越春秋提要[M].// 孙逊，郑克孟，陈益源.越南汉文小说集成·第6册.上海：上海古籍出版社，2010：122.

第四章

代：整体移植，个别置换

第四章 代：整体移植，个别置换

  相对于前三种拟效模式而言，"代"这一模式一般都保留了中国古代传说较为完整的故事结构、情节以及主要的人物事件，只将一些人名或次要人物、地点及关键性的事物进行置换。这种置换一般有两种情形：一是代入具有鲜明的民族地域色彩的人物事件，以彰显越南民族的特点，二是简单置换原故事。

  《越井传》对唐传奇《崔炜》的置换，《华园奇遇集》对《寻芳雅集》的置换，可以说是这一模式较为典型的两个不同的范例。

第一节
彰显民族色彩之置换

《越井传》是越南汉文小说《岭南摭怪列传》收录的一则神话传说。这个传说记述了崔伟（亦作玮）的一番奇遇，及其阴阳相通仙凡相会的故事。故事说的是，雄王三世时期，殷王举兵南侵，败死于武宁郡邹山之下，成为地府君，民众为他立祠奉祀，却因年久失修颓废成了荒祠。秦朝御史大夫崔亮常路过此地，重修了庙宇，并题了诗句。后任嚣、赵佗复驻此山，看见崔亮所题诗句而受启示，又将庙宇修缮一新，并严加奉祀。殷王于是感激崔亮，派麻姑寻找崔亮以报答其功。但崔亮这时已死，惟有一子崔伟尚在。崔伟正月上元节在祠庙里巧遇麻姑。当时麻姑把一对献祭的玻璃瓶打破了，众人不知她是仙人，追打要她偿还，崔伟见后怜悯，脱下衣服作价替她赔偿。麻姑知其是崔亮的儿子，于是给了崔伟一束艾条，嘱咐他："当谨守此物，不离于身，后见人有瘤疾，灸之即消，必得大富贵。"崔伟不知麻姑给的是仙药，灸好了朋友玄应道士的瘤子，玄应把他介绍给任嚣，崔伟治好了任嚣的瘤子。任嚣于是收崔伟为义子。任嚣的女儿任容芳爱慕崔伟，两人私自相好。任嚣的儿子任夫见此则想置崔伟于死地，于是设计将崔伟关在房中，准备以他作为牺牲祭祀猖狂神。崔伟得到任容芳的帮助逃出任家后想到玄应道士家，他奔行于山上，不料在黑暗中坠入了一个四面都是石壁的深洞。洞中盘踞着一条大白蛇，每天出来吃石盘里的石乳。这条大白蛇长百丈，额上题有金字"玉京子蛇"，蛇的额下有一个肉瘤。崔伟因为饥饿，偷食石盘中的石乳充饥，险被白蛇吞食。崔伟惊恐求拜，并提出为白蛇灸治其额下的瘤子，以宽其罪。崔伟治好白蛇的瘤子后，白蛇把崔伟带出了洞穴。崔伟一个人走到了金碧辉煌的殷王城里，殷王后留其作客，并告知殷王要报德，于是把派麻姑寻其父亲而只见到他的事情告诉了崔伟。随后羊官人带崔伟回到山上，羊官人即化作石羊立于山中，这石羊如今还在邹山越王祠。崔伟回到玄应道士家，后来出游又见到麻姑。麻姑带了一仙女给崔伟，让他们结为夫妇，并赐给他龙燧珠。这颗珠子由黄帝历经殷王传为世宝。邹山之战，殷王佩剑而死，埋于地下，光彩常常冲天，很多人都想来寻找这颗龙燧珠。殷王感崔家父子之德，以珠报答。之后有北方人以金银缎子价五万将珠买走，崔伟成了大富翁。故事的最后是麻姑把崔伟夫妇接走，不知去向。崔伟坠落的那个井所在的山岗，民间传为越井岗。

比较中国晚唐裴铏所著唐传奇《崔炜》，无疑，《越井传》的故事主体、情节、人物与唐传奇《崔炜》的故事是一致的。不仅主要人物一致，故事的发生地同样叫越井岗，同样是阴阳相通仙凡相会，其情节同样说的是主人公的奇遇。《崔炜》讲崔炜在寺庙脱衣为一乞食老妪（仙女鲍姑）作赔偿，老妪留给他一束艾条，让他灸治瘤子，他治好了和尚的瘤子，又治愈了任翁（任嚣）的瘤子，而任翁却设计将崔炜关了起来，准备以他祭祀任家供奉的独脚神,崔炜被爱慕他的任翁女儿相救,逃走途中不慎坠落深洞,因偷食石乳差点被大白蛇玉京子吃掉,后崔炜为玉京子治好了瘤子,玉京子把他带到皇帝的陵寝,受到皇后夫人的厚待,皇帝送给他国宝阳燧珠,由羊城使者和大白羊带他回到了家。崔炜随后卖掉了阳燧珠,置备了家产,最后也带着妻室寻仙去了。

所不同的是,《越井传》将《崔炜》中的仙女、晋代精通灸法的葛洪之妻鲍姑,置换成了道教女仙麻姑;将秦汉时期的南越王赵佗置换成了殷商时代的殷王;将赵佗陪葬的齐王女儿田夫人置换成了殷王后;将越井岗的所在地番禺(今广州)越秀山置换为越南境内武宁郡邹山;将独脚神置换为猖狂神;将任翁恩将仇报企图谋杀崔炜改为任嚣儿子任夫所为。

唐传奇《崔炜》的作者裴铏,大约于晚唐时期公元860年前后在世,因此《崔炜》应该作于这一时期。而《岭南摭怪列传》最早在李、陈两朝时期(1010~1440)被编撰成书,经后人增补和修改,到15世纪时,由越南著名的文学家和史学家武琼(1452~1516)在前人旧传的基础上对该书进行了较大的修改、增删,并重新编撰完成,其编写成集的时间大概是1492年。[①] 从成书时间而言,《越井传》明显要晚于《崔炜》。然而,《越井传》是否源自《崔炜》,现今已无从查考。《岭南摭怪列传》所收集的神话传说在成书之前便在越南民间广泛流传,其中许多传说源自中国,在流传过程中经过本土化的改造而成为越南民族的传说。因此,《越井传》与《崔炜》,也许正如陈庆浩先生所言,这只是同一故事的不

---

① 陈义.岭南摭怪列传·出版说明[G]//陈庆浩,郑阿财,陈义.越南汉文小说丛刊·第二辑第一册.台北:台湾学生书局,1992:3.

同记载而已①。但李时人先生也代表了另一种观点,认为,"《越井传》完全是唐代裴铏《传奇》中《崔炜》一篇的改写,而不可能是民间传说或'同一故事的不同记载'"。②因"《越井传》仅仅改换了一下时代,将唐代改为'雄王三世',又将人名、地名略加改动,其余故事情节几乎全部相同"。③

其实不管是同一故事的不同记载,还是对一个故事的改写,从两个故事成书的先后时间及其内容的相似度来看,《越井传》明显是模仿《崔炜》而作,且是整体拿过来再将人物、地点、个别事物进行置换而已,如果不细作分析,《越井传》无非也是一因袭之作。

然而,将《越井传》与《崔炜》细做比较分析便不难发现,《越井传》其实并不仅仅只是如此简单的置换,其代入的某些部分具有独特的意义。一是将皇帝送国宝阳燧珠,置换为殷王赐予龙燧珠,且这颗珠由黄帝历经殷王传为世宝。这一置换,便将越南的民族历史与中华民族的历史衔接起来,强调了其民族历史的悠长。这与其民族起源的神话《鸿庞氏传》一样,不仅表现了与中华民族的血脉关系,带有较大的想象性成分,而且彰显了其强烈的民族意识。其次,使作品独具鲜明的民族特点的,还在于将独脚神置换为猖狂神(这一部分的内容将在第五章分析),这一置换,也就使得这一传说折射出了不同的文化底蕴。

---

① 陈庆浩.越南汉文小说丛刊•第二辑前言[G]//陈庆浩,郑阿财,陈义.越南汉文小说丛刊•第二辑第一册.台北:台湾学生书局,1992:2.

② 李时人.越南汉文古籍《岭南摭怪》的成书与渊源[G].文史(总第53辑).北京:中华书局,2001:198.

③ 李时人.中国古代小说与越南古代小说的渊源发展[J].复旦学报(社会科学版),2009(2).

第二节
因袭式移植

一、《华园奇遇集》[①] 与《寻芳雅集》

《寻芳雅集》是明代中篇传奇小说,又名《吴生寻芳雅集》《(浙湖)三奇志》《(浙湖)三奇传》《三奇合传》,由明代小说家吴敬所编著,主要叙述了兵部尚书吴守礼之子吴廷璋与参府王士龙二女娇鸾和娇凤的情爱故事。吴廷璋又号"寻芳主人","涉猎书史,挥吐云烟,姿容俊雅,技通百家。且喜谈兵事,真文章班马,风月张韩也"。[②]一日吴生往临安,过蕴玉巷,邂逅王家二女娇鸾和娇凤,后与二女相互爱恋,且与娇鸾婢女春英相合,又与王士龙之妾巫云相好,还将娇鸾另一婢女秋蟾和巫云小鬟骗宿。后吴生中进士,终娶娇鸾和娇凤姐妹。

越南汉文传奇小说《华园奇遇集》不署撰者,主要讲述赵参政官次

[①] 本书根据上海古籍出版社版《越南汉文小说集成》统一使用"华园奇遇集"一名,所引用文献中有使用"花园奇遇集"一名的,则保留原样。——编者注

[②] (明)吴敬所编著.国色天香[M].北京:大众文艺出版社,1998:110.

子赵峤貌赛潘安,"性格轩昂,文词艳丽;诚所谓才高七步,学富五车;兼以器宇超群,丰姿出众。清新面貌,尚欷掷果潘安;皓月肌肤,□□行汤何晏。凡今古奇书异记,无不尽看"。①因慕《国色天香·寻芳雅集》中的主人公吴廷璋,而自号"寻芳"。一日赵峤在碧沟桥边花园邂逅御史官乔氏二女蕙娘和兰娘,互生爱慕。赵峤与兰娘约会之际,又私会兰娘的婢女春花,随后又占有蕙娘的婢女秋月,以秋月为"红娘"再取悦蕙娘。后赵峤第解元,并娶二女蕙娘和兰娘。

从故事的内容、情节结构、人物设置,以及对话言语、用典用词等方方面面看,《华园奇遇集》即是《寻芳雅集》的仿作。因此,朱旭强在《华园奇遇集提要》中即说:(《华园奇遇集》)"书开篇即云赵峤读中国小说《国色天香·寻芳雅集》,直以'寻芳'自号,自许'汝玉'再生,之后情节设置与词藻掇拾有因袭、步趋处比比皆是,实是《寻芳集》的越南仿作"。②

所谓"步趋处比比皆是",陈益源先生在其《越南汉文小说〈华园奇遇集〉与明代中篇传奇小说》一文中已对两书做了详细的比较分析,在此仅列二三片断:

片断一、《寻芳雅集》:
  晨起,再往候之,惟绿树粉墙,小门深闭而已。俄见一老妪据石浣衣,生立俟久之,揖而进曰:"墙内何氏园也?"妪曰:"参

---

① [越]佚名.华园奇遇集[M].// 孙逊,郑克孟,陈益源.越南汉文小说集成·第5册.上海:上海古籍出版社,2010:93.
② 朱旭强.华园奇遇集提要[M].// 孙逊,郑克孟,陈益源.越南汉文小说集成·第5册.上海:上海古籍出版社,2010:92.

府王君家玩也。"生曰："非其讳士龙者乎？"对曰："然。"生曰："彼有息女否？"答曰："有女二，长曰娇鸾，寡服未释；次曰娇凤，聘伐未谐。"生曰："为人何如？"姬曰："姿容窈窕，难以言述其妙矣。且能工词章，善琴弈，而裁云刺锦，特余事耳。"生闻之，不觉神归楚岫，魄绕阳台，而求见之心益笃矣。因自喜曰："此吾老父契也。备贽谒之，以假馆为名，万一允焉，他日之事未可知也。"①

《华园奇遇集》：

翌日，复至旧所，但见锦树风摇，朱门固锁，而二娇之迹不复见矣。顾盼移时，乃就店饮了数杯，因问店主人曰："墙外何人，可谓幽闲？"店主人曰："此乃乔御史宅也。""无非其名辅国者乎？"对曰："然。"生曰："彼有息女否？"曰："彼无男子，惟有女子二位，长唤名兰娘，次唤名蕙娘，俱有倾国倾城之貌，琴棋书画，无所不工，至针指刺绣，特其余事矣。"生闻言神魂漂荡，不能自持。乃寄寓于花园后邻家，冀以成凤志云。②

片断二、《寻芳雅集》：

后一夕，鸾独坐卧云轩中，……即呼侍婢春英者，慧巧俏倪，亦艳质也，同至后园"集芳亭"前步月。舒盟忽闻琴声丁丁，清如鹤唳中天，急若飞泉赴壑，或怨或悲，如泣如慕，诚有耳接而心怡

---

① （明）吴敬所编著.国色天香[M].北京：大众文艺出版社，1998：111.
② [越] 佚名.华园奇遇集[M].// 孙逊，郑克孟，陈益源.越南汉文小说集成·第5册.上海：上海古籍出版社，2010：94—95.

者。鸾即往穿窗窥之,见生正襟危坐,据膝抚床而弹,清香袅袅,孤独煌煌,望之若神仙中人。恐为生所觉,即与春英怏怏而去,归不能寐。适笔砚在傍,援书《如梦令》词云……①

《华园奇遇集》:

是夕月色彻明,兰乃独携侍女春花,玩景后园,欲为窥生计。忽闻琴声叮叮,如雨滴梧桐,如雁鸣九霄,或怨或悲,如泣如诉,诚有闻接而心动者矣。兰乃穿壁窥之,见生正襟危坐,抚琴而弹,青香袅袅,孤独煌煌,望之若神仙中人。……乃促步归房。寝不成寐,吟诗一绝、词一阙[阕]……②

片断三、《寻芳雅集》:

越二日,英独至园亭,采茉莉花。生揖曰:"露气未收,采何早耶?"英曰:"迟恐为他人所得。"生曰:"今采奉谁?"英曰:"鸾姐酷爱,方理妆候簪。"生笑曰:"然则惜花起早诚然欤,但不知爱彼何耳?"英曰:"爱其清香嫩素也。"生曰:"清香嫩素,子但知人爱花娇雅温柔,独不见花亦爱人乎!"英曰:"花无情何能爱人?"生曰:"万一有情者爱之,我子以为何如?"英微笑不答,盒花而去。③

---

① (明)吴敬所编著.国色天香[M].北京:大众文艺出版社,1998:112.
② [越]佚名.华园奇遇集[M].//孙逊,郑克孟,陈益源.越南汉文小说集成·第5册.上海:上海古籍出版社,2010:95.
③ (明)吴敬所.国色天香·寻芳雅集[M].北京:大众文艺出版社,1998:113.

《华园奇遇集》：

　　一日早作，倚栏而坐，见秋月来采海棠花。生曰："秋花凛凛，寒气浸人，娘子采花何早也！"月微哑答曰："迟久为他人所得。"生曰："风侵霜冷，不惮严寒，娘子爱花之心，可谓切矣。"月曰："爱其清香馥郁也。"生笑曰："清香馥郁，卿但知人爱花卓绰娇娆，独不知花亦爱人乎？"月曰："花无情，何能爱人？"生曰："岂有爱花不爱人乎？万一以情者爱之，吾子以为何如？"月微阖花而去。①

比较以上所列两书的片断，《华园奇遇集》步趋《寻芳雅集》可见一斑。就此，陈益源先生指出："除了故事时代（'皇朝景兴年间'）、主角籍贯（'南昌'）、奇遇地点（'碧沟坊'）之外，整部作品无论从形式到内容，乃至遣词用字，都有很浓厚的明代中篇传奇小说的影子。""尤其赵峤效法吴廷璋，自以'寻芳'为号，模拟手法最是明显。所以我们很容易可以看出《寻芳雅集》的吴廷璋变成了《花园奇遇集》的赵峤，王娇鸾、娇凤姐妹变成了乔兰娘、蕙娘，而婢女春英、秋蟾则易名春花、秋月，许多文字与情节在两书之中有很大程度的雷同。"②

也就是说，《花园奇遇集》其实是把明代传奇《寻芳雅集》整体移植过来，只是将故事发生的时代、人物、地点等进行了置换而已，整部书的内容及形式与《寻芳雅集》几乎无异。因此，陈益源先生最后得出

---

　　① ［越］佚名.华园奇遇集［M］.// 孙逊，郑克孟，陈益源.越南汉文小说集成·第5册.上海：上海古籍出版社，2010：103—104.

　　② 陈益源.越南汉文小说《花园奇遇集》与明代中篇传奇小说［C］.// 越南汉籍文献述论.北京：中华书局，2011：158，161.

结论:"经由《花园奇遇集》与明代中篇传奇小说关系的探讨,我们可以证实它跟通俗类书《国色天香》所选录的《寻芳雅集》与《钟情丽集》《龙会兰池录》《花神三妙传》《刘生觅莲记》等明代中篇传奇小说,具有很密切的关联,甚至留有明显抄袭的痕迹,其原创性并不高。"[1]

之所以谓其"有明显抄袭的痕迹",而不仅仅是模仿,还在于《华园奇遇集》对《寻芳雅集》的置换,仅是时代、人物姓名、地点的简单代入而已,虽然其间穿插的诗赋词章不尽相同,但大多也是对原作诗赋词章的改换,其形式仍是因袭,既无创新性的内容,也显现不出越南民族特有的风情或地域色彩。因此,也就留下"因袭""抄袭"之名。

二、《麻姑山》与"麻姑"

这一类的整体移植,在笔记类小说中也出现过,如《麻姑山》与中国的"麻姑":

《山居杂述·麻姑山》中记载了一个麻姑:

> 麻姑,麻秋之女也。秋为人猛悍,喜食人肉。炀帝时,秋筑城严酷,督责工人,昼夜不止,惟鸡鸣乃息。姑有息民之心,假作鸡鸣,群鸡相效而鸣,众役得以少息。父知欲挞之,麻姑逃入山中,竟得仙去。[2]

麻姑是中国道教所尊之女仙,中国古代不少文献记载有关于麻姑的

---

[1] 陈益源.越南汉文小说《花园奇遇集》与明代中篇传奇小说[C].// 越南汉籍文献述论.北京:中华书局,2011:167.

[2] [越]佚名.山居杂述·麻姑山[M].// 孙逊,郑克孟,陈益源.越南汉文小说集成·第17册.上海:上海古籍出版社,2010:221.

生平故事，东晋葛洪《神仙传·麻姑》即记载了有关麻姑的传说，《坚瓠集·秘集卷之三》也记载了麻姑：

> 麻姑，麻秋之女也。秋为人猛悍，秋筑城严酷，责工人昼夜不止，惟鸡鸣乃息。姑有息民之心，假作鸡鸣，群鸡相效而鸣，众工役得以少息。父知欲挞之，麻姑逃入山中，竟得仙去。①

《坚瓠集》为历代笔记小说大观，由清人褚人获辑撰，据"己集"沈宗敬序所知，本书辑撰时间应在17世纪后期，编讫时间为康熙四十二年，即1703年。其中《秘集卷之三》所辑的"麻姑"篇，所据为《一统志》，其记载的时间应更早。《山居杂述》则是越南18、19世纪的汉文笔记作品。②《山居杂述·麻姑山》中所述麻姑的文字，与《坚瓠集·秘集卷之三》中所述麻姑的文字几乎完全一致，无疑即是移自《坚瓠集》所辑之"麻姑"。

因此，从移植置换这一模式而言，模仿之作的文本价值主要体现于所置换的人物事物是否具有民族特性，是否彰显民族色彩。反之，则仅是因袭而已。《越井传》对唐传奇《崔炜》的移植置换，无疑属于前者；而《华园奇遇集》对《寻芳雅集》的移植置换，以及《麻姑山》对麻姑传说的移植，则属于后者。然而，无论其文本价值如何，这一移植置换的模式，所展现的也是越南汉文小说发生发展的轨迹。

---

① （清）褚人获.坚瓠集［M］.上海：上海古籍出版社，2012：1177.
② ［越］陈氏金英.山居杂述提要［M］.// 孙逊，郑克孟，陈益源.越南汉文小说集成·第12册.上海：上海古籍出版社，2010：145.

第五章

糅：与本土故事传说相糅合

第五章 糅:与本土故事传说相糅合

将中国古代的故事传说拿过来,再与本土流传的故事或地理标识相糅合,进而形成具有浓厚本土色彩的新故事,这是越南汉文小说对中国文学的另一拟效模式。本章以笔记类小说《状元甲海传》和神话传说《越井传》为例。

第一节
与本土传说人物的糅合：《状元甲海传》的本土化流变

笔记类小说《状元甲海传》的主体故事即是在吸收中国传说《白水素女》及《柳毅传》的基础上，糅合了越南本土的传说所进行的本土化创造。

一、《白水素女》与《状元甲海传》

《白水素女》记载于《搜神后记》，其主体内容讲述的是一个美丽的"田螺姑娘"的故事：晋代有一个穷小子谢端，从小失去父母，由邻居收养。到了十七八岁时，自立门户独立生活。谢端忠厚老实，勤劳节俭，却一直没有娶妻。他每天日出而作，日落而归。忽然有一天，他在田里捡到一只特大的田螺，高兴惊奇之余即把它带回了家，放在水缸里养着。随后他每天回家发现饭菜汤茶都做好了，谢端以为是邻居所为，即到邻居家道谢，而邻居却笑说他"金屋藏娇"。谢端纳闷，便想探个究竟。第二天他起了个大早，鸡叫即下地，天没亮就往回赶，悄悄躲在篱笆墙外观察，看见一个美丽的少女从水缸里出来烧火做饭。谢端于是进门盘问姑娘，姑娘大吃一惊，想回到缸中，却被谢端挡住了去路。谢端一再追问，姑娘只得把实情告诉了他。原来，姑娘是天上的白水素女。天帝哀怜谢端孤苦伶仃，见他克己勤俭，所以派白水素女下凡帮他做饭料理家务，让他在十年内富裕起来，娶妻成家立业，到时白水姑娘再回到天上复命。而现在自己行迹已露，天帝的旨意也就只能到此为止。白水姑娘于是留下田螺壳，让谢端给螺壳贮满米谷，自己则在风雨之夜悄然离去。谢端感激白水素女，为她立了神座，常年祭祀。而他自己则勤劳富足，娶了妻子，还中举当上了县令。谢端所立的神庙，也就是今天的素女祠。一千多年来，"田螺姑娘"的故事在中国广为流传，可谓妇孺皆知。

《状元甲海传》在越南汉文笔记类小说《大南显应传》[①]和《听闻异录》[②]里都有辑录。两卷所辑《状元甲海传》故事皆同，说的都是甲海为凤眼鄣都人，少时失怙，未及第时，游学城都，乘船到菩提津时，见一人捕得一大龟，准备烹食。甲海于是将大龟买了下来，并揣在怀中带入京城，住在领兵家。家里只有师弟二人，每天早晨他们没有做饭即锁上大门去上学。到了晚上回来，门上的锁与之前一样锁得好好的，但进得家里，却见整整齐齐的一桌饭菜，不知从何而来。于是甲海一大早假装上学，潜伏在家后窥视，见一个十七八岁的美女从龟中出来做饭，甲海突然进去把她抱住，此女于是将来历缘由一一告知。原来女子是南海夫人之女，远游被渔人所获，要不是甲海将龟买了下来怀揣入京，她早就

---

① 陈庆浩，王三庆. 越南汉文小说丛刊·第一辑第七册［G］. 台北：台湾学生书局，1987：299.

② 陈庆浩，郑阿财，陈义. 越南汉文小说丛刊·第二辑第四册［G］. 台北：台湾学生书局，1992：242.

成了渔人的盘中餐了，因此以图报恩。自此两人同居一处，成了夫妻。过了一段时间夫妻二人同回海中紫阁谒见南海夫人，并到学场拜先生香梁状元为师，随之习文。甲海之后回尘世考取了莫时大正戊辰科状元。锦衣回乡时，甲海听闻自己的父亲财货多而无子，从前行商时盗得钵场人之子，也就是甲海。甲海于是暗查寻母，据邻人所告寻至钵场之地，见一老妇居于江边，相貌与自己五六分相似，问及老妇子孙，老妇相告说自己今年已六十多，年轻时曾嫁钵场人，才两天丈夫即死了，对丈夫的姓名和夫家父母都不清楚，幸而怀了身孕生了一男儿。男儿几岁时在江畔玩耍，被一商人抱下船，虽使人到处寻找，却不见踪迹。并详说其儿身上的赤色标痣。甲海与老妇最终母子相认。

《状元甲海传》这一故事可以分解为三个部分：前半部分主要叙述的是甲海游学从渔人手中买了一大龟，无意间救了南海夫人之女一命，少女知恩图报，两人成了夫妻；中段部分叙述夫妻两人回海中谒见南海夫人，并拜高香梁状元为师；后半部分则叙述甲海登科后寻找生母。

很显然这一故事前半部分的主体情节内容与《白水素女》极其相似，可谓越南版的"田螺姑娘"。所不同的只是谢端勤劳耕作在田里捡了一个大螺，甲海游学买了一大龟。助谢端的少女由天帝派遣，被发现后即返回天庭，阐释的是天助善人的故事；而甲海遇到的美女则来自海域，因报恩而助甲海，告白后两人成了夫妻，阐释的是知恩图报的美德。中段夫妻二人进出海中紫阁的情节多少也有唐传奇《柳毅传》中柳毅进出龙宫、行走于水乡与人间的构思。即前段、中段的故事都带有中国古代传奇故事的影子。

而后半部分所叙述的甲海登科后寻找生母的故事，则完全与中国的传说没有关系，却与越南本土的笔记类小说《科榜标奇》卷五《郢计甲澂》所记"甲海状元"的事迹相吻合：

> 甲澂，凤眼郢计人。其母文江公论人，年四十余寡居，有还北人遗金事，伊因报以吉地。母寻与钵场人交而生澂。四岁为甲姓者所获，逐从姓甲。大正戊戌，庭对擢状元。①

这则记述文字虽不多，却不难看出其中所记母子的遭遇与《状元甲海传》后半部分的内容几乎完全一致。《科榜标奇》主要是按朝代、登科记录标列科甲奇事，所录之人皆为各朝"金榜题名"的进士，大多是实录，也杂有部分野史，严格来说，并不属于真正意义的小说。其作者潘辉温（1755～1786）为1780年进士。②潘辉温父兄三人皆为科榜中人，父子兄弟同朝，当时被传为美谈，潘辉温由此也就作了《科榜标奇》。因此，《科榜标奇》的撰写时间应是1780～1786年间。而《大南显应传》为越南民间传说集，其中传说以黎朝故事为多，估计成书于18世纪末19世纪初。③《听闻异录》不著撰者姓名，年代失考，作者将所听闻之神异故事与历代传奇集录成书。从其序文所言之"前辈有《岭南摭怪列传》、有《越甸幽灵》、有《传奇漫录》、有《天南传记》"④推测，其成书时间应该较晚。且从《听闻异录》出版说明中所说"检视全书

---

① 陈庆浩，王三庆.越南汉文小说丛刊·第一辑第七册[G].台北：台湾学生书局，1987：39.

② 科榜标奇·出版说明[G].// 陈庆浩，王三庆.越南汉文小说丛刊·第一辑第七册，台北：台湾学生书局，1987：3.

③ 郭长城.大南显应传·出版说明[G].// 陈庆浩，王三庆.越南汉文小说丛刊·第一辑第七册.台北：台湾学生书局，1987：267.

④ 陈庆浩，郑阿财，陈义.越南汉文小说丛刊·第二辑第四册[G].台北：台湾学生书局，1992：211.

五十一则故事,其中前三十五则与《大南显应传》、《本国异闻录》、《大南传奇》同"[①]来看,《听闻异录》也应该晚于《大南显应传》。

这也就是说,《状元甲海传》晚于《科榜标奇》中的《郢计甲澂》,其后半部分的内容应该是直接源自《郢计甲澂》。《状元甲海传》所记述的内容其实是将中国的传说《白水素女》与越南本土的《郢计甲澂》糅合在一起,中间还借鉴了《柳毅传》柳毅行走于水乡与人间的构思。在这则传记中,中国传说《白水素女》被越南人吸收后,经过一番改造,与本土的内容相结合,最终转化成了越南本土化的一则传说。

二、《状元甲海传》与《甲状元》

《状元甲海传》经过一百多年的流传,到了20世纪初,甲海传又出现了不同的版本。这就是收录于《南天珍异集》中的《甲状元》。[②]

《甲状元》的记述主要从主人公的母亲开始,言其母亲为文江公论人,在路旁以卖茶为生。有一来歇脚的北客,遗落一袋金子,半日后客人返回寻找,其母尽数返还。客人要分一半金子给其母作为酬谢,其母坚持不接受。客人为其品德感动,为其母先人择吉地报恩,并嘱咐其"见有急难人,当用心救助,必获吉报"。半年后,有钵场社人路过此地,忽值狂风暴雨,其人叩求驻足。这人衣体尽湿,手足战栗,几乎说不出话。母将其救助过来后,将唯一的床让给了他,至夜半寒冷难耐,母因而与之共卧。两人欲火逼烘难以遏制,没过一会这人便气绝。母不觉已怀身孕,生下男儿,风骨异常。男儿四五岁时在江边游玩,有凤眼郢蓟

---

① 陈庆浩,郑阿财,陈义.越南汉文小说丛刊·第二辑第四册[G].台北:台湾学生书局,1992:207.

② 陈庆浩,郑阿财,陈义.越南汉文小说丛刊·第二辑第四册[G].台北:台湾学生书局,1992:31.

社人路过此地，将男儿盗走。母找寻不见，以为孩子已溺水，号哭无奈。而郢蓟人得了公子，甚是钟爱，为之求师课学，公子也天资颖异，号称神童，二十三岁中莫大正戊戌科状元。荣归之时，有人以实相告其身世，甲状元甚是伤感，前往公论社探问。见路旁一老妇甚是困窘，闻其言始末，将老妇视为生母带回赡养。一日，老妇见甲状元脚上的赤痣，说及她以前的男儿也有同样的痣，甲状元细问老妇，母子终得相认。

显然，《甲状元》所叙述的故事主体与《状元甲海传》已经有了很大的不同。《状元甲海传》的前半部分主要叙述的是越南的"白水素女"以及入南海省亲，并未提及其母。对于母亲的叙述只在传说的后半部分甲海考取状元锦衣回乡时，听闻其非父所亲生才暗中寻母。因此"母亲"在这个传说中所占据的分量极轻，且与前半部分所叙述的"白水素女"并没什么关联，显得有些突兀，而"白水素女"到后面也没了交待，前后两部分的内容是脱节的。

而在这个《甲状元》的故事中，后半部分仍然保留着《状元甲海传》寻母的内容，但《状元甲海传》前半部分"白水素女"式的神话故事没有了，类似于"柳毅传"的神话元素也被放弃了，取而代之的是母亲的奇遇。而母亲这一奇遇正是据《科榜标奇》之《郢计甲澂》中所记的"还北人遗金事""报以吉地""与钵场人交而生澂"这三件事所发挥。《甲状元》的编纂时间比《郢计甲澂》《状元甲海传》要晚100多年。依《南天珍异集》正文前的简短序言可知，此书主要是根据黎永佑年间进士武芳堤《公余捷记》及后人续编、增附而重新编纂的，编定的时间为1917年。所收篇目一部分与《大南显应传》《本国异闻》《大南奇传》等书的记述相同。① 这也就是说,整理编辑这则传说的作者是非常了解《科榜标奇》里的《郢计甲澂》和《大南显应传》里的《状元甲海传》的,之所以放弃原有的传说,将儿子的神遇置换为母亲的奇遇,正是作者有意为之。从《甲状元》的内容情节及篇章结构看,这一置换不仅使传说更忠实于较早的《郢计甲澂》的记载,而且突出母亲前面的奇遇,为后半部分甲海寻母提供了前因,使前后的内容更为吻合,从而也使得整个传说更为统一。再者,由神仙之"奇"置换为凡人之"奇",也使这一传说更接近"现实"。因此,作者的这一置换不能不说甚为"高明",正是作者的这一置换,使《甲状元》的内容情节及篇章结构更为完整统一,同时也更本土化,更具时代性。

三、"甲海传"与汉文化在越南的兴衰

《状元甲海传》的流传变异,反映了18～19世纪中国文化对越南的影响及兴衰。

18～19世纪,是越南极为动荡的时期。其时,西方的殖民势力在东南亚不断扩张,法国殖民者从18世纪末起也加紧扩张在印度支那及越南的殖民势力。1766年,法国传教士百多禄②开始进入越南传教。随着1771年越南暴发西山起义,特别是1777年西山政权对南方旧阮势力的摧毁,百多禄开始致力于越南的政治事务。他多方寻求法国国王派兵援助阮福映(即后来越南阮朝的开国君主嘉隆帝)打击西山政权,扶持阮福映建立王权,促使法国统治者对越南产生了兴趣。1787年11月21

---

① 陈庆浩,郑阿财,陈义.越南汉文小说丛刊·第二辑第四册[G].台北:台湾学生书局,1992:3.

② 法文名字:皮埃尔·约瑟夫·乔治·皮诺(PierreJosephGeorgesPigneau)。

日，百多禄代表阮福映与法国签订了《法越凡尔赛条约》。在这一条约中，法方承诺派遣战舰和军队支持阮福映，而阮福映必须把岘港和昆仑岛割让给法国，并允许法国人在越南国内自由贸易。尽管条约签订几天之后，由于遭当时法属印度支那总督的反对，法国并没有如约派兵支援阮福映，但百多禄还是筹集了各方力量支援阮福映，并最终扶持阮福映于1802年建立了阮氏王朝。阮朝虽然借助于法国殖民势力建立，但并没有进一步向法国开放，阮朝皇帝仍重视清朝的册封，标榜儒学，对法国势力的渗入仍然有所限制，并尽量减少与法国的联系。阮福映只允许法国人在越南国内从事贸易，而拒绝法国军舰前来胁迫割地，到了阮圣祖更是以儒教为正道并禁止天主教的传教活动，且多次拒绝法国特使，与法国断绝交往。阮朝的态度使法国殖民者极其恼怒，他们部署军舰保护天主教徒，不断加紧殖民扩张速度，最终于1858年发动大规模的侵越战争，1862年强迫越南签订第一次《西贡条约》，由此开始对越南南部的占领。1884年6月，法国驻北京公使巴德诺（Patenôtre）到越南顺化与越南朝廷签订了《巴德诺和约》，越南从此沦为法国殖民地，至1885年法国侵占了整个越南。

而这一动荡多事的时期，正是中国汉文化在越南的地位及影响由盛而衰的时期。从秦汉一直到清朝，中国汉文化一直占据越南文化的主导地位。特别是后黎朝从立国之始就在各方面推行尊孔崇儒的政策，到黎朝后期，越南社会"三纲五常及正心修身齐家治国之术，礼乐文章，一皆稍备"，"风俗文章字样书写衣裳制度并科举学校官制朝仪礼乐教化，翕然可观"。[①] 其时，汉文化及儒学达到了鼎盛阶段。黎朝之后至阮朝前

---

① （明）严从简.殊域周咨录［M］.北京：中华书局，1993：237.

期越南的尊孔崇儒更臻于极盛。1802年阮朝建朝时，阮福映感念法国传教士在其艰难时期的援助而准许他们在越南各地传教，法国的殖民势力及天主教的传播因此得以更广泛地渗入越南。但为了巩固封建秩序和国家的统一，阮朝的皇帝更为推崇和倚重儒学及汉文化，他们仿效清朝，推行了一系列尊孔崇儒的举措，包括祭祀孔子、推行儒学的系统教育，以儒学规范老百姓的言行，科举制度独试儒学，规定用汉文开科取士，等等，将汉文化推至极盛。阮朝第二代皇帝阮圣祖精通儒学，更是崇尚孔孟之道，面对西方殖民主义侵略的威胁和天主教传播的挑战，他严禁信奉天主教，表明儒教仍然是其治国的根本。同时，阮圣祖也注重挖掘本土的传统文化，他设置了国史馆，专司编修国史，并奖励著书立说之人，曾下诏令：凡搜集到旧书或撰写出新书者，都予颁奖。《状元甲海传》正是编写于这一时期，其对中国传奇故事《白水素女》的借鉴及对《郢计甲澄》的继承，反映的正是这一时期汉文化的昌盛，以及本土文化的开掘。

而到了19世纪中后期，法国殖民势力统治越南之后，法国殖民者为了消除越南人民的民族意识，有计划、有步骤地在越南推行西方文化，压制汉文化的传播，淡化汉文化的影响，切断越南文化与中国文化的联系。从此汉文化在越南的地位迅速下降，由鼎盛走向衰落。而另一方面，罗马字被广泛推行，并逐步代替汉字，越南传统文化最基本的文字——汉字和喃字，逐步被拼音文字取代，从19世纪末到20世纪初越南也就逐步脱离了汉字文化圈。这一状况也正是张礼千所言：中国周边国家中"沾染中国文化之最深者，越南也"。究其根源在于法国统治越南后，"推行其所谓'安南国语',以罗马字传越语之音,汉文几废"。[1]

正因如此,从18世纪至20世纪初,中国汉文化在越南经历的是一个由盛而衰的时期。而《甲状元》编写的时间正是汉文化在越南由鼎盛走向衰落的节点。虽然这一时期的传记小说使用的仍然是汉文,但内容上,自然也就有意识地放弃来自中国的神话传说的因素,而转向本土化。这或许也是作者放弃"白水素女"的神话,而代之以母亲的"奇遇"的另一考虑。

由《搜神后记》的中国传说《白水素女》,到越南的复合体笔记小说《状元甲海传》,再到20世纪初完全转变为纯粹的越南本土小说《甲状元》,这一流传与变异的过程,既是适应时代需要所为,也体现了文本在传递过程中的想象性重构,折射出中国文学对越南文学的影响。

---

[1] 张礼千.中南半岛[M].上海:中华书局,1947:6.

第二节
与地理标志物的糅合：《越井传》的本土化变异

如第四章所析，《岭南摭怪列传》中的神话传说《越井传》模仿的是唐传奇《崔炜》，其故事主体、情节、人物与唐传奇《崔炜》的故事几乎完全一致，只是将部分人物和地点进行了置换。而《越井传》中地域文化较为显著的特点自然是将故事的发生地改为越南的属地，这也是越南汉文小说改编中国小说的一个较为普遍的手法。但地点的改变却并非《越井传》民族化最为重要的特点，其最为重要的特点是将独脚神置换为猖狂神。

一、折射中国民间文化的独脚神

《崔炜》故事中，任翁家里供奉的一个鬼叫独脚神，每隔三年，供奉者必须杀一个人祭祀它。这独脚神是何方鬼神？为何任翁家里要供奉独脚神？独脚神，其实是中国古代传说中的山魈。北宋黄庭坚所作《山谷集》及元末明初学者陶宗仪所编纂的《说郛》所记皆是"山魈出江州，独足鬼"。① 宋末元初道教学者俞琰《席上腐谈》卷上也言："独脚鬼乃山魈，见道家《烟萝子图》，连胲一只脚，故唐诗有'山鬼趌跳惟一足'之句"。②

而其他有关山魈的记载，也将它描述为鬼怪神异。清陆世仪著《思辨录辑要》记载："山魈木客之类，亦常有形，何也？曰：此则神怪之属，兼精与气者也。"③《广西通志》记载：

> 山魈者，岭南所在有之，独足反踵，手足三肢，其牝好傅脂粉，于大树空中作窠，有木屏风帐幔，食物甚备。南人山行者多持黄脂铅粉及钱等以自随，遇雄者谓之山丈，遇雌者谓之山姑，必求脂粉，与者能相护。唐天宝中，北客有岭南山行者，属夜，惧虎欲上树宿，忽遇雌山魈，其人素有轻赍，因下树再拜，呼山姑。树中遥问，有何货物？人以脂粉与之，甚喜，谓人曰安卧无虑也。人宿树下，夜中有二虎欲至其所，山魈下树以手抚虎头曰："斑子，我客在，宜速去也。"二虎遂去。④

类似这些独脚鬼、山魈的记述，在古代笔记类文献中并不少见。除此以外，唐宋诗及传奇小说中也常有对独脚鬼（神）的描绘，如陆游《送子龙赴吉州掾》诗："波横吞舟鱼，林啸独脚鬼。"

---

① （宋）黄庭坚.山谷集·别集卷四［M］.景印文渊阁四库全书·第1113册.台北：台湾商务印书馆，1983：575.

② （宋）俞琰.席上腐谈［M］北京：中华书局，1985：9.

③ （清）陆世仪.思辨录辑要·卷二十五［M］.景印文渊阁四库全书·第724册.台北：台湾商务印书馆，1983：231.

④ 都会郡县之属·广西通志·卷一百二十八［M］.景印文渊阁四库全书·第568册.台北：台湾商务印书馆，1983：731.

南宋洪迈所撰志怪笔记小说《夷坚志》中对独脚鬼似乎更为关注，《会稽独脚鬼》对独脚鬼的描述为："是名独脚五通，盖魈类也。"[1] 而另一《独脚五通》中，则更为详细地描述了祭祀独脚神的灵异之事：淳熙年间新安人吴十郎举家逃荒到了舒州宿松县，初以织草鞋、卖油为生，几年后资业顿起，成了巨富。一个逃荒的贫民，何以致富？村里的人于是怀疑他财富的来源。恰逢一豪门家遇盗，他被众人指为盗贼扭送到官府。经拷问，吴十郎不得不以实相告，说他刚到此地时曾梦到一个独脚神对他说，他将发迹于此，如果他能谨慎侍奉独脚神，钱物皆可如意。第二天，吴十郎到屋侧查看，见一被毁的庙屋，别人告诉他，那里曾经是独脚五郎之庙。他默感所梦之异，之后便对这个庙做了一些修缮。两个月后，再次梦到独脚神来对他说：承蒙你如此致诚，当有奉报。到了凌晨，即见成串的铜钱塞进屋里，而且逐日增多，于是他们建起了漂亮的房子。刚刚迁居新屋时，满堂皆金，此后便用这些钱广置田产。官府查他所说不假，于是将他释放出来。吴十郎于是在家里设了神祠，每逢时节和朔日，都宰猪、羊、犬等祭奠，带领家人男女祭拜守夜。后其长子娶了官族女为妻，此女不愿随俗，全家人祭拜独脚神时，独她不祭。她旋即抱病，与公婆相继亡故。所积攒的钱四处飞走，数里之内都有所获。后吴氏族人虔诚谢罪，其害才止。至今族人祭祀独脚神如初。[2]

《夷坚志》的这则故事，虽是志怪传奇，但它详细地记述了独脚神祭祀的缘由，由此可见《崔炜》中的独脚神祭祀之事并非只是个案，它反映了古代岭南一带民间所存在的祭祀独脚神的文化习俗。

---

[1] （宋）洪迈.夷坚志［M］.何卓点校.北京：中华书局，1981：890.
[2] （宋）洪迈.夷坚志［M］.何卓点校.北京：中华书局，1981：1238.

二、反映越南本土崇拜的猖狂神

《崔炜》中任翁设计将崔炜关起来准备用他祭祀任家供奉的独脚神,这一情节到了《越井传》改换成了任嚣的儿子任夫想置崔伟于死地,准备用他祭祀猖狂神。为何"独脚神"要换成"猖狂神"?"猖狂神"又是何物?

在越南,猖狂神即是旃檀之精。

越南民间对待猖狂神,一是立庙祭之而让民众受福,二则用法术除之而让民众免其祸。《岭南摭怪列传》另有一篇传说《木精传》可以说正是《越井传》里的猖狂神的注脚,其中说到:

> 峰州之地,上古有一大树,名旃檀,高千仞余,枝叶蔽荫不知几千丈。有鹤巢其上[,]故名其地为白鹤。其树经久不知几余年。及枯逐化为妖精,变现勇猛,能杀生人物。泾阳王以神术胜之,精化稍屈,然今日在此,明日在彼,变化不测,常食生人。民乃立祠而祷之。每岁终十二月三十日,用一生人为祀,其精始安,民颇得宁,相传呼为猖狂神。西南地界近猕猴国,国王命婆路蛮人(今演州府)夺取山原獠子纳之以祷,岁以为常。及秦始皇命任嚣为龙川令,嚣因革其弊,禁以生人为祀,神怒阴杀之。是后,事之尤盛。①

因此,很长一段时间里,除了祭祀以外,人们一直没有办法降服猖狂神。直至丁先皇时,一位修行多年、通晓诸国语言的法师,才以法术除掉了猖狂神。故事的后半部分,即是详细地描述了法师如何智杀猖狂

---

① [越]武琼.岭南摭怪列传·木精传[M].//陈庆浩,郑阿财,陈义.越南汉文小说丛刊·第二辑第一册.台北:台湾学生书局,1992:36.

神的过程。这则传说,不仅描述了猖狂神的来历及其变幻猖狂的本性,而且也为《越井传》中任嚣后来为何被猖狂神所杀做了解释。《木精传》对旃檀木精猖狂神的记载也正好印证了《越井传》任嚣家祭祀猖狂神的描述。由此也可见《越井传》将独脚神改换为猖狂神并非偶然或随意为之,应是有意彰显其本土特色所为。因为旃檀也即檀香,《本草纲·檀香》中记:"檀,善木也,故字从亶。亶,善也。释氏呼为旃檀。"[①] 而檀香木正是越南古代特有的树种。越南古代是檀香的产地,这在许多古代文献中都有记载。晋代崔豹所撰《古今注》中便记有:"紫栴木,出扶南,色紫赤,亦谓紫檀也。"[②] 这里所说的紫栴木,实际上就是檀香木颜色稍深的一种。[③] 扶南,是中南半岛的一个古国,建国于公元1～2世纪间,在今越南湄公河以西,唐以前包括柬埔寨、越南南部、泰国南部及马来半岛。从这则记载可知,魏晋时期这一地区的檀香木就已经非常著名了。到了明清时期,其名声更盛,文献对于越南出产檀香木的记载更多,最具代表性的如:明代王佐《新增格古要论·异木论》所记:"紫檀木出交趾、广西、湖广。"[④]《明一统志》卷九十对南洋诸国的记录中,占城[⑤] 国条记有:"占城国、林邑国土产……沉香、檀香、丁香、槟榔、

[①] (明)李时珍.本草纲目(下册)[M].刘衡如,刘山永校注.北京:华夏出版社,2002:1306.

[②] (晋)崔豹.古今注(卷下)[M].北京:中华书局,1985:24.

[③] 参见周默.紫檀[M].太原:山西古籍出版社,2007:27.注释3.1.

[④] (明)曹昭,王佐.新增格古要论[M].北京:中华书局,1985:163.

[⑤] 占城,一般指中南半岛及越南中部一带,又称"占婆"。林邑,也称"占婆",在今越南中部一带。

茴香、乌桕木、苏木、胡椒、荜澄茄、白藤"①。清代谷应泰《博物要览》也载："檀香出广东、云南及占城、真腊、爪哇、渤泥、暹罗、三佛齐、回回诸国。"②清代汪森所编《粤西丛载校注》中也记："檀香，一名旃檀，一名直檀，出广东、云南及占城、真腊诸国。"③

这些中国古代文献的记载都清晰显示了檀香木为越南地区的特有物产。既然是世界少数产地之一，檀香木在这一地区应更为珍贵，至少也是一种特别的树木④，所以越南古代的山民便将之视为某种崇拜或信仰。这也正是越南古代宗教文化的一个显著特征。越南古代民间的宗教信仰是本地的祖先崇拜、自然崇拜和泛灵崇拜。据《剑桥东南亚史》所记，越南古代一些山区在受印度或中国影响之前就已具有当地古代宗教传统的特征，如"越南的蒙塔格纳德人或山地人也许尚处于松散意识阶段的各种泛灵崇拜和信仰。有些是崇拜祖先，有些则崇拜各种精灵——水、山和田野——以及无处不在的、飘忽不定的鬼怪"。而"在东南亚的许

---

① 明一统志·卷九十［M］.//四库全书·史部·地理类·总志之属.占城、林邑皆在古代越南中部一带。

② （清）谷应泰.博物要览［M］.北京：中华书局，1985：87.

③ （清）汪森.粤西丛载校注（下）［M］.南宁：广西民族出版社，2007：821.

④ 用檀香制的香料来被奉为珍品，佛家对檀香更是推崇备至，谓之"栴檀"。古代越南人将檀香木视为特别的树木是否与此也有关，还有待考证。因大乘佛教和儒教一样在越南居支配地位（参见尼古拉斯·塔林《剑桥东南亚史》，贺圣达、陈明华、俞亚克等，译，昆明：云南人民出版社，2003年，第228页），佛教文化在越南的影响也极其深广。越南北方地区，佛教主要从中国传入，带有中国佛教的特点，禅宗较为盛行。而越南中南部地区所接受的主要是从缅甸和柬埔寨传入的佛教。古代越南中部的占婆，婆罗门教在5世纪前即有显赫的地位，国王拔陀罗跋摩一世（349～380）在首都因陀罗补罗（今越南中部的茶荞）西的禺山所建造的湿婆神庙，以及当时的碑铭有关婆罗门的记载，皆反映了当时婆罗门教的地位。而在扶南和吴哥王朝统治时期，公元3世纪时佛教和婆罗门教都已传入越南南部。

多地区，村庄乃至一些特别的树木以及一些引人注目的地点，都有自己的守护神"。① 由越南学者黎圣魁撰写的《越南文明史》也有记述：这些"特别的部落集团所有的某些特征，包括'菲'（Phi，即树林、山野、水源的精灵鬼怪）受到老挝人的崇拜；祖传的图腾狗保侯（Pau Hou）被马奥人（Mau）认为是自己的祖先；芒人（Muong）共同崇拜的祖先被认为是农业的发明者；嘉莱人认为树精与自己结盟；色登人（Sedang）向庄稼的女保护者阳旭利（Yang Xo'∧ri）提供祭品"。② 这里所提到的芒人、嘉莱人、色登人，都是越南山区的少数民族。这些记载清晰说明了在越南古代有各种精灵崇拜，且人们常喜欢将特有物产视为民族的自豪或标志，并赋予其更多的民族想象，这在民间流传的神话传说中皆不少见。《岭南摭怪列传》除《木精传》外，有关这方面的传说还有《槟榔传》《神珠传》等，这些传说都是以越南的特产槟榔、珍珠为核心的内容，这种自然崇拜和泛灵崇拜也使越南神话传说带有鲜明的越南民族文化色彩。而史书里提到的嘉莱人即居住在越南西原（又称中部高原，包括多乐省、得农省、嘉莱省、昆嵩省）地区，这些地区正是中国古籍中所记出产檀香木的占城、林邑、扶南的所在地。因此，《越井传》《木精传》中所描绘的旃檀木精崇拜，与嘉莱人对树精的崇拜应是吻合的，《越井传》将《崔炜》中的独脚神改换为越南特有物产旃檀树之树精猖狂神，既是情理之中，也是彰显其本土民族文化特色的体现。

《崔炜》的独脚神所折射的是中国岭南文化，而《越井传》的猖狂神则折射出了越南的文化特色。从独脚神到猖狂神的置换，我们从中看

---

① ［新西兰］尼古拉斯·塔林.剑桥东南亚史（第1卷）[M].贺圣达，陈明华，俞亚克等，译.昆明：云南人民出版社，2003：231, 235.

② ［越］黎圣魁.越南文明史［M］.转引自《剑桥东南亚史》（第1卷）第232页。

到了有关崔炜这一传说在越南流传中的本土化变异。这一变异是随着其特有的"文化语境"而发生的：当故事在越南这一地域流传之时，经过越南民间这一中间媒体，其中具有地域文化特征的事件"独脚神"，便依当地的崇拜信仰或文化习俗"强制性"地被悄然置换为具有本土文化特征的"猖狂神"，使之与本土的文化语境更切合，同时也更为本民族所接受，由此而产生了新的变异体。

类似这种变异体的产生，不仅在神话传说类小说中出现，在传奇类、笔记类和历史演义类小说中，以及后来发展的喃文文学中亦极为常见。《传奇漫录》卷一的《木棉树传》，其后半部分程忠遇死后与妖女祸害乡民，乡民将其骸骨散于江中，两鬼魂遂依附于江上古寺中的木棉树为妖。木棉树，也是越南地区盛产的物种。《传奇漫录》的作者阮屿在《牡丹灯记》的故事形式上加入木棉树，并将"木棉树传"作为故事的标题，由此也彰显了本土的地理标识木棉树，而且利用"古寺树妖"的民间故事[1]，将一个原是中国的故事，衍化变异为一个地道的越南本土故事。

这些异质因素或是事件，或是人物、情节，或是故事的叙事形式，等等。这些异质因素在越南民间或文人作者这一中间媒体的作用下（通常都从其民族文化发展与建构的立场出发），按照本土文化的习俗被"强制性"地置换改造，最终生成异质文化与本土文化相互交融的新的变异体。

在中越文学、文化撞击交融当中产生的最成功、最典型的变异体，就是越南诗人阮攸借用中国明末清初青心才人的小说《金云翘传》，以

---

[1] 陈益源.《剪灯新话》与《传奇漫录》之比较研究[M].台北：台湾学生书局，1990.

越南民间喜闻乐见，且极具越南民族特色的喃文"六八体"民歌形式，改写而成的叙事长诗《金云翘传》。随后，这一"变异体"长诗《金云翘传》又成为一个新的文学本源在越南民间广泛流传，并衍生出各种版本的"翠翘故事"，而阮攸的"六八体"长诗《金云翘传》最终在越南攀上巅峰，成为越南最具民族性、最高雅的世界文学名著。而其最初的本源，中国青心才人的《金云翘传》已被人们遗忘，直至已成为世界文学名著的阮攸长诗回返影响了中国的文学界，才使中国学者重新发现明末清初青心才人的小说，触发了对中越两部《金云翘传》的研究。[1]

以上变异体的分析，也正好印证了严绍璗先生所言："文学的'变异体'形成之后，随着族群与民族心理的熟悉与适应，原先在形成过程中蕴涵的一些'强制性'因素，在文学传递的层面上逐渐地被溶解在学理层面上，并永久地留存其中。一旦这些因素被消解，不被人强烈地感受到了，人们因此也就忘记了，并且不承认它们与'异质文化'之间的具有'生命意义'的联系，并且进而认定为'民族'的了，以此为新的本源，又会衍生出新的文学样式。一个民族的文学的民族传统，其实就是在这样的'变异'过程中，得以延续、得以提升……"[2]

---

[1] 参见李志峰，庞希云. 从《金云翘传》的回返影响看当今中越文学文化的互动 [J]. 广西大学学报（哲学社会科学版），2008（6）.

[2] 严绍璗. 比较文学与文化"变异体"研究 [M]. 上海：复旦大学出版社，2011：54.

第六章

越南汉文小说生成
及其衍变发展的文化语境

第六章　越南汉文小说生成及其衍变发展的文化语境

越南汉文小说是在特定的文化语境中生成的，也在特定的文化语境中衍变发展。换句话说，越南汉文小说为何如此拟效中国的小说？又为何在拟效中有如此的变异？这既是历史上越南和中国的密切关系使然，也是越南民族意识、民族文化传统及其所形成的特定文化语境使然。

以讲述越南民族起源的神话故事《鸿厖氏传》(又名《貉龙君传》)来说，这则神话故事如前所述，讲述的是越南民族的始祖貉龙王的血脉及其后代的繁衍，其中涉及几个关键要素：泾阳王，洞庭君龙王的女儿，龙为水神，龙君既是神也是人，水府、陆地自由通行。从这几个关键要素看，这一神话传说无疑是仿效了唐传奇《柳毅传》而作。那么，为什么越南民族的创始神话要仿效中国的传奇故事？既是民族的创始神话，为什么不仿效中国民族起源的神话，却要仿效唐传奇？其实是特定的文化语境所造就的。首先是民族的血脉及中越文化的渊源。从历史上看，自公元前1世纪到公元10世纪（秦汉至唐代），安南（交趾、交州）区域隶属于中国长达1000年，公元968年大瞿越独立建国之后，也依然长时间与中国维持宗藩关系，中越使者（包括官吏、学者）相互往来频繁。如此亲密的中越关系必然促使越南古代文化深受中国古代文化的影响，其神话传说等文学作品仿效中国也即自然而为。而在这则传说中，也明显表现了中越间兄弟般的亲密关系。越南民族的始祖貉龙君的父亲禄续是炎帝神农氏的四世孙，原本就是中原人，是从中原派到南方来的，母亲是洞庭龙王的女儿，而他娶的妻子，也是他在中国的堂姐妹。越南文化的渊源有相当一部分是源自中国。其次是越南民族独特的文化传统。中华民族的创世神话非常丰富，包括盘古神话、女娲神话、伏羲神话等等，为什么越南的创世神话不仿效这些流传极广的神话，却要仿效唐传奇？这其中的一个关键要素即"水"。越南多山多水，河网密布，河流数量约一千余条，海岸线长达三千多公里。自古以来，越南人便傍水而居，以水为生，无论是生产生活对水的依赖，还是思维感知上，都打上了深深的水文化烙印，并由此衍生出对水中之神龙的尊崇。"在越南语中，'国家'和'水'是同一个单词。这反映了远古时期，国家的前身——部落是傍水而居、依水而分的，以至于人们用'水'来引指部落，而后又进一步引申为'国家'。"[1]"水"与"部落""国家"的密切关系，反映了古代越南人对"水"的深厚情感及其根深蒂固的水文化传统，同时也反映了其创世神话选择"水"与"龙"的必然。因此，讲述越南民族起源的神话故事《鸿厖氏传》选择《柳毅传》作为其仿效的原作品，再加以民族化的想象性创造，也是其独特的水文化传统使然。

因此，越南汉文小说的生成及其衍变发展是有其特定的文化语境的：这一文化语境的第一个层面是中越文化交流所形成的特定的文化形态，第二个层面是越南民族文化与汉文化抵牾与融合的文化形态，第三个层面是汉文小说创作主体的"认知形态"。

---

[1] 杨然.略论越南的"水文化"[J].东南亚纵横，2012（12）.

第一节
中越文化交流所形成的特定的文化形态

越南汉文小说出现的第一个时期是陈朝。陈朝时期越南汉文小说《越甸幽灵集》,是现存最早的汉文小说。陈朝时期汉文文学非常兴盛。这一时期汉文文学的兴盛通常归因于:

(1)朝廷政府对汉文化的教育。1253年,陈朝设立国学院,将周公、孔子和孟子塑像以及孔子的七十二贤徒画像张贴于国学院内。规定全国的名人儒士必须到国学院讲学,主讲四书、五经。科举考试制度进一步完善,考试次数以及考试规模较之前代都有所扩增,培养了大量的汉文学人才,为汉文学的兴盛准备了人才条件。

(2)皇帝以及统治阶级对汉文学的喜好与提倡。陈朝的大部分君王不仅喜好汉诗,而且工于汉诗,如陈太宗、陈圣宗、陈明宗、陈艺宗等,他们不仅在汉诗创作上取得了卓越的成就,而且掀起了学汉诗、做汉诗的高潮,这为汉文学繁荣奠定了政治和文化基础。

(3)诗会的出现。越南在13世纪末就出现了一个诗会,名曰"碧洞诗社",由诗人陈光朝组织发起,参与者有阮昌等,他们主张歌颂闲雅自在,描写天然景物,抨击世俗陋习,在当时产生了一定的影响,从整个汉文学发展的状况来说,诗人群体出现、创作主旨的集中发声、美学风格的整体突显,对于当时文坛来说,都是一件具有开创性而又富有影响的事情,这为汉文学发展整合人才力量、发表创作见解、扩大文学影响力提供了范例。因此,汉文学在陈朝的兴盛是社会、文化、文学发展的必然趋势。

而以上这些原因其实都应该归之于中越文化、文学交流的加强。陈朝初期太宗、圣宗二朝,以及之前的丁朝(968~967)、前黎朝(980~1009)、李朝(1010~1205),"严格意义上的中越文学交流,是从宋代开始的"。[①] 从公元968~1009年,越南独立后最初经历了丁朝和前黎朝两个王朝的更替,且独尊佛教。这一时期越南佛教深受中国南宗禅学的影响而迅速发展,此前从中国先后到越南北方的天竺僧人灭喜和无言通所创建的中国禅宗派系灭喜派、无言通派在这一时期获得了更好的发展空间,源自宋代禅学的草堂、竹林派也迅速发展,与此前的灭喜、无言通成为越南佛教的四大禅派。僧人常常以文学的手段颂扬佛法、阐述佛理、讴歌禅师,并通过诗歌抒发对佛教的景仰、迷恋之情。前黎朝的杜法顺禅师、满觉禅师、空路禅师、匡越禅师的诗作都对越南文学的发展产生了极大的影响。"僧人构成了越南当时最重要的文化群体,并且成为中越文学交流的承担者。"[②] 受前期佛教汉诗的影响,陈朝的陈太宗、陈圣宗、陈明宗、陈艺宗等陈朝帝王,以及陈朝的文武将相如陈

[①] 刘玉珺.越南汉籍与中越文学交流研究[M].北京:中国社会科学出版社,2019:206.
[②] 刘玉珺.越南汉籍与中越文学交流研究[M].北京:中国社会科学出版社,2019:210.

光启、范师孟、陈光朝都喜欢创作汉诗，由此带动了汉文文学的创作，除诗歌以外，其他文体包括赋、记、序、历史散文、佛学论著等也兴盛起来。而最早的汉文小说，李济川辑编的《越甸幽灵集》也就在这样的文化语境之下出现。

汉文小说在后黎朝至阮朝前期获得较快的发展，仍然离不开中越文化文学交流所形成的崇尚汉文化的文化形态，而在这一文化形态中有两个重要的要素，这就是中国书籍的传入与使臣的媒介作用。

一、中国书籍的传入

中国书籍如儒家经典、佛教典籍其实很早就随着人口自然流动及官吏的派遣在越南流传。西汉初和东汉初期，中原的锡光、任延分别任交趾太守和九真太守，他们都来自儒家文化最发达的地区，到任后都通过办学校等方式，在当地推广汉字，广泛传播儒家文化，同时也带来了大量的儒学经典。汉末，中原备受战乱的困扰，唯有交趾地区社会安定，"中国士人往依避难者以百数"[1]。当时远走交趾的中原人士中便有经学家刘熙、程秉、薛综、许慈、许靖、虞翻及兼通佛道的牟融等。这些都是当时有名望的学者，他们聚集在交趾研究和探讨儒学经典，经学典籍亦随着这些学者流传至南越地域。越南独立以后，宋朝中央政府开始向越南颁赐书籍，经书则是所赐书籍的重要组成部分。[2]特别是儒学经书，由于儒学一直在越南官方正统文化中占据主导地位，许多书都由中央教育机构推行而获得流传。

陈益源《越南汉籍文献述论》、刘玉珺《越南汉籍与中越文学交流

---

[1] （晋）陈寿.三国志[M].北京：中华书局，1959：197.
[2] 刘玉珺.越南汉籍与中越文学交流研究[M].北京：中国社会科学出版社，2019：15.

研究》两书都以大量的史料详细论述了汉籍传入越南的情况。从他们的研究中，我们可以了解到，从中国传入越南的汉籍很多，明人严从简于万历初年（1570年代）辑撰的《殊域周咨录》提到，彼时安南已有许多汉籍，内容涵盖儒书以及天文、地理、历法、相书、算命、克择、卜筮、算法、篆隶、医药诸书。光儒书就有39种，包括《三国志》《文选》《剪灯新话》等文史类书籍。一直到清初，越南仍有大量汉籍存在。[①]

二、使臣的传播媒介

众多的中国书籍传入越南，除了以上所提到的从中国到越南的官吏、士人、僧侣、道士、商人等各类人员起着重要的作用以外，另一个重要的传播媒介，即是"勤读中国书籍的越南使节，在中国书籍流传越南的过程中，扮演过极其重要的角色"。[②]

越南独立以后，历代政权都向中国"行藩臣之礼"，不定期派遣使臣到中国求封、进贡、告哀等。这些使臣出使中国除了要完成其既定的政治外交任务以外，还常常肩负着采购书籍的任务。明代严从简《殊域周咨录》曾有记载："及其黎氏诸王，自奉天朝正朔，本国递年差使臣往来，常有文学之人，则往习学艺，编买经书诸书。"[③]严从简所记反映了后黎朝时期使臣购书的喜好。而黎贵惇（1726~1784）的《北使通录》则记载了清乾隆二十六年（1761）十一月，越南赴清贡使团往返广西桂林时，被中国官府没收了一批沿途采购的二十多部中国书籍，从另一侧面反映了越南使臣购书的不同情景。据陈益源描述，阮圣祖也

---

① 陈益源.越南汉籍文献述论［M］.北京：中华书局，2011：1.
② 陈益源.越南汉籍文献述论［M］.北京：中华书局，2011：2.
③ （明）严从简.殊域周咨录［M］.余思黎点校，中华书局，1993：238.

极"好观北书",曾谕示派遣到中国的使者:"朕最好古诗、古籍及古代奇书,而未能多得。""尔等如见有此等书籍,虽草本亦不吝厚价购之。"阮圣祖只要有机会派遣官员到中国,就会做此要求。[1]1830年代、1860年代、1870年代、1880年代出使中国的汝伯仕、阮思僩、陈文准、阮述等越南"读书人"(身兼官员、诗人等多重身份),他们在使华之路上经常可以结交中国文官,获得这些朋友馈赠的诗文集与各种图书,还有机会在中国亲自选购典籍,博览群书,成为北书南传的重要媒介者。这些使臣购买汉书之多、内容之广,从汝伯仕《粤行杂草编辑》中所抄录的一份《筠清行书目》可见一斑。[2] 这份1833年广州一家书店的销售清单,共有1672条书目,含括经史子集各类书籍,其中也不乏志怪传奇各种小说类书。

从中国流传到越南的大量书籍,有经学典籍,也有文学书籍。这些典籍传入后,越南本土产生了大量刻印和抄本,以经学典籍来说,其刻印情况之盛,出现了同一家书坊刻印经销多种经学著作,或多家书坊持续刻印同一种广泛传播的经部典籍的情况,即使是同一家书坊,也曾因书籍畅销而多次翻印同一种典籍。[3] 由此可见中国传入越南的书籍在民间有着广泛的流传,这些都是越南汉文文化与文学生成的重要因素。

大量中国书籍的传入及大量的刊印,使汉文书籍得以广泛流传,而帝王好读汉书的导向性作用,更使其民众趋之若鹜。在如此文化环境中,许多士人读汉书、写汉书,模仿创作之风由此而起。而到过中国的使臣,不仅是北书南传的重要媒介者,往往也同时是模仿习作的爱好者。

---

[1] 陈益源.越南汉籍文献述论[M].北京:中华书局,2011:4.
[2] 陈益源.越南汉籍文献述论[M].北京:中华书局,2011:17—48.
[3] 刘玉珺.越南汉籍与中越文学交流研究[M].北京:中国社会科学出版社,2019:22.

如越南名著喃文"六八体"长诗的作者阮攸（1765～1820）即是出使中国的一名使臣。阮攸在清嘉庆十八年（1813）曾出使中国两年。在中国期间，阮攸有机会接触中国的古典文学，并对当时流行较广的"才子书"发生了浓厚的兴趣，其中即有明代青心才人的小说《金云翘传》的原本。从阮攸出使中国沿途赋诗《北行杂录》，根据其中的《读〈小青记〉》（《小青记》记的是明代名妓冯小青，青心才人写小说《金云翘传》时曾参考此书）①推测，阮攸回国时，必定将这两部书带回了越南，然后将青心才人的小说《金云翘传》改写成了"六八体"长诗《金云翘传》。阮攸的这部长诗《金云翘传》，虽然人物、情节、内容几乎与青心才人的小说《金云翘传》完全一致，但其以越南民间喜闻乐见、极具越南民族特色的喃文"六八体"民歌形式呈现，在形式、气氛渲染和人物心理描写等方面都融入了越南民族的元素，使之更适合越南读者的欣赏习惯。从中可以体现出阮攸受到小说《金云翘传》的影响，也突显了阮攸对本民族文学的喜爱。这部"六八体"长诗《金云翘传》，不仅在越南国内家喻户晓，而且享誉海外，最终成为越南民族文学的经典之作，对越南民族文学的发展影响极大。

黎贵惇（1726～1784）是越南历史上著名的文人、史学家、哲学家和政治家，被称为越南集大成的学者。其主要著作有：《大越通史》《抚边杂录》《北使通录》《群书考辨》《圣谟贤范录》《芸台类语》《易经肤说》《四书约解》《书经衍义》和《见闻小录》等。文学作品则有《桂堂诗集》（四卷），收集了他平生所创作的诗文。黎贵惇曾在1760～1762年间以如清岁贡副使的身份出使中国。从其《北使通录》所记载的越南

---

① 陈益源. 越南汉籍文献述论［M］. 北京：中华书局，2011：4.

赴清贡使团往返广西桂林时，沿途采购的中国书籍被官府没收这一情况可知，黎贵惇在出使中国期间也承担着购买书籍的任务，而其著作诗文也深受中国文化与文学的影响，并在越南文化与文学的发展中影响深广。

正是如此好汉书、读汉书、写汉文、模仿创作的文化语境，催生了不少汉文小说作者及小说作品，阮屿即是其中之一。阮屿自幼就受到汉文化熏陶，深谙儒家经典，并获得过科举功名。从《传奇漫录》大量仿效六朝志怪、唐宋传奇和明清小说来看，显然，他也十分熟悉、喜爱中国古代文言小说，在创作《传奇漫录》时，他学习中国小说的艺术经验，而最简单的学习方法莫过于模仿。因此《传奇漫录》有许多作品在整体结构，或部分情节，或语言上，直接模仿中国的某一篇或几篇小说，然后再加以改造，因袭的痕迹十分明显，但也有其民族化的创新内容。阮屿《传奇漫录》模仿创作所显现的创作模式，其实也正彰显了越南汉文小说发生发展的轨迹。

第二节
越南民族文化与汉文化抵牾、融合的文化形态

　　越南汉文小说的产生，与其民族国家的独立有关。随着民族国家的独立，其民族文化体系、民族文学体系也相应建构并逐步完善。在长期的隶属关系和宗藩关系中，越南的历史文化几乎湮没于以中国为中心的历史文化语境中。越南独立以后，越南人也急欲将以中国为中心的历史文化语境转变为以越南民族为中心的历史文化语境。在好汉书、读汉书、写汉文以及模仿汉文创作的文化语境中，展现本民族文化，表达本民族情感，塑造本民族形象的诉求也越来越清晰，越来越强烈。而一方面是民族文化民族文学还极其薄弱，需要借助中国的文化与文学来建构其民族文化、文学的传统；另一方面则是不能脱中国的影响，尤其是中国文学传统的束缚，其民族文学就不可能形成。于是其民族文学的诉求，必然导致越南本土民族文化与外来汉文化抵牾、融合的文化形态和文化语境，其文学创作也从模仿逐步走向自主创作，这并非一蹴而就，而是一个逐步衍化的过程，在这一过程中，其创作机制也就不断发生"变异"。

仿效中国小说而创作的汉文小说，自然也就衍化出许多"变异体"。

如前所析，讲述越南民族起源的神话故事《貉龙君传》，仿效了唐传奇《柳毅传》，且表现了古代越南人对中华民族远祖的认同，而其核心的情节内容及人物，却是其民族化的想象性创造，与中华民族的创世神话毫无关联。在这则神话里，其实也隐含着越南民族文化与汉文化抵牾、融合的文化形态。

阮屿《传奇漫录》中的《木棉树传》，其故事框架和情节皆模仿《剪灯新话》中的《牡丹灯记》，只是一些细节、道具、地点及其中的诗文词句有改换。将书生换成了商人，双头牡丹灯换成了胡琴，故事的发生地由街头里巷，置换成了江舟溪桥等。如果仅仅只是这些方面的改换，《木棉树传》依然只是置换了人名地点的《牡丹灯记》而已，并不足以体现越南民族的特点，关键在于最后程忠遇与妖女依附于木棉树为妖的改写，将越南"古寺树妖"的地方故事，糅合于《牡丹灯记》的故事形式上，并将"木棉树"作为故事的标题，突显了越南的地理标识物，有意将之与《牡丹灯记》相抗衡，且增添了许多专属于女子的才情幽怨，表现出越南女子的风情与才思，由此也将《牡丹灯记》衍变成了具有越南风情的《木棉树传》。《木棉树传》的拟效改写，同样隐含着越南民族文化与汉文化抗衡、融合的文化形态。

而《李翁仲传》的衍变则更为显著。如前所析，以《越甸幽灵集录全编·校尉英烈威猛辅信王》《岭南摭怪列传·李翁仲传》和《人物志·李翁仲》为代表的三个不同版本，在不同的时期皆发生了不同的衍变。这一衍变主要集中于李翁仲入秦的行为上。

《粤甸幽灵集录》里的《李翁仲传》言其"少时仕于县邑，为督邮所答，叹曰：'人生壮志当如鸾凤，一举万里，焉能受人唾骂，为人奴隶者哉！'遂入学。日就月将，发明经史，入仕秦为司隶校尉。始皇并天下，使将兵守临洮"。李翁仲是胸怀壮志主动入秦，为秦镇守边关的。

《岭南摭怪列传》的《李翁仲传》则是"骁悍杀人，罪恶至死。雄王惜不忍杀。至安阳王时，秦始皇欲加兵我国。安阳王以李身献之。始皇得之甚喜，用为司隶校尉。及始皇并有天下，使将兵守临洮，匈奴不敢犯塞，封为辅信侯，仍命归国。后匈奴再犯塞，始皇思李身，复遣使来征。身不肯行，窜在村泽。秦人责之，安阳王寻久不得，诈云已死。秦问何由而死，以泻泄为对。秦始皇遣使验之，遂煮粥搅地中以为实迹。秦命以尸来，李身不得已，乃自刎。以水银涂其尸而纳诸秦"。这一版本所记载的是李翁仲被迫入秦。第一次作为赦免的罪犯，由安阳王献给秦始皇；第二次则是"不肯行"，及至以死抗秦。

及至《人物志》中的《李翁仲传》又言其"知雄王不能守国，乃入秦客咸阳。擢秦孝廉科，调校尉，出镇临洮，击退胡虏，匈奴惊骇以为神，不敢近塞。后以年老乞骸骨归本国"。李翁仲为主动入秦。

三个版本的李翁仲所发生的变异，其实都与当时的文化语境相关联。越南历来的学者皆认为《越甸幽灵集》是越南陈朝时期（1225～1440）李济川所撰。陈朝政权巩固时期，与中国保持着良好的宗藩关系，民族文化与汉文化融合的意愿强于抵牾。这时的李翁仲是胸怀壮志主动入秦，为秦镇守边关，表现了越南对中国的支持及所做出的贡献。

《岭南摭怪列传》由武琼（1452～1516）修改、增删重新编撰完成，其编写成集的时间大概是1492年，处于后黎朝前期。而后黎朝的建立，曾经历与明朝军队的对抗，因此这一时期民族文化与汉文化相抵牾的态势更为强烈。这时的李翁仲于是衍变为被迫入秦、以死抗秦，以此表达了当时越南人对明朝的对抗情绪。

而《人物志》成书时间的上限大约在1845年，也有可能是19世纪末期，即阮朝末期，这时越南国势衰弱，已沦为法国殖民地，此时的越南人也希望获得中国的支援以抗击法国的入侵，这一时期民族文化与汉文化相抵牾的态势并不强烈，士人纷纷借助文学的形式唤醒民心。这时的李翁仲则又衍变为主动入秦，为秦击退胡虏的英雄。

《李翁仲传》三个版本的衍变，清晰地表现了越南民族文化和汉文化抵牾、融合的文化形态及其所形成的文化语境。

笔记类小说从《状元甲海传》到《甲状元》的流传变异，同样体现了不同文化语境中越南汉文小说所发生的衍变。

如本书第五章第一节所述，《状元甲海传》前半部分的主体情节仿效的是《搜神后记》中的《白水素女》故事，可谓越南版的"田螺姑娘"。中段则仿效了唐传奇《柳毅传》中柳毅进出龙宫、行走于水乡与人间的构思，也就是说前段、中段的故事都仿效了中国古代传奇的故事。而后半部分则糅合了越南本土的笔记类小说《科榜标奇》中的《郢计甲澂》所记"甲海状元"的事迹。《状元甲海传》其实是将中国的传说《白水素女》与越南本土的《郢计甲澂》糅合在一起，并借鉴了《柳毅传》的构思，从而进行改造完成的。在这则传记中，中国传说《白水素女》被越南人吸收后，经过一番改造，与本土的内容相结合，最终转化成了越南本土化的一则传说。

之后《状元甲海传》经过一百多年的流传，到了20世纪初，甲海传又出现了不同的版本。这就是收录于《南天珍异集》中的《甲状元》。《甲状元》所叙述的故事主体与《状元甲海传》已经有了很大的不同。《状元甲海传》前半部分的中国元素"白水素女"式的神话故事没有了，类似于"柳毅传"的神话元素也被放弃了，取而代之的是将儿子的神遇置换为母亲的奇遇。从《甲状元》的内容情节及篇章结构看，正是作者的这一置换，使《甲状元》的内容情节及篇章结构更完整统一，而更重要的是，经过重新改造的《甲状元》更具本土性和时代性。

《状元甲海传》的流传变异，反映了18～19世纪初中国文化对越南的影响。18世纪至20世纪初，是越南极为动荡的时期。而这一动荡多事的时期，正是中国汉文化在越南的地位及影响由盛而衰的时期。《状元甲海传》的写作时间大概是18世纪末19世纪初，其对中国传奇故事《白水素女》的仿效及对《郅计甲澂》的继承，反映的正是这一时期汉文化的昌盛，以及本土文化的开掘。

据此可见，越南汉文小说的发生与发展，是在对中国古代文学作品的拟效创作中逐步完成的，在本民族文化与汉文化抵牾、融合的"文化氛围"中，其拟效创作机制随着文化语境的转变而不断发生变异，由此也就衍化出了众多汉文小说的变异体。

第三节
汉文小说创作主体的"认知形态"

越南汉文小说生成及其衍变发展的文化语境，第三个层面是汉文小说创作主体的"认知形态"。

中国文化在越南传播近2000年，已渗透到越南社会生活的各个方面，深刻影响了越南的民族文化，越南社会"其三纲五常及正心修身齐家治国之术，礼乐文章，一皆稍备"，"风俗文章字样书写衣裳制度并科举学校官制朝仪礼乐教化，翕然可观"。[①] 中国文化已成为越南民族精神和民族传统文化不可分割的有机组成部分。正如越南历史学家陈重金所言："北属时代长达1000多年……从此以后，国人濡染中国文明非常之深，尽管后世摆脱了附属中国的桎梏，国人仍不得不受中国的影响。这种影响年深日久已成了自己的国粹。"[②]

在这种大的历史文化语境中，越南的诗人学者都崇尚汉文化及各种

---

① （明）严从简.殊域周咨录［M］.北京：中华书局，1993：237.
② ［越］陈重金.越南通史［M］.戴可来，译.北京：商务印书馆，1992：313，3.

汉文典籍，其思想观念、思维模式、行为准则无不受中国的影响，像吴士连、黎僖等著名学者完成的《大越史记全书》，对历史事件和历史人物的评论褒贬，皆以儒家观点为准则。尤其是古代越南人的认知形态，更是难以超越汉文化圈。如越南人对龙的信仰，即承袭了中国古代对龙的崇拜及认识。在此，可对两者做一直观的比较。

一、中国龙的内涵品性与形态

中国有关龙的文化源远流长，龙文化渗透到几千年古老文明的各个方面。对于中华民族而言，龙蕴含着生命的遗传基因，是民族情感的纽带，也是民族精神的寄托。因此有关龙的传说几千年来绵延不绝，广博幽深，且随着时代的发展而不断丰富。概括而言，中国龙的内涵主要包括以下几个方面。

1. 民族的始祖

中国古老的神话传说中，中华民族的始祖有盘古、伏羲、女娲、炎帝与黄帝。

关于盘古，在"盘古文化的故乡"河南泌阳、桐柏一带，有"龙生盘古"的传说——天上有九条龙：黑龙、白龙、黄龙各三条，九条龙轮换着盘孵两个龙蛋。当孵到一万八千年的时候，稍大些的龙蛋裂开，从中站起一个头上长角、手持大斧的神人，人们称其为盘古。[①] 明代董斯张所著《广博物志》卷九引三国吴人徐整《五运历年纪》中对盘古的描述："盘古之君，龙头蛇身，嘘为风雨，吹为雷电，开目为昼，闭目为夜。死后骨节为山林，体为江海，血为淮渎，毛发为草木。""据此，以开天辟地著称的盘古便是一条龙，而且是彻头彻尾的龙。"

---

① 庞进.中国龙文化［M］.重庆：重庆出版社，2007：83.

中国史籍里关于伏羲与女娲的传说众多，最重要的是他和女娲成婚繁衍了人类，成了中华民族的"祖先"。而伏羲是"龙身人头"，"太嗥氏（伏羲）以龙纪，故为龙师而龙名"（《左传·昭公十七年》）；女娲是"人头蛇身"，《楚辞·天问》有"女娲有体，孰制匠之"，王逸作注曰："传言女娲人头蛇身，一日七十化。"古代有关龙的传说中，龙与蛇密切相关，龙是蛇的升华，蛇可以变成龙，龙也可以化为蛇。就此而言，说女娲"蛇身""蛇躯""蛇形"，也即女娲"龙身""龙躯""龙形"。而"一日七十化"之说，也与《易之义》中"龙七十变而不能去其文"相吻合。因此，伏羲与女娲结合为夫妻，共同繁衍了中华民族，中华民族之子孙也即"龙的传人"。

而中华民族之始祖炎帝、黄帝，在众多的史籍或民间传说中也与龙有着极为密切的关系《史记·五帝本纪》"正义"引《帝王世纪》："神农氏，姜姓也，母曰任姒，有蟜氏女登，为少典妃。游华阳，有神龙首，感生炎帝，人身牛首，长于姜水。"黄帝与炎帝同生于有蟜氏，《史记·五帝本纪》记载黄帝本姓公孙，名轩辕，《史记·天官书》描述的黄帝为："轩辕黄龙体"；《列仙传》则曰黄帝"自以为云师，有龙形"。

诸多史籍及传说都记载了中华民族的始祖是龙种、"龙形"，华夏子孙是"龙的传人"。

2. 祥瑞的神灵

关于龙的祥瑞灵性，中国早期的古代文献即有众多的记载，且常常以不同的方式呈现。其一即龙助人类抵御灾害。古代关于禹治理洪水最为著名的传说中，龙以尾划地成河，助禹疏导洪水，可说是龙助人类抵御灾害最早的传说之一。传说禹的父亲鲧因治水失败，被尧用雷电劈死于羽山。《左传·昭公十七年》记载："昔尧殛鲧于羽山。"鲧满腹怨恨，死后精魂不散，尸体三年不腐。尧用吴刀剖开鲧的尸体，见鲧的怨气积在腹中，瞬间化为黄龙，此黄龙即鲧的儿子禹。《山海经·海内经》记载："鲧死，三岁不腐，剖之以吴刀，化为黄龙。"《路史·后纪》中也有记载："鲧殛死三岁不腐，副之以吴刀，是用出禹。"后来禹治水，收服了许多兴风作浪的孽龙，使之用尾巴在地上开辟新河道，助禹疏导洪水。《楚辞·天问》中也有记载："洪泉极深，何以窴之？地方九则，何以坟之？河海应龙，何尽何历？鲧何所营？禹何所成？"

其二，龙助帝王抗敌御敌，治理天下。这类传说可谓众多，最早也是最为著名的是龙助黄帝大战蚩尤，《山海经·大荒北经》记载："蚩尤作兵伐黄帝，黄帝乃令应龙攻之冀州之野。"而关于龙助黄帝治天下的古文献也不少，《管子·五行》记载：黄帝"得蚑龙而辩于东方"；《淮南子·览冥训》则记："黄帝治天下……青龙进驾。"

其三，最广泛也是最为民间乐道的即是司雨。《山海经》记载："应龙畜水"：应龙处南方，"故南方多雨"，"旱而为应龙之状，乃得大雨"。《淮南子·地形训》："土龙致雨。"汉代王充在《论衡》中言，"雷雨时至，龙多登云。云龙相应，龙乘云雨而行"；"龙闻雷声则起，起而云至，云至而龙乘之。云雨感龙，龙亦起云而升天"。晋代葛洪撰的《抱朴子》："辰日称雨师者，龙也。"

古人关于龙司雨的民间传说不胜枚举。《灵怪录》载，一个姓房的先生在终南山中修学，忽然听到一阵类似于铜器的嘎嘎之声。山中父老告诉他说，这是龙吟，不久就有大雨降临。房先生抬头观望，但见云气游漫，片刻果然骤雨如注。《埤雅广要》载，有位和尚讲经，一个老头儿来听，自我介绍说他是山下的龙，因为天旱才得空来这儿。和尚问：你能救旱吗？龙说：上帝把江湖封了，有水用不成。和尚说：这砚中的水能用吗？龙点点头，就吸了砚中水而去。这天晚上，天降大雨，全是黑水。因龙能蓄水司雨，古代有祷龙祈雨的习俗。这一习俗最早可追溯到商代，之后各朝代一直延续，古代的典籍文献中，大量记载着各个时代宫廷或民间各种祷龙祈雨的习俗。[①]

随着佛教的传入，"龙王"受到了中国百姓的普遍接纳。于是，华夏大地，大凡有水的地方，都有了司理雨水的龙王，祈祷龙王的习俗也随之产生，且流布广远，传承至今。[②]

3. 龙的变幻莫测

关于龙变幻莫测的秉性，可溯源中国的古文献。中国古文献中，龙是变幻莫测的，上天入海，腾云驾雾，或隐或现，无所不能。《说文解字》将龙的变幻概括为："能幽能明，能细能巨，能短能长。"《庄子·天运》道："龙，合而成体，散而成章，乘乎云气而养乎阴阳。"《管子·水地》也说："龙生于水……欲小则化如蚕蠋，欲大则藏于天下。欲上则凌于云气，欲下则入于深泉；变化无日，上下无时。"汉代《扬子法言·问神卷》曰："龙必欲飞天乎？曰：时飞则飞，时潜则潜。"晋刘琬《神龙赋》描述："大哉，龙之为德！变化屈伸，隐则黄泉，出则升云。"北宋王安石则在《龙赋》中叹曰，"龙之为物，能合能散，能潜能见，能弱能强，能微能章。唯不可见，所以莫知其向；唯不可畜，所以异于牛羊"，可谓"变而不可测，动而不可驯"！入于深渊，游于天际，翻江倒海，腾云驾雾，都是龙的秉性。

---

① 庞进在《中国龙文化》中有详细的叙述，此不赘述。
② 庞进. 中国龙文化 [M]. 重庆：重庆出版社，2007：203.

4. 以蛇为主体，集多种动物元素之龙形态

中国古代龙的形态（包括形状、模样）可谓千奇百怪，而且随着时代的发展，龙的形态也在不断演变。至今发现中国最早的龙形象，应是新石器时代（约公元前8000年至公元前2100年）的"原龙"。据考古发现，这一时期的"原龙"形态，有蛇型、猪型、鹿型、鹰型、马型、熊型、鱼型、鲵型、虎型、牛型等。而到了夏代，龙的形态则是蛇、猪、鱼、蜥蜴等的融合，夏以后各代的龙或融入鹿型、牛型、虎型等，虽比较随意，但都以多种动物融合的形状出现。直至北宋罗愿在《尔雅翼》中总结龙的"九似"，即"角似鹿，头似驼，眼似鬼，项似蛇，腹似蜃，鳞似鱼，爪似鹰，掌似虎，耳似牛"，才将模糊、随意的龙，变成相对规范、相对稳定的龙。"从此以后，龙的形象尽管有增舍、有变异、有发展，但在总体上还都没有超出'九似'。"[①]

尽管龙的形态是多种动物的融合，但其躯体多取材于蛇，不同的是龙有足而蛇无足而已。因此，许多古代文献中不乏蛇化为龙的载述。《史记·外戚世家》："传曰：蛇化为龙，不变其文"；《抱朴子》："有自然之龙，有蛇蝎化成之龙"；《述异记》："水虺五百年化为蛟，蛟千年化为龙"（虺是体型小且有毒的蛇）。而且，一些古文献还常出现蛇龙混代、并称的现象。如描述轩辕黄帝，《山海经》说他是"人面蛇身"，《说郛》则说他是"龙身而人头"。一些古文常将龙蛇视为同类而并称。《易·系辞》："龙蛇之蛰，以存身也"；《左传·襄二十一年》："深山大泽，实生龙蛇"；《汉书·扬雄传》："君子得时则大行，不得时则龙蛇"；李白《草书歌行》："恍恍如闻鬼神惊，时时只见龙蛇走。"

---

① 庞进. 中国龙文化 [M]. 重庆：重庆出版社, 2007：63.

二、越南龙的内涵品性与形态

在越南古代，龙的形象也占据着重要的地位。在越南汉文神话小说中，就有着非常丰富的关于龙的故事及传说。越南汉文小说中的龙与中国龙有着极其相似的属性和形象。它们与中国龙一样，既是民族的起源，也是祥瑞的神灵、超凡的神兽。龙不仅可以预言凶吉，护佑君王，为君王献计献策，助君制胜，而且也具怜悯之心，可以降妖斩怪，行雨除灾，爱民、亲民、福报于民。在各类龙的形象中，我们可以看到"中国龙"的延伸。

1. 同样是民族的始祖

越南汉文小说中有关龙的故事传说，主要集中在《岭南摭怪列传》和《越甸幽灵集》所收集的神话传说中。如前所述《岭南摭怪列传》开篇《貉龙君传》，讲述的是百越民族起源的神话故事。传说百越民族的始祖貉龙君，生活在水中，是水族之长，懂神术，能变幻成妖精鬼魅、龙蛇虎象。而且，他也是帝王的后裔，父亲是炎帝神农氏的四世孙，母亲是洞庭龙王的女儿。也就是说，貉龙君这条龙延续的是中国的血脉。

2. 同样是祥瑞的神灵

越南汉文神话传说中的龙，一般都极少作恶，它们通常既具有超自然的神力，是一个神兽，又行事皆善，或护佑君王，或福报于民，可谓祥瑞的神灵。

（1）预言凶吉，护佑君王，为君献计，助帝王征伐平乱

《岭南摭怪列传·董天王传》叙述的是董天王如何应时而生，骑铁马抗击敌寇的事迹。其中有龙献计献策助雄王的故事情节：雄王时期，殷王入侵，雄王召群臣商讨攻守之策。有方士进言求助龙君，雄王于是

233

筑坛斋戒焚香，敬祷三日。随后"天大雷雨，忽见一老人高九尺余，黄面大腹，须眉皓白，坐于歧路，谈笑歌舞，见者知其非常人，入告王。王亲行拜之，迎入坛。不饮食，不言语，王因问曰：'闻见北兵将来侵，胜负如何？有所见闻，当其佑我。'老人良久索取筵筹肃卜，谓王曰：'三年之后，……当严整器械，精练士卒，为国守势，且遍求天下奇才，……，分封爵邑，……'言毕，腾空而去。乃知其龙君也"。[①]

而《岭南摭怪列传·龙爪却虏传》中，则讲述赵光复在一夜泽中设坛祈祷，得到神人赠予龙爪，配以兜鍪，所向披靡，战无不胜，击退梁兵。《越甸幽灵·黄头锐水大龙神王》中的龙神，给李太宗托梦，说它能够征服波涛，助帝王顺利征讨占城。《新订较评越甸幽灵集·冯渊龙神谱》中的龙，则能够飞升上天，还协助左氏夫妻得道飞升。

在这些故事中，龙是祥瑞的神灵，有着预言凶吉胜负的神力，能为雄王献计献策；能助赵光复击退梁兵；能助李太宗顺利征讨占城；也能回报平民百姓左氏夫妻，助他们得道飞升。

（2）怜悯民众，降妖斩怪，行雨除灾，福报于民

《岭南摭怪列传·鱼精传》和《岭南摭怪列传·狐精传》中有一个共同的主角——龙君。鱼精和狐精都变化万端，尤善化作人形为非作歹，民众苦被其害，龙君怜悯民众，斩杀鱼精，擒拿狐精，为民除害。《岭南摭怪列传·鱼精传》的情节更为细致，龙君"令水府夜叉禁海神，不得风涛"，然后自己化为民船，"撑船至鱼精岩谷之畔，佯持一人，如投将与食之状。鱼精张口欲唊之，乃以铁块通红火热，投之口中。鱼精踊

[①] 孙逊，郑克孟，陈益源. 越南汉文小说集成：第1册[M]. 上海：上海古籍出版社，2010：21.

跃，翻打其船。龙王斩断其尾，剥皮铺于山上"。

《岭南摭怪列传·鳞潭神传》则记载了龙神为民献身的事迹：昔日龙神曾化为人入凡间求学，老师觉得他有些奇怪，便跟踪他，想看看他的居所，不料发现他入于潭中。在老师的追问下，龙说了实话，并告知"今年上天休假行雨，岁之以旱"。后这一地区遇旱灾，老师强使他行雨，龙不得已，即吸砚水喷成墨雨，以济其旱。龙因而背上了泄露天机的罪名被上帝降罪，尸浮于潭。[①]这是一个普罗米修斯式的为民造福而牺牲自己的悲壮故事，而故事的情节构思，与中国古代《埤雅广要》所载龙吸砚水喷墨雨的故事极其相似。

《粤甸幽灵集录·利济通灵王》及《岭南摭怪列传·神珠龙王传》所述的则是龙福报于民的故事。利济通灵王本是火龙之精，是东海龙王王妃与炎龙私通所生，曾得到邓氏兄弟二人的守护，二人把利济通灵王所寄生的木头刻成神像祭祀。后邓氏兄弟入海寻珍珠，龙精感恩，便福报于邓氏兄弟，让他们所获比别人更多。[②]（《岭南摭怪列传·神珠龙王传》所述故事与之一致。）这则故事描述了龙福报于人类，给人类带来丰收好运的神迹，同时也描述了人与龙的和谐关系。

还有《新订较评越甸幽灵集·谅山奇穹传》中的东海蛟龙都督，新到任管理一方水土，因当地百姓未足额献祭供品，故蛟龙都督托梦韦氏，望韦氏能为其筑一高台，作为歇脚停身之所，并赠予韦氏一颗价值万贯的明珠，以资建筑。久王于此的蛟龙都督不忘其责，后来助奉诏讨贼的

[①] 孙逊，郑克孟，陈益源. 越南汉文小说集成：第1册[M]. 上海：上海古籍出版社，2010：134.

[②] 孙逊，郑克孟，陈益源. 越南汉文小说集成：第2册[M]. 上海：上海古籍出版社，2010：35.

王科大军平定土侬谋反。[①] 这则故事所描述的则是东海蛟龙诚信守责、守护人类、助官军讨伐反贼之义。

在这些故事中，龙作为一个祥瑞的神灵，不仅有着预言凶吉胜负的神力，为君王献计献策、助君胜敌，而且具有怜悯之心，爱民、亲民、福报于民。

3.同样是善于变幻，极具威力

在众多的传说中，龙常常是以祥瑞的、具有灵性的神兽形象出现的。而这种神灵的共性之一即是变幻莫测的秉性。这在越南汉文小说中多有记载，如，《岭南摭怪列传·董天王传》的龙化为一老人为君献计；《岭南摭怪列传·鱼精传》的龙化为民船，斩杀鱼精，为民除害；《岭南摭怪列传·鳞潭神传》的龙化为凡人入凡间求学，并降雨解除旱情；《新订较评越甸幽灵集·冯渊龙神谱》中蛇化作黄龙腾空飞升。

这些极具变化的龙，自然也极具威力。《岭南摭怪列传·一夜泽传》叙述赵越王率军藏于一夜泽抗敌，泽大深阔，难以进兵。后赵越王斋戒，设坛于泽中，焚香祈祷，忽见神人骑龙升泽中，要助其平贼乱。于是脱龙爪授以越王，告其："以此插兜鍪上，所向贼灭。"言罢升天。越王得龙爪，军威大振，奋身突战，敌军大败。[②]

《岭南摭怪列传·龙爪却虏传》所述故事与《岭南摭怪列传·一夜泽传》有连续性。赵越王因得神人赠龙爪，所向披靡，割据势力威胁到了李南帝，南帝之子雅郎求娶赵越王之女呆娘，利用呆娘骗取龙爪。赵

---

① 孙逊，郑克孟，陈益源.越南汉文小说集成：第2册[M].上海：上海古籍出版社，2010：318.

② 孙逊，郑克孟，陈益源.越南汉文小说集成：第1册[M].上海：上海古籍出版社，2010：24.

越王失龙爪被迫逃奔，误认呆娘为贼，拔剑斩杀。恰恰在此命悬一线之际，黄龙出现，开水路引赵越王逃走，之后水面又恢复原样，追赶的南帝只能望洋兴叹。[①]这些故事里，龙爪、黄龙皆极具威力。黄龙可以开水引路，凡人借助一个龙爪即可破敌无数，所向披靡。

4. 龙的形态

越南汉文神话小说中所出现的龙，皆生息于水域，可上天入海，变幻莫测。而龙的形态，并非所有相关的篇目都有具体的描述，有些篇目是龙变幻为人的形象出现，如《岭南摭怪列传·董天王传》变幻为一老人，高九尺余，黄面大腹，须眉皓白;《岭南摭怪列传·鳞潭神传》则化为一求学之凡人；而一些篇目如《一夜泽传》与《龙爪却虏传》，没有具体描述龙的形态，只述龙爪，且这龙爪具有无穷的威力，这到底是什么模样的龙？但没有描述，龙的形态较为模糊。尽管如此，一些篇目对龙的形态还是有非常具体的描绘，且都将之描述为水族之蛇精。

《新订较评越甸幽灵集·冯渊龙神谱》是对龙的形态描述最为详细的一篇：慈廉州冯光邑一姓左的老人，于冯渊畔草丛中得一圆卵，其大如斗，皮壳上有锦文，五色光芒夺目，好奇而带回家，六天后一条锦蛇破壳而出，"红冠黄嘴，碧眼白腮，密勿细鳞，皮肤温软"。老人开始有些害怕，见之温顺慈祥，便养在家中，老人外出参加各种聚会时锦蛇皆跟随同往。三四年后，那蛇越长越大，众人见之畏惧，劝老人将蛇丢弃，老人不舍。后乡里各种宴会、祭祀、庆典等等，都不再请老人，往来的行客也不再敢住他家的客栈。老人哀叹并责怪蛇：都是因为蛇让他失

[①] 孙逊，郑克孟，陈益源.越南汉文小说集成：第1册[M].上海：上海古籍出版社，2010：208.

去了很多亲朋好友。听到老人的责怪，蛇忽然抬头说："我乃貉龙君之第四十六男也。……"言罢，"口中涌出一道乌云，……俄而风雨大作，雷霆震动，那蛇化作黄龙，腾空而去"。①

《新订较评越甸幽灵集·谅山奇穹传》也有对龙形态的描述，其中的东海蛟龙，是南海水精灵蛇之伟气，其原型为"一碧锦鳞蛇，黄冠赤颊，长数丈余，巨五寸，踏旋根底，左侧四围匝绕"。②

也正是这些具体的描述，突显了越南龙的形态，即水族之蛇精。这与中国龙以蛇为主体集多种动物元素之龙形态也是基本一致的。

从这些中越古代龙的传说的比较可见，越南传说中的龙，不论是龙的品性或龙的形态，延续的都是中国龙的传说。尤其是关于民族的起源，中华民族的始祖是盘古、伏羲、女娲、炎帝与黄帝，他们皆为龙的化身，因此中华民族的儿女即为龙的传人。而越南民族的始祖为貉龙君，貉龙君既是龙的形象，是龙种，也是炎帝的五世孙，因此越南民族也为龙的子孙。而龙祥瑞、变幻的品性，及其蛇形的形态，皆与中国龙有着普遍的共通性。这皆说明越南人对龙的认知形态，延续的正是中国古代对龙的认知形态。

正是创作主体如此的认知形态，对越南汉文小说的发生与衍变起了重要的作用。越南汉文小说多为拟效而作，而当文化传递中出现偏差或讹误，或创作主体的认知程度不同时，其拟效之作也就随之发生变异。

如第一章所析之"李翁仲"。"翁仲"本是匈奴的祭天神像，秦汉时

---

① 孙逊，郑克孟，陈益源.越南汉文小说集成：第 2 册 [M].上海：上海古籍出版社，2010：330—332.

② 孙逊，郑克孟，陈益源.越南汉文小说集成：第 2 册 [M].上海：上海古籍出版社，2010：319.

第六章　越南汉文小说生成及其衍变发展的文化语境

期引入汉族地区，最初称之为"金人""铜人""金狄""长狄""遐狄"。《汉书》以前的古籍只记述金人或铜人，并未提及"翁仲"。将金人或铜人称为"翁仲"，是在东汉以后。而宋以前中国典籍里所记载的"翁仲"，指的皆是列于宫殿或陵墓之前的铜像石像。概括而言，中国古籍里的"翁仲"一词，是东汉之后铜人、石人的代称或泛称。"翁仲"并非指一具体的某个人。由于古人的讹误，以为金人原名叫翁仲，因而按照翁仲形象铸就石像。

《李翁仲传》里所记载的，秦始皇依照李翁仲的形象，"命铸铜为像，置咸宫司马门外"，这显然是延续了中国古人的讹误。

再者，古籍记载秦汉魏晋南北朝的铜翁仲，皆是胡装胡相的翁仲，本来的含义是借夷狄为守卫。所说的"大人""长人"或"长狄"，指的也是来自北方的胡人，身材高大，而非来自南方，与身材较为矮小的南方的越南人更不相符。依《晋书·五行志》所言，按古代的说法，只要巨人出现，就预示国家灭亡。这些巨人夷狄在临洮出现，就是秦灭亡的预兆。《晋书》里所说的巨人，是不祥之兆，但秦始皇并不明白其中道理，反而以为是吉祥的好兆头，以其形象铸铜人。魏也效法秦始皇所为，以后也大多沿用这种铸金人的仪式。这本是中国古人之讹误，而越南人看到翁仲这类记载时更不详实、更不清楚，同样以为是祥瑞之物而法之，并依据其所需，由此想象编撰出巨人李翁仲这一传奇人物。

李翁仲的传说，首先即是文化传递中的讹误导致创作主体认知形态上的偏差。其次，李翁仲的故事，编撰的时间正值越南争取独立以及独立政权逐渐巩固，民族主体意识日趋强化之时。这个时候的越南不仅需要独立完备的政治经济体系，同时也需要从汉文化传统中逐步建立起独立的越南文化传统。因此在这一时期，越南人出于"为我所用"的文化变异逻辑，有意将中国古籍里的"翁仲"不正确理解为祥瑞之物，通过丰富的想象，而创造出了传奇人物"李翁仲"，并阐发出"李翁仲灭匈奴"的传说。

具有共通性的龙与"不正确理解""为我所用"的"李翁仲"，皆是创作主体的"认知形态"所致。在长期的民族文化和汉文化抗衡与融合的"文化氛围"及其文化语境中，越南汉文小说创作主体的"认知形态"也在不断发生变化，由此而深刻影响着创作主体的文化选择和精神认同，最终也就衍化出各种不同的变异体。

中越文化交流所形成的特定的文化形态、越南民族文化和汉文化抵牾与融合的文化形态及汉文小说创作主体的"认知形态"，并非割裂的形态，而是相互交叉相互影响，并形成了越南汉文小说生成及衍变发展的特定的文化语境。

结　语

　　越南汉文小说在模仿中国古代志怪传奇小说的基础上生成和发展。我们将这一"模仿"活动称为拟效或仿效，主要考虑其并非单纯的模仿，而是带有自主自创的性质。从众多越南汉文小说对中国小说的拟效创作中，我们将其拟效模式分为"幻""化""借""代""糅"进行分析。"幻"的模式主要以神话类小说为代表，一部分传奇人物故事依据中国古文献的记载，在有意无意的"不正确理解"和"为我所用"的心理诉求中进行想象性的重构。"化"的模式主要以传奇类小说和笔记类小说为代表，这部分作品主要是化用多篇（部）作品或将一篇（部）分解后整合重构。"借"即借用中国历史演义的模式书写越南民族历史。"代"的模式则是保留中国文本较为完整的故事结构、情节，以及主要的人物事件，只对一些人物的姓名、地点及关键性的事物进行置换。如此置换的文本价值，可视其置换的事物而言，如所置换者具有本土特色，则可彰显越南民族的特点，否则，只是因袭而已。然而无论其文本价值如何，这一模式所展现的也是越南汉文小说发生发展的轨迹。"糅"的模式是将中国古代的故事传说拿过来，再与本土流传的故事相糅合，而完成其本土化的转化。"幻""化""借""代""糅"这几种模式也并非割裂的，它们常常相互融通共存。

当我们对越南汉文小说进行以上的解析，并探究越南汉文小说对中国文学文化的拟效现象的时候，可以发现中国文学文化在传递过程中的变异，以及越南汉文小说这一文学文本的生成及其内在所发生的变异活动。

越南汉文小说的生成及其所发生的"变异"是一个非常复杂的文化运行过程，它在特定的文化语境中发生与发展。当中国的汉文学、汉文化流传至越南之后，经过越南民间或文人这一"中间媒体"的吸收内化，中国的文学典籍或被化整为零进行整合重构，或与本土传说故事相糅合，或在整体移植中进行个别置换，或对中国古文献记载进行想象性的创造，或借用中国历史演义的模式书写民族历史。所有这些，其实都是把中国文学文化的某些因子——或整体或局部——以某种被分解的形态植入其本土民族文学文化当中，在与本土文化的融合中生成新的"变异体"。而也正是越南汉文小说的这种"变异"，及其在重构中被赋予的浓厚的民族情感，使之具有了强大的生命意义，其民族文学也因此产生了新的本源，并在此基础上衍生出新的文学样式，其民族文学的传统，也在这样的"变异"过程中得以延续、提升。

主要征引书目与参考文献

（按书名音序排列）

越南汉文小说文本：

1. 陈庆浩，王三庆.越南汉文小说丛刊·第一辑（七册）[G].台北：台湾学生书局，1987.

2. 陈庆浩，郑阿财，陈义.越南汉文小说丛刊·第二辑（五册）[G].台北：台湾学生书局,1992.

3. 孙逊，郑克孟，陈益源.越南汉文小说集成（二十册）[M].上海：上海古籍出版社，2010.

古籍类：

1.［越］黎崱,（清）大汕.安南志略　海外纪事[M].武尚清，余思黎点校.北京：中华书局，2000.

2.（明）李时珍.本草纲目（下册）[M].刘衡如,刘山永校注.北京:华夏出版社,2002.

3.（清）谷应泰.博物要览[M].北京:中华书局,1985.

4.（宋）俞琰.席上腐谈[M].北京:中华书局,1985.

5.[越]吴士连,黎僖.大越史记全书[M].陈荆和编校.日本:东京大学东洋文化研究所,1984.

6.（晋）崔豹.古今注（卷下）[M].北京:中华书局,1985.

7.（明）吴敬所编著.国色天香[M].北京:大众文艺出版社,1998.

8.（明）瞿佑.剪灯新话[M].周楞枷校注.上海:上海古籍出版社,1981.

9.（清）褚人获辑撰.坚瓠集[M].李梦生校点.上海:上海古籍出版社,2012.

10.（明）皇甫录.近峰闻略[M]//笔记小说大观·四十编第二册.台北:新兴书局,1987.

11.李贤,彭时等.明一统志[M].//景印文渊阁四库全书·第473册.台北:商务印书馆,1983.

12."中研院"历史语言研究所编.明实录[M].台北:"中研院"历史语言研究所,1968.

13.（清）陆世仪.思辨录辑要[M].//四库全书·子部·儒家类.

14.（晋）陈寿.三国志[M].北京:中华书局,1959.

15.（明）罗贯中.三国演义[M].上海:上海古籍出版社,1989.

16.（宋）黄庭坚.山谷集[G].四库全书·集部·别集类.

17.（南北朝）郦道元.水经注[M].上海:上海古籍出版社,

1999.

18.（晋）干宝.搜神记［M］.汪绍楹校注.北京：中华书局，1979.

19.（明）彭大翼.山堂肆考·卷一百四十九［M］.// 景印文渊阁四库全书·第 977 册.台北：商务印书馆，1983.

20.（明）严从简.殊域周咨录［M］.余思黎点校.北京：中华书局，1993.

21.（清）永瑢，纪昀等.四库全书总目·卷一百四十三［M］. // 景印文渊阁四库全书·第 3 册.台北：商务印书馆，1983.

22.（宋）李昉.太平广记［M］.上海：上海文明书局，1923.

23.（明）曹昭.新增格古要论［M］.北京：中华书局，1985.

24.（唐）元稹.唐人传奇选译［M］.周晨译注.成都：巴蜀书社，1990.

25.（宋）洪迈.夷坚志［M］.何卓点校.北京：中华书局，1981.

26.越史略［M］.上海：商务印书馆，1936.

27.（清）汪森.粤西丛载校注（下）［M］.南宁：广西民族出版社，2007.

论著类：

1.［美］韦勒克.比较文学的名称与性质［A］.//干永昌等.比较文学研究译文集.上海：上海译文出版社，1985.

2.严绍璗.比较文学与文化"变异体"研究［M］.上海：复旦大学出版社，2011.

3.孟昭毅.东方文学交流史［M］.天津：天津人民出版社，2001.

4.贺圣达.东南亚文化发展史［M］.昆明：云南人民出版社，1996.

5. 中国社会科学院历史研究所. 古代中越关系史资料选编［G］. 北京：中国社会科学出版社，1982.

6. 陈益源.《剪灯新话》与《传奇漫录》之比较研究［M］. 台北：台湾学生书局，1990.

7. ［新西兰］尼古拉斯·塔林. 剑桥东南亚史（第一卷）［M］. 贺圣达，陈明华，俞亚克等，译. 昆明：云南人民出版社，2003.

8. ［越］陈重金. 儒教［M］. 越南：胡志明市出版社，1991.

9. 李零. 入山与出塞［M］. 北京：文物出版社，2004.

10. 庞希云."人心自悟"与"灵魂拯救"［M］. 北京：中国社会出版社，2007.

11. ［越］陈重金. 越南通史［M］. 戴可来，译. 北京：商务印书馆，1992.

12. 李时人. 越南汉文古籍《岭南摭怪》的成书与渊源［A］. 文史（总第53辑）. 北京：中华书局，2001.

13. 于在照. 越南汉文学概述.// 王介南主编. 南亚东南亚语言文化研究·第五卷［C］. 北京：军事谊文出版社，2006.

14. 陆凌霄. 越南汉文历史小说研究［M］. 北京：民族出版社，2008.

15. 任明华. 越南汉文小说研究［M］. 上海：上海古籍出版社，2010.

16. 陈益源. 越南汉籍文献述论［M］. 北京：中华书局，2011.

17. 刘玉珺. 越南汉籍与中越文学交流研究［M］. 北京：中国社会科学出版社，2019.

18. 谭帆. 中国小说评点研究［M］. 上海：华东师范大学出版社，

2001.

19. 张礼千. 中南半岛［M］. 上海：中华书局，1947.

20. 庞进. 中国龙文化［M］. 重庆：重庆出版社，2007.

论文类：

1. 乔光辉.《传奇漫录》与《剪灯新话》的互文性解读［J］. 东方论坛，2006（3）.

2. 唐桓. 道教与越南古代文学［J］. 解放军外语学院学报，2003（4）.

3.［越］阮维馨，林明华. 李朝的思想体系［J］. 东南亚研究，1987（1—2）.

4. 陈默. 论越南汉文小说《皇越春秋》［J］. 北方论丛，2000（6）.

5. 杨然. 略论越南的"水文化"［J］. 东南亚纵横，2012（12）.

6. 林辰. 浅析越南汉文小说［J］. 文化学刊，2007（3）.

7. 戴霖，蔡运章. 秦简《归妹》卦辞与"嫦娥奔月"神话［J］. 史学月刊，2005（9）.

8.［越］陈重金. 佛教在越南［J］. 何劲松，译. 中国东南亚研究通讯，1989（1—2）.

9. 辛玉璞. 十二金人形象辨析［J］. 唐都学刊，1999（2）.

10. 徐杰舜，陆凌霄. 越南《皇黎一统志》与中国《三国演义》之比较［J］. 广西师范大学学报（哲学社会科学版），2002（3）.

11. 王后法. 越南汉文小说与汉文化刍议［J］. 徐州师范大学学报（哲学社会科学版），2007（6）.

12. 严明. 越南汉文小说的异国文化特色［J］. 上海师范大学学报

（哲学社会科学版），2009（4）.

13. 陆小燕. 越南金龟传说源考［J］. 东南亚南亚研究，2013（4）.

14. 陈益源. 中国明清小说在越南的流传与影响［J］. 上海师范大学学报（哲学社会科学版），2009（1）.

15. 李时人. 中国古代小说与越南古代小说的渊源发展［J］. 复旦学报（社会科学版），2009（2）.

16. 刘廷乾. 中国文化与越南汉文笔记小说［J］. 中华文化论坛，2013（8）.

附录一

书中所涉越南汉文小说篇目成书或刊行年表[①]

按文本出现先后排序

出现章节	越南汉文小说篇目	作者	成书或刊印时间
第一章	岭南摭怪列传·鸿厐氏传（又名《貉龙君传》）	武琼（1452~1516）	1492
	越甸幽灵集全编·校尉英烈威猛辅信王	李济川	1329
	岭南摭怪列传·李翁仲传	武琼（1452~1516）	1492
	人物志·李翁仲	佚名	1845年或19世纪末期
第二章第一节	传奇漫录·龙庭对讼录	阮屿	16世纪20、30年代
	传奇漫录·翠绡传		
	传奇漫录·伞圆祠判事录		
	传奇漫录·项王祠记		
	传奇漫录·西垣奇遇记		
	传奇漫录·南昌女子录		
	岭南摭怪列传·金龟传	武琼（1452~1516）	1492

---

① 有个别越南汉文小说出现的时间晚于作者的生卒年，是因为刊行时间较晚。

续表

出现章节	越南汉文小说篇目	作者	成书或刊印时间
第二章第二节	传奇漫录·木棉树传 传奇漫录·陶氏业冤记 传奇漫录·昌江妖怪录	阮屿	16世纪20、30年代
第二章第三节	桑沧偶录·东华门古庙	范廷琥（1766～1832），阮案（1770～1815）	1896
	山居杂述·瞒子	佚名	1789～1802
	公余捷记·金鏤水神记	武芳堤（1697～？）	1755
	喝东书异·无头佳	阮鼎臣（1868～1925）	1886
	桑沧偶录·山洞	范廷琥（1766～1832），阮案（1770～1815）	1896
	传奇漫录·快州义妇传	阮屿	16世纪20、30年代
第三章	皇越春秋	佚名	15世纪后期～16世纪前期
	越南开国志传	阮榜中（18世纪）	18世纪
	皇黎一统志（又称《安南一统志》）	吴时俦著，吴时悠续，吴时任（1746～1803）编	1804～1899
	皇越龙兴志	吴甲豆（1852～？）	1899～1904
	欢州记	佚名	1678～1788

续表

出现章节	越南汉文小说篇目	作者	成书或刊印时间
第四章	岭南摭怪列传·越井传	武琼（1452~1516）	1492
	花园奇遇集	佚名	1787~1802
	山居杂述·麻姑山	佚名	1789~1802
第五章	大南显应传·状元甲海传	佚名	18世纪末19世纪初
	听闻异录·状元甲海传	佚名	失考（约15~16世纪）
	科榜标奇·郢计甲澂	潘辉温（1755~1786）	1780~1786
	南天珍异集·甲状元	佚名	1917
	岭南摭怪列传·木精传	武琼（1452~1516）	1492
	传奇漫录·木棉树传	阮屿	16世纪20、30年代
第六章第三节	岭南摭怪列传·董天王传	武琼（1452~1516）	1492
	岭南摭怪列传·龙爪却房传		
	岭南摭怪列传·鱼精传		
	岭南摭怪列传·狐精传		
	岭南摭怪列传·鳞潭神传		
	粤甸幽灵集录·利济通灵王	李济川	1329
	岭南摭怪列传·神珠龙王传	武琼（1452~1516）	1492
	新订较评越甸幽灵集·谅山奇窍传	李济川	1329
	新订较评越甸幽灵集·冯渊龙神谱		

续表

出现章节	越南汉文小说篇目	作者	成书或刊印时间
	岭南摭怪列传·一夜泽传	武琼（1452~1516）	1492

按成书或刊行时间先后排序（含中越年号对照）

越南汉文小说篇目	作者	成书或刊印时间	越南年号	中国年号
越甸幽灵集全编·校尉英烈威猛辅信王	李济川	1329	［陈朝］开祐元年	［元朝］天历二年
粤甸幽灵集录·利济通灵王				
新订较评越甸幽灵集·谅山奇㝹传				
新订较评越甸幽灵集·冯渊龙神谱				
岭南摭怪列传·鸿厖氏传（又名《貉龙君传》）	武琼（1452~1516）	1492	［后黎朝］洪德二十三年	［明朝］弘治五年
岭南摭怪列传·李翁仲传				
岭南摭怪列传·金龟传				
岭南摭怪列传·越井传				
岭南摭怪列传·木精传				
岭南摭怪列传·董天王传				
岭南摭怪列传·龙爪却虏传				

续表

越南汉文小说篇目	作者	成书或刊印时间	越南年号	中国年号
岭南摭怪列传·鱼精传	武琼（1452~1516）	1492	[后黎朝]洪德二十三年	[明朝]弘治五年
岭南摭怪列传·狐精传				
岭南摭怪列传·鳞潭神传				
岭南摭怪列传·神珠龙王传				
岭南摭怪列传·一夜泽传				
听闻异录·状元甲海传	佚名	失考（约15~16世纪）		
皇越春秋	佚名	15世纪后期~16世纪前期	后黎朝前期	明朝中期
传奇漫录·龙庭对讼录	阮屿	16世纪20、30年代	后黎朝前期	明朝中期
传奇漫录·翠绡传				
传奇漫录·伞圆祠判事录				
传奇漫录·项王祠记				
传奇漫录·西垣奇遇记				
传奇漫录·南昌女子录				
传奇漫录·木棉树传				

253

续表

越南汉文小说篇目	作者	成书或刊印时间	越南年号	中国年号
传奇漫录·陶氏业冤记	阮屿	16世纪20、30年代	后黎朝前期	明朝中期
传奇漫录·昌江妖怪录				
传奇漫录·快州义妇传				
传奇漫录·木棉树传				
欢州记	佚名	1678~1788	后黎朝"中兴"时期	清朝康雍乾年间
越南开国志传	阮榜中（18世纪时人，具体生卒年不可考）	18世纪		
公余捷记·金镂水神记	武芳堤（1697~？）	1755	[后黎朝]景兴十六年	[清朝]乾隆二十年
科榜标奇·郭计甲澄	潘辉温（1755~1786）	1780~1786	[后黎朝]景兴四十一~四十七年	[清朝]乾隆四十五~五十一年
大南显应传·状元甲海传	佚名	18世纪末19世纪初		
华园奇遇集	佚名	1787~1802	[后黎朝]昭统元年~[阮朝]嘉隆元年	[清朝]乾隆五十二年~嘉庆七年
山居杂述·瞒子	佚名			
山居杂述·麻姑山	佚名			

续表

越南汉文小说篇目	作者	成书或刊印时间	越南年号	中国年号
皇黎一统志（又称《安南一统志》）	吴时俧著，吴时悠续，吴时任（1746～1803）编	1804～1899	［阮朝］嘉隆三年～法属印度支那	［清朝］嘉庆九年，历经道光、咸丰、同治、光绪等时期
人物志·李翁仲	佚名	1845年或19世纪末期		
喝东书异·无头佳	阮鼎臣（1868～1925）	1886	［阮朝］同庆元年（法属印度支那）	［清朝］光绪十二年
桑沧偶录·东华门古庙	范廷琥（1766～1832），阮案（1770～1815）	1896	［阮朝］成泰八年	［清朝］光绪二十二年
桑沧偶录·山洞				
皇越龙兴志	吴甲豆（1852～？）	1899～1904		

255

附录二

越南所在区域的历史名称

分期	地区名称	名称说明	时间
第一阶段		古籍记载与传说	公元前3世纪之前
	交趾	《尚书》《礼记》《墨子》《韩非子》等先秦史籍中已有记载。而作为一个特定的行政区域，还是在秦代以后	公元前3世纪
	越裳氏	传说交趾之南的部落	
第二阶段	中国封建王朝统治该区域时期（国外史书与越南史书称此时期为"北属时期"）		公元前3世纪末~公元10世纪中叶
	南越	秦代把五岭以南直至今日越南中部的地区统称为"南越"。此时尚处于域外	公元前214年
		秦始皇于公元前214年平定南越，在这里设置南海、桂林、象郡。其中象郡包括今广西西南一部分及越南北部和中部偏北地区。此时转为域内，进入中国版图。	
	南越国	秦末，南海郡尉赵陀割据自立，建"南越国"。不久赵陀即臣服于西汉，成为汉王朝的一个诸侯王	公元前207年

续表

分期	地区名称	名称说明	时间
	交趾	汉武帝派伏波将军路博德平定南越，在原南越国辖地设置九郡，由中央政府直接管辖。九郡中的交趾、九真、日南三郡，在今越南的北部和中部偏北地。这是交趾作为一个行政区域名称的开始	公元前112年
	交州	汉朝到三国时期，在岭南九郡之上设交州刺史部，分管各郡。	汉代~三国时期
	安南	唐高祖武德四年（621），设置交州总管府，不久改为交州都督府。唐高宗调露元年（679）又改为安南都护府，其治所设在原交州	唐代
第三阶段		该区域成为相对独立的封建政权时期	公元10世纪中叶~19世纪下半叶
	安南	安南人吴权自立称王，正式建立起摆脱中国封建王朝控制的第一个独立的封建政权。吴权死后，安南地区发生争权夺利的"十二使君之乱"	五代
	大瞿越	安南人丁部领平定十二使君，统一安南，正式建国。"大瞿越"是越南建成独立自主的封建政权后首次使用的名称。973年，宋遣使封丁部领为交趾郡王，仅承认其为一郡之主，而非一国之君。在后来的前黎朝、李朝依旧延续类似这样的封号	宋太祖开宝元年（968）
	大越	越南李朝的第三代皇帝李日尊登基，改号"大越"	宋仁宗至和元年（1054）

续表

分期	地区名称	名称说明	时间
	安南	据《宋会要·蕃夷四》载："淳熙元年二月一日,诏安南入贡,礼意可嘉……特赐安南国名……封安南国王。"由入贡可见,自此开始,由郡王变为藩王,从此至清代与中国封建政权一直都保持藩属关系	宋淳熙元年(1174)
	大虞	胡朝	明惠帝建文二年(1400)
	大越	后黎朝	明宣宗宣德三年(1428)
	越南	阮福映建立阮朝。登基伊始,派使节向中国清朝政府请求册封,并提出用"南越"作为国名。清仁宗不同意,并改名为"越南"。清仁宗1804年春派使臣持印信文书前往越南,正式册封阮福映为"越南国王"	清仁宗嘉庆七年(1802)
	大越	阮朝皇帝阮福映又将国名复改为过去使用过的"大越"	清嘉庆十七年(1812)
	大南	1838年阮朝皇帝明命帝改国号为"大南"	清道光十九年(1839)

附录二表格内容主要参考文献:

黄铮.历史上越南的国名[J].广西文史,2013(1).

陈玉龙.越南国名嬗变及建置沿革[J].东南亚纵横,1993(1).

孙宏年.历史与真实:1949年前的中越关系演变[J].世界知识,2011(14).

叶少飞.中越典籍中的南越国与安南国关系[J].中国边疆史地研究,2016(3).